KB092175

당신을
원하는
나에게

당신을
원하는
나에게

1판 1쇄 찍음 2021년 9월 7일
1판 1쇄 펴냄 2021년 9월 14일

지은이 | 이윤정
펴낸이 | 정 필
펴낸곳 | (주)뿔미디어

기획 · 편집 | 심은지, 배지은
표지 디자인 | 우 물

출판등록 | 2002년 9월 11일 (제1081-1-132호)
주소 | 경기도 부천시 소향로17, 303(두성프라자)
전화 | 032)651-6513 팩스 | 032)651-6094
E-mail | dahyangs@naver.com
블로그 | http://blog.naver.com/dahyangs
비북스 | http://b-books.co.kr

값 9,000원

ISBN 979-11-6713-541-4 04810
ISBN 979-11-6713-540-7 04810 (세트)

당신을 원하는 나에게

1

이윤정 장편 소설

HYANG ROMANCE STORY

목
차

o.

그 악연의 시작은 사랑이었다.

1.

무례한 고백

'……그러니까, 가져 보고 싶어요.'

회식 자리의 술이 과했고, 주머니엔 사표가 준비되어 있었다. 그녀의 뜬금없는 고백이 끝남과 동시에 눈앞에 담배꽁초가 떨어져 내렸다. 깨끗이 닦인 명품 구두의 앞코가 담배를 지그시 밟는 게 보였다. 그리고 고개를 들었으나 취기가 올라와 앞이 잘 보이지 않았다.

'……혹시, 내가 잘못 들은 겁니까?'

서른 살 생일이었다. 특별할 것도 없는 날이지만 짝사랑하는 직장 상사의 파혼 소식은 그녀에게 자신을 위한 선물처럼 느껴졌다. 그래, 모두 다 술이 부른 참사였다.

'나랑 자고 싶다는 소린가, 윤서영 대리?'

'네, 팀장님만 괜찮으시다면요.'

당신을 좋아합니다. 사랑합니다. 그런 흔해 빠진 고백법은 아니더라도 중간은 있어야 하는데, 가도 너무 멀리 가 버렸다. 서영은 어제의 기억을 떠올리며 버스 유리창에 머리를 쿵 하고 박았다. 운 좋게 자리를 차지하고 앉은 걸 보니 그래도 아직 그녀의 인생에 행운이 남아 있는 듯해 잠깐의 위로가 되었다. 하지만 곧 해결되지 않은 문제들이 머릿속을 가득 채워 갔다.

그때 핸드폰이 울렸다. 서지훈 차장이었다.

"네."

— 이거 뭐야?

직속 상사이자 대학 선배인 지훈이 아침에 출근하자마자 마주한 건 책상 위에 놓인 서영의 사직서일 것이다. 어젯밤 쇼킹한 고백 사건의 결말은 너무도 예상 가능한 시나리오로 흘러갔다. 그녀의 고수위 고백에 헛웃음을 삼키고 냉기를 뿜어내던 강태욱 팀장은 방금 자신에게 일어난 일을 단번에 리셋한 표정을 짓고는 서영을 지나쳐 회식 자리로 돌아갔다.

그래. 그것이 가장 강력하고도 깔끔한 거절법이었다. 서영은 망설임 없이 회사로 돌아가 서 차장의 자리에 봉투를 올려 두었다. 사직서는 이미 미련 없이 작성되어 그녀의 가방 안에 한 달 동안 머물러 있었다. 이런 타이밍을 노렸던 것처럼 그녀의 행동에는 망설임이 없었다. 어차피 태욱의 얼굴을 다시 볼 뻔뻔함이 남아 있지 않았으니, 이렇게 하는 게 맞았다. 서영은 얼른 후임자가 결정돼 인수인계가 빠르게 이뤄지길 바랄 뿐이었다.

— 어제 병나발 불다가 소리도 없이 사라지더니 고작 한다는 게 퇴사 결심이야? 불만 있으면 일단 말로 해. 윤 대리까지 안 더해도 나 요즘 골치 아픈 일 많다.

지훈이 심각하게 받아들이지 않을 거라는 건 예상했다. 회사에서 가장 친한 사람이 누구냐고 묻는다면 그라고 대답할 만큼 현재 그녀에 대해서 가장 잘 아는 사람이 지훈이었다. 어떤 말로도 변명이 통하진 않겠지만 그렇다고 사실 그대로 말할 순 없었다.

"출근하는 길이에요. 가서 얘기해요."

서영은 간단히 말하고 전화를 끊었다. 멍하니 창밖 도시의 건물들을 바라보는데 속이 울렁거렸다. 가슴이 따끔하게 아프기도 했다. 5년. 짧지 않았던 짝사랑의 종지부를 찍는 날이었다. 더불어 홀가분하게…….

다른 쪽으로 뻗어 나가려는 생각을 잠재우듯 서영은 고개를 위로 들었다. 하늘은 눈치 없이 푸르렀다.

출근 루틴은 여느 때와 다름이 없었다. 올려다보는 것도 버거운 고층 빌딩 속으로 들어가 가방 안에 든 사원증을 꺼내 목에 걸고, 출입통제기에 그녀의 신분을 인증한다. 띠리릭. 소속과 이름이 확인되면 출근 기록이 자동으로 등록된다. 그 후 엘리베이터에 올라타 사람들 틈을 비집고 그녀가 일하는 층수를 누른다. 잠시 멍하니 계기판의 숫자가 올라가는 것을 바라보다가 우르르 내리는 다른 직원들을 보고 정신을 차린다.

13층에 도착해서도 다시 한번 사원증을 기계에 가져다 대야 했다. 그녀가 일하는 신사업 팀은 철저한 기밀 유지가 생명이라 보안이 이중으로 강화되어 있었다.

뭔가 특별한 존재가 된 것처럼 비밀 문을 열고 들어서면 탁 트인 사무실 전경이 한눈에 들어온다.

한 달 전, 그녀가 다니던 중소 건설사는 급작스럽게 인수 합병 되며 대기업 산하의 계열사로 탈바꿈하였다. 회사 사람들은 모두 로또라도 맞은 것처럼 굴었다. 한순간에 대기업 직원이 된 것이다. 그 얼떨떨한 흥분 속에서 서영만이 홀로 끝없이 가라앉았다.

회사가 거대 신사옥으로 이전한 뒤 이름 또한 변경되었다. 유신그룹과 한 피라는 것을 강조하듯 '유신건설'로 사명이 정해지자 모두들 명함을 필요 이상으로 더 파 대기 시작했다. 작업 환경 또한 폐쇄적이고 고립적인 팀별 진영에서 오픈된 하나의 거대 집합체로 바뀌었다.

그 아이디어를 추진한 사람이 바로 강태욱 신사업 총괄 팀장이었다. 맨땅에서부터 집을 지어 최고의 값에 팔아넘기는, 회사의 이윤을

창출하는 데 가장 선봉에 선 인물. 그렇게 자신의 가치를 증명해 낸 그는 창립 멤버인 이사진보다도 더 입김이 센 팀장이었다.

서영은 이 13층이 아직도 낯설기만 할 뿐이었다. 하지만 하나만은 그녀의 마음을 익숙하고 편안하게 해 주었다. 서영의 자리에서 눈을 들면 팀장 태욱의 공간이 한눈에 들어왔다. 지위를 증명하듯 한 계단 위에 자리한 그의 집무실은 통유리로 한 번 더 둘려 있어 따로 분리된 느낌을 주었지만 이제껏 그가 통창의 블라인드를 내린 경우는 없었다.

투명한 업무 방식을 지향하는 태욱의 모토를 드러내는 티 나는 행동이었다. 그 덕분에 짝사랑을 앓는 이의 눈은 호강이었다. 다른 층에서 업무하는 직원들 중에 그녀의 자리를 부러워하는 이가 생겨날 정도였다. 왜 항상 명당 자리는 윤서영 대리가 차지하느냐고.

신사옥으로 옮기기 전에도 서영과 태욱의 거리는 가까웠다. 마치 그걸 누가 일부러 조정하고 있는 것처럼. 5년간 짝사랑이 식지 않은 건 아마도 그 이유가 8할일 거라고, 서영은 싱거운 생각을 하기도 했다. 이것도 어쩌면 망상이 불러온 멍청한 미련일지도 몰랐다. 그걸 이제라도 깨달을 수 있었던 건 돌연 터진 태욱의 결혼 발표 때문이었다.

'건양물산 막내딸이라던데. 음대 졸업하고 신부 수업만 했다더라. 아주 부러운 인생이지.'

구내식당 점심 메뉴로 특식이 나왔다는 것만으로도 색다른 날이었다. 어제가 오늘 같고, 내일도 오늘 같을, 매일이 다를 것 없는 직장인의 하루에서 직장 상사에 대한 가십은 식사 자리에서 빼놓을 수 없는 소재였다. 친한 동기 몇 명과 같이 밥을 먹는데 누군가 강태욱 팀장에 대한 소문을 풀어놓았다. 서영의 귀는 당연히 예민하게 열렸고, 밥을 먹는 속도도 자연스레 줄었다.

아니, 더 이상 음식의 맛을 느끼지 못했다. 결혼이라니. 애인이 있다는 소리를 듣는 것도 충격인데, 결혼 발표라고? 무방비 상태로 심장 안까지 잘린 것만 같았다.

'강 팀장이 유신그룹 손 회장의 숨겨진 손자라는 소문이 돌던데. 그것 때문에 합병했다는 정보도 있고. 그렇잖아. 평범한 집안 사람이 어떻게 재벌이랑 결혼을 해?'

그의 사생활은 다른 이들보다 더 비밀스러운 점이 많았다. 겉모습부터 행동까지 평범함이라곤 찾아볼 수 없는 남자였다. 광채가 나는 듯한 그의 주변엔 다른 공기가 흘렀다. 어떤 사람들은 그걸 카리스마라고 했다. 태생이 만들어 낸 아우라라며 그를 신처럼 묘사해 버렸다.

외모에 대해서라면 서영도 다른 말을 할 수가 없었다. 큰 키에 탄탄한 근육으로 다져진 몸. 알맞은 비율의 몸집과 조각처럼 새겨진 얼굴. 어디 하나 모자람이 없어 더 비현실적인 남자가 강태욱이었다.

그런 사람이 이름만 들으면 모두가 아는 재벌가의 일원이라는 소문이 돌기 시작했을 땐 서영도 현실을 자각할 수밖에 없었다.

그의 독보적인 외모만큼 그녀의 짝사랑이 이뤄질 가능성은 희박했다. 끼리끼리 논다는 말이 생겨난 이유가 있는 법이었다. 모두들 그가 재벌 집 막내딸과 결혼을 약속했다는 소문에 당연한 일인 것처럼 고개를 끄덕였다. 강태욱이라면 당연히 그 정도의 레벨이어야 한다는 것처럼.

서영은 나라라도 잃은 것처럼 정신을 놓은 채 점심 식사를 마치고 자리로 돌아왔다. 그리고 곧장 포털 사이트에 '건양물산'을 검색했고, 막내딸이라는 '지유린'의 사진을 찾아냈다. 예상대로 예뻤다. 어느 여성 잡지에 실린 인터뷰 내용처럼 미스코리아 출전 제의를 받을 만큼 타고난 미인이었다. 경쟁자라고 하는 것도 우스웠지만 대결조차 되지 않는 기분이었다. 여자의 사진을 보던 서영은 태욱의 자리를 올려다봤다. 그는 점심도 잊은 채 업무에 빠져 있었다. 달라질 건 없다는 것처럼 여전한 모습이었다.

서영의 머릿속엔 파노라마처럼 5년의 세월이 스쳐 갔다. 허탈함보다는 허무함이 먼저 찾아왔다. 마지막엔 고백도 해 보지 못한 자신에 대한 원망이 솟았다. 누군가를 이토록 좋아해 본 적이 없는 그녀였다. 감정을 표현하는 데 서툴렀고, 자신의 마음이 상대에게 부담이 될까봐 감추기에만 바빴다.

이제껏 특별할 것이 없는 삶을 살았다. 교사로 퇴직한 아버지와 작은 어린이집 원장인 어머니 밑에서 자라나 나라가 지원한 의무교육을 무탈하게 받았고, 고만고만한 성적으로 서울의 중상위권 대학에 입학했다.

학과에서 만난 동기들과 어울리다 어영부영 몇 학기를 보내고 정신을 차린 순간 대학 교육에 회의감을 느꼈다. 하지만 그녀라고 다를 순 없었다. 4학년 내내 도서관을 벗어나지 못하며 취업 준비에 매진했고, 그 결과 중소 건설사 홍보 팀에 입사하게 되었다.

매일매일 반복되는 시간들을 견디다 보니 어느새 5년 차 마케팅 팀 대리가 되어 있었다. 평범한 인생이었기에 사랑과 연애에 대한 생각도 남들과 다르지 않았다. 대학 시절엔 소개팅도 몇 번 나가 보긴 했지만 매번 제대로 성사되지 않았다. 서영 또래의 남자들은 적극적이고 자기 어필을 잘하는 여자들을 찾았고, 서영은 그런 타입들과는 정반대의 모습을 추구했다. 일부러 관심을 받으려 여우 짓을 하지도 않았고, 수수한 그녀에게 다가온 남자에게조차 자신이 정해 둔 선을 지켜 행동했다.

솔직하게 말하면 이제껏 그녀의 심장을 떨리게 만드는 남자를 만나지 못했다는 것이 맞았다. 또한 솔로로 지내는 삶이 나쁘지도 않았다. 괜한 감정 낭비로 시간을 허비하기도 싫었다. 그녀의 그런 연애 마인드를 불시에 흔든 남자가 강태욱이었다.

언제부터였을까. 짝사랑이 시작된 순간을 군이 정하자면 서영은 그날이 떠올랐다. 출근한 지 며칠째인지 숫자를 세는 것도 우스웠던 신입 시절의 어느 날.

아는 것보다 모르는 게 더 많으니 야근은 필수적이었다. 그 밤샘도 눈치를 봐야만 했던 신입 사원은 사무실에서 홀로 잠과 싸우며 맡은 일을 마무리하던 중이었다. 그러다 출출해진 배 속을 어쩌지 못하고 탕비실에 들어가 초코 과자를 허겁지겁 먹는데, 며칠 전부터 달랑거리던 블라우스의 단추가 바닥으로 떨어졌다. 그걸 줍기 위해 서영은 테이블 아래로 몸을 숙였다.

그 순간 탕, 문이 여닫히고 누군가 급하게 안으로 들어섰다. 이 시간에 누가. 서영은 심장이 터질 것 같아서 입을 막고 숨을 죽였다. 그리고 조심스럽게 소리가 난 곳을 바라보자 고급스러운 남자 구두가 보였다. 이 회사에서 방금 사 신은 것처럼 먼지 하나 없이 깨끗한 신발을 신고 다니는 사람은 그녀가 알기로 강태욱이란 남자뿐이었다.

그저 말로만 전해 들어온 남자. 잘생긴 외모 때문에 그녀 또한 어쩔 수 없이 눈이 갔던 연예인과 다를 바 없는 사람. 그가 급하게 약상자를 뒤져 자신이 찾는 것을 꺼냈고 냉장고를 열어 물과 함께 삼켰다. 그리고 스르르 냉장고 문 앞에 무너져 내려앉았다. 눈을 감고 지친 표정으로 머리를 기댄 태욱의 모습이 서영의 눈에 새겨지도록 깊이 들어왔다.

두통이 심한 듯 그가 한 손으로 관자놀이를 문지르며 고통스러워했다. 강태욱의 약한 모습이라니. 서영은 보지 말아야 할 나쁜 현장을 목격한 것처럼 심장이 두근거리고 귓가가 달아올랐다.

잠시 후, 눈을 뜬 그의 시선이 정확하게 그녀에게로 꽂혀 들었다. 네가 도둑고양이처럼 거기 숨어 있는 걸 처음부터 알고 있었다는 것처럼.

시간이 멈춘 것만 같았다. 서영은 변명조차 못 한 채 그의 시선을 받아 냈다. 의도치 않은 눈싸움이었다. 그렇게 얼마나 지났을까. 태욱이 시시하다는 듯 흐리게 웃었다. 그러고는 일어나 탕비실을 나가 버렸다. 서영은 놀란 것보다 가슴이 먹먹해져 버렸다. 그의 웃음이 너무도 슬퍼 보였기 때문이다.

동정이었을까. 그도 사람이니 분명 아플 때도 있을 것이다. 하지만 그것이 이리도 크게 다가올 줄은 몰랐다. 그러지 않을 것 같았던 사람의 약한 모습. 마치 그의 비밀을 그녀만 알게 된 것처럼 태욱이 달라 보였다.

그다음 날부터 서영은 그를 바라보기가 힘들었다. 그는 탕비실에서의 일이 거짓말인 것처럼 멀쩡했고 여전히 차가운 상사의 모습이었다. 하지만 태욱과 우연하게 같이 엘리베이터를 타기라도 하는 날이면 가슴 안쪽에서 찌르르, 감전이라도 된 것처럼 전기가 들어왔다 나가기를 반복했다. 서영은 자신이 무슨 병에라도 걸린 줄 알았다.

병원을 찾아가려고 증상을 정리하다가 사랑이라는 것을 떠올려 버렸다. 이것이 다른 사람들이 말하는 그 감정인 걸까. 처음엔 당황했고, 그 이후엔 어찌해야 할지 방법을 몰라 혼란스러웠다. 그도 그럴 것이 태욱은 그녀의 직장 상사였고, 더군다나 '사내 연예인'으로 칭송할 만큼 인기와 외모를 갖춰 '강예인'으로 불리는 만인의 연인이었다.

길고 긴 짝사랑의 서막은 그렇게 시작된 것이었다.

"사직서 냈으면서 출근은 왜 이렇게 빨라."

그녀가 자리에 도착하자 지훈이 일하다 말고 고개를 들어 반겼다.

"원래 습관이 무서운 법이죠."

덤덤하게 받아치는 게 서영다워 지훈은 웃어넘겼다. 이번 일은 그저 작은 해프닝일 것이라 생각했다. 직장 생활 5년 차 정도 되었으면 한 번쯤 하던 걸 집어던질 때도 되었으리라는 게 그의 추측이었다. 그역시 그랬고, 이 회사 안의 누구도 다르지 않았다. 아, 단 한 사람. 강팀장이라면 다를 수도 있을 것이란 생각이 들었다. 지훈은 잠시 태욱의 자리를 바라보다 서영에게로 다가갔다.

일단 그녀의 마음부터 달래 주고 업무를 시작하는 게 맞는다는 생각이었다. 그게 그의 역할이었고, 또한 그에게 서영은 부하 직원 이상의 의미를 지닌 사람이었다. 아니, 여자였다.

"윤 대리 좋아하는 홍차라떼 먹으러 가자."

"지금요?"

서영은 주변을 두리번거렸다. 아직 출근 시간까지 여유가 있어 직원들의 자리는 드문드문 비어 있었다. 그녀의 팀도 자리를 지키고 있는 건 언제나 일찍 출근하는 지훈뿐이었다. 뭐, 그녀도 퇴사 문제를 속전속결로 해결하고 싶긴 했다. 서영은 지갑을 챙겨 지훈을 따라나섰다. 그들의 뒤에 한 남자의 시선이 따라붙었다는 것은 알지 못했다.

● ◇ ●

회사 정문에서 모퉁이를 세 번 돌아야 나오는 작은 찻집은 서영이 이전 사무실에서 근무할 때부터 가장 좋아하는 장소였다. 주 고객층이 회사원들이라 오전 일찍 문을 열고 오후 3시가 되면 문을 닫는 곳이었다. 아침 일찍 부지런을 떨어서 일부러 시간을 내거나 점심시간을 반납하지 않으면 여유 있게 들를 수 없는 곳이란 소리였다.

서영은 주문을 마치고 그녀가 좋아하는 창가 자리에 앉았다. 업무 전화가 걸려 온 지훈은 잠시 카페 밖으로 나가 통화 중이었다. 그녀는 음료가 나오기를 기다리며 내부를 둘러봤다. 이제 이곳도 안녕이란 생각이 들었다. 퇴사하면 굳이 여기까지 와서 차를 마실 이유가 없었다.

모두들 퇴사 이후엔 회사가 있는 방향으론 잠조차 자지 않는다고들 했다. 퇴사 결심을 할 만큼 직장 생활이 힘들었던 이들이라면 그럴 수 있을 것이다. 서영은 다른 이유 때문이었지만 그 마음이 공감이 됐다.

"미안, 옥외광고 때문에. 벌써 반응이 난리네. 역시 강 팀장 얼굴 쓰길 잘했어."

지훈이 요즘 붙들고 있는 업무는 도시정비사업의 시공사 경쟁 마케팅이었다. 대형 건설사들이 전부 달려든 이번 사업은 강태욱 팀장이 특히나 신경 써서 준비 중인 신사업 팀 제1순위 프로젝트였다. 그만큼 마케팅에 전적으로 올인해야 했고, 그 어느 때보다 아이디어가 중요했다.

강태욱 팀장을 옥외광고 모델로 내세우는 게 어떠냐는 의견은 다름 아닌 서영의 머리에서 나왔다. 조합원 투표로 결정되는 수주 전쟁에서 건설사 직원의 얼굴을 알리는 것만큼 효과적인 광고는 없었다. 더군다나 깔끔하고 신뢰감 높은 비주얼을 갖춘 태욱의 마스크는 전문 모델들과 비교해도 전혀 모자람이 없었다. 오히려 그 얼굴 덕분에 새롭게 변화한 유신건설을 알리고 이슈화시킬 계기가 될 수도 있었다.

하지만 그 모든 건 태욱이 허락해야 한다는 전제 조건이 붙었다. 무엇이 아쉬워서 얼굴까지 팔까. 평소 그의 성격대로라면 냉정하게 잘라 내고 다른 방법을 찾아오라고 했을 것이다. 모두가 그렇게 예상했지만 결과는 전혀 달랐다.

마케팅 제안서를 확인한 태욱은 아이디어에 대한 칭찬까지 내놓았다. 지훈은 그런 점에서 태욱이 대단한 인물이라는 것을 한 번 더 실감하게 되었다. 그는 자신이 납득하고 받아들인 일은 불도저처럼 밀어붙였다. 이번 도시정비 프로젝트 또한 그랬다.

"바쁘시니까 사직서 얘기부터 할까요?"

자신이 낸 아이디어가 대박을 쳤다는 소리에도 서영은 관심이 없었다. 지훈은 일부러 더 광고 얘기를 이어 가려 했지만 그녀의 표정에서 그것이 의미 없는 일이라는 걸 깨달았다.

"윤서영. 너 선배 무섭게 이럴 거야?"

지훈은 일단 선배 카드부터 내밀었다. 그의 팀에서 가장 필요한 인물을 한 명만 뽑으라면 당연히 서영이었다. 합병이 가시화되면서 유신 쪽에서 인원을 삭감하라는 압박이 있었는데, 그때 지훈은 다른 팀원들을 다 자르고 서영만 남겨도 팀이 굴러갈 것이라 생각했을 정도였다. 서영은 튀지 않았지만 제 몫은 깔끔하게 해냈고, 회사의 규칙과 규율에 어긋나는 법 없이 아주 완벽하고 적당한 표본처럼 행동했다.

대학 때도 마찬가지였다. 동아리 선후배로 만난 두 사람은 회장과 총무로 두 학기를 보내며 동병상련의 마음으로 가까워진 사이였다. 감투를 쓰는 게 얼마나 고단하고 헛된 일인지 1년 내내 몸소 체험하며 둘은 튀지 않는 인생의 중요성에 대해 일찍부터 고찰했었다.

"저 어제부로 서른 됐어요. 그래요. 뭐, 남들 다 통과의례처럼 지나는 거 혼자 유난 떤다 하시겠지만 저 일하는 5년 내내 제대로 휴가 한 번 가 본 적 없는 거 차장님이 더 잘 아시잖아요. 좀…… 쉬고 싶어서 그래요."

결국은 뻔한 이유를 가져올 수밖에 없었다. 솔직히 아예 지어낸 말도 아니었다. 서영은 분명 자신이 직장 생활에 지쳤다는 것을 깨닫는 중이었고, 태욱에 대한 마음 정리는 그 마침표를 찍게 만들어 준 계기가 됐을 뿐이었다.

"길게 휴가 줄게. 그 정도는 해 줄 수 있어. 내가 미리 챙겼어야 했는데 미안하다."

지훈은 쉽게 받아들이지 못했다. 그가 이러는 이유를 모르지 않았다. 지훈을 빼고 마케팅 팀에서 제대로 일하는 사람은 서영뿐이었으니, 그녀가 빠진다면 그의 업무에도 많은 지장이 있을 게 분명했다. 하지만 의리 때문에 회사에 남는다는 것도 우스웠다.

"선배, 내가 선배 여동생이라고 해도 이런 말 하실 거예요?"

피할 수 없는 가장 강력한 한 방이었다. 지훈은 허무하게 웃어 버렸다. 정말 서영이 자신의 여동생이었다면 좋은 시절을 일만 하느라 아깝게 흘려보내게 하지 않았을지도 모른다. 무엇보다 본인이 싫다는 일을 억지 부려 설득할 생각도 없었다. 입사 때야 이 일을 하지 않으면 세상이 끝날 것 같았지만 지나고 보면 그저 스쳐 가는 시간일 뿐이었다.

"그래. 알았어. 무슨 말인지…… 알아들었어."

지훈이 항복하듯 웃었다.

"감사합니다."

서영이 꾸벅 목 인사를 건넸다.

"회사 그만두면 꼭 얼굴도 안 볼 것처럼 구네."

"당연한 거 아니에요?"

"뭐?"

지훈의 되물음에 서영이 씩, 웃었다. 그녀의 웃음을 보는 게 오랜만이라 그도 더 이상 뒷일은 생각하고 싶지 않았다.

언제부터 윤서영이 말 잘 듣는 후배가 아닌 여자로 보이기 시작했냐고 물으면 그도 잘 모르겠다. 그저 대학 때는 미처 알지 못했던 그녀만의 편안함이 좋았다.

그도 여느 남자들과 다를 바 없이 예쁘고 매력적인 여자를 쫓았던 시절이 있었다. 그때 서영은 사귀고 싶은 마음까진 들지 않는 여자였다. 친한 선후배 사이로 지내는 게 더 편한 사람이었는데, 무슨 인연인 건지 같은 회사에 입사해 한솥밥을 먹는 팀원이 되어 버렸다. 지나고 보면 모든 게 운명 같기도 했다.

서영이 회사를 그만두면 아쉬운 점이 한두 개가 아니었으나, 달리 생각하면 좋은 점도 있었다. 지훈은 이제 자신의 마음을 숨기지 않아도 된다고 생각했다. 서영이 퇴사하고 다른 곳에서 자리를 잡게 되면 미뤄 둔 고백을 할 작정이었다. 그때까지 조금만 더. 지훈은 서영에 대한 자신의 마음을 참고 감춘 채 그녀를 바라봤다.

　사직서가 올라온 걸 발견한 건 오후 임원진 회의가 끝난 직후였다. 다음 주에 있을 중국 출장을 준비하기 위해서 쌓아 놓은 서류 더미 사이에서 태욱은 마케팅 팀 결재 파일을 집어 들었다.

　고백 이후 퇴사라. 그의 입가에서 어이없는 웃음이 흘러내렸다. 고개를 들어 집무실 밖의 한 곳을 바라봤다. 그가 앉은 자리에서 가장 잘 보이는 위치인 마케팅 팀 윤서영 대리의 자리였다. 그녀도 그것을 알까. 수시로 그의 동태를 파악하는 눈길이 유난스러워 더 신경이 날카로워질 때가 여러 번이라는 걸.

　태욱은 사직서를 내려놓고 주머니에서 울리는 전화를 꺼내 확인했다.

　[지유린]

　단 한 번의 만남으로 결혼까지 갈 뻔한 여자였다. 다행히 여자에게는 남자가 있었고, 그것을 이유로 파혼을 종용하는 중이었다. 단번에 마무리되진 않을 것이라 예상하긴 했지만 여자는 생각보다 더 예의가 없고 이기적인 태도를 보였다. 재벌가의 자식들에게서 흔히 볼 수 있는 모습이었다.

　"네. 강태욱입니다."

　— 우리, 만나서 얘기하죠.

전화 통화로 파혼을 통보했으니 황당한 것도 이해는 되었다. 하지만 태욱은 더 이상 여자의 얼굴을 마주해야 할 이유를 찾지 못했다. 그는 시간이 금보다도 더 소중한 사람이었다.

"더 할 얘기가 필요합니까?"

— 부모님께 말씀드렸어요. 만나던 사람도 정리했고요. 그쪽, 아니, 강태욱 씨 집에도 얘기가 들어갔다네요. 할아버님께서 넓은 마음으로 이해해 주겠다고 하셨대요. 그럼 만날 이유 있지 않을까요?

이 여자의 뻔뻔함은 어디에서 나오는 것일까. 몸을 섞는 남자가 있으면서도 다른 남자와의 결혼을 받아들이는 죄의식 없는 태도는 하루아침에 생겨난 것이 아닐 테다. 보고 자라 온 환경이 문제일 수도 있었고, 주변에 그런 부류의 사람들만 차고 넘쳐 이런 상황을 당연하게 생각하는 걸 수도 있었다. 태욱은 여자를 한 번밖에 겪어 보지 않았음에도 모든 게 눈에 훤히 읽혔다.

아무리 억지로 받아들인 허울뿐인 손자라 해도 이런 인물을 반려자로 갖다 붙인 할아버지의 의도가 파악되자 씁쓸함이 차오르는 건 어쩔 수가 없었다. 태욱은 사랑을 지켜 낸 부모님을 그 누구보다 존경했고, 그 역시 그런 평범하고 정상적인 결혼을 하고 싶었다. 하지만 할아버지와 연을 끊고 사랑을 택한 아버지가 죽고, 막다른 길에 서 있던 어머니가 그를 데리고 '유신'의 집안으로 들어갔을 때 이 당연한 꿈이 가장 어려운 일이 될 수도 있을 것을 인지해야만 했다.

다른 것들은 괜찮았다. 모두 상관없었다. 그것이 그가 '손인주'의 핏줄로 태어난 업이라 생각하면 되었으니. 하지만 결혼 문제만큼은 할아버지의 결정에 휘둘리고 싶지 않았다. 그것 하나만은 원하는 대로 할 수 있게 해 달라는 것이 제 부탁이었는데, 손 회장은 그것마저도 물러날 수 없다는 것처럼 그의 결혼을 장사처럼 취급하고 거래하듯 여자를 가져다 붙였다. 그것이 어머니의 성을 따른 태욱이 큰아버지의 아들인 철민을 이길 수 있는 유일한 길이라는 핑계를 방패 삼아.

하지만 그는 그 모든 게 다 영감이 제 욕심 채우기 위해 벌인 짓이라는 걸 모르는 바보가 아니었다. 지금 그와 통화하고 있는 여자 역시 그러한 욕망으로 가득했다. 예상보다 유린과의 전화 통화가 길어지자 태욱은 머리가 지끈거리며 아파 왔다.

"만나는 상대가 있으면서도 버젓이 다른 사람과 결혼할 생각이었으면 누구여도 상관없지 않습니까? 굳이 저한테 이러는 이유를 모르겠군요. 건양물산이라면 유신건설이 아니라도 혼사를 맺고 싶어 하는 그룹이 줄을 설 텐데요."

태욱은 손 회장의 논리대로 설명했다. '건양'은 '유신'보다 두 배나 더 큰 몸집을 가진 그룹이었다. 기업 합병이나 다름없는 정략결혼에서는 서로가 가져가는 몫이 같아야 합의할 수 있는 법이었다. 손 회장이 아무리 유려한 언변술로 상대를 혹하게 만들었다고 한들, 그쪽에서 계산기를 두드려 보지 않았을까. 한참이나 차이 나는 혼처에 막내딸을 덤핑 처리하듯 보내려는 이유가 뭘까. 그리고 이 여자는 그의 무엇에 자극을 받아 이토록 시간 낭비를 하는 것인가.

— 사랑이 바탕이 된 결혼을 하고 싶다면서요?

여자가 비웃는 것처럼 그가 했던 말을 되물었다. 태욱의 표정에서 차가운 냉기가 흘렀다. 정략결혼에 뜻이 없다는 걸 전하며 여자에게 건넨 말이었다. 이쪽 세계에서는 웃음거리가 되는 생각인 줄은 알지만 그렇다고 해서 여자의 태도가 유쾌하게 받아들여지지는 않았다. 부족함 없이 자랐으니 가지지 못할 바엔 차라리 장난이라도 치고 싶은 걸까. 태욱에게선 환멸의 웃음이 흘러나왔다.

"나랑 그걸 해 보겠다는 소리로 들리는군요."

— 못 할 건 없죠.

확실히 장난감을 원하는 목소리였다.

"제가 그 뒷말은 생략을 했나 봅니다. 다른 건 몰라도 제가 사랑하는 여자는 아주 평범했으면 합니다. 잘나가는 집안의 막내딸로 태어나서 부족함 없이 자라 예의라고는 찾아볼 수 없고, 모든 상황을 장난처럼 받아들이는 사람은 제 이상형이 아닙니다. 정확히는 그런 여자를 아주 경멸하는 편이죠."

하. 전화 너머에서 불쾌함을 감추지 못한 탄성이 터졌다. 이렇게 자신을 함부로 대하는 사람은 처음이라는 것처럼 여자는 감정을 다스리지 못하고 날을 세운 말들을 쏟아 냈다.

― 강태욱 씨, 지금 본인이 내뱉은 말에 책임을 져야 할 거예요. 당신 말대로 나는 이쪽 판에서 호박씨를 까는 인간들을 너무 많이 봐 와서요. 당신이라고 그놈들이랑 다르다는 보장이 있나요? 그쪽 할아버지가 '건양'으로 만족을 못 하시는 건지, '성화' 알죠? 하필 우리 경쟁사 쪽으로도 찌를 던지시는 중이라던데. 사랑 같은 웃기지도 않는 핑계 갖다 대는 게 신선해서 봐주고 있긴 하는데, 난 그럴수록 더 오기가 생기는 사람이라. 아무튼 정말로 내 마음 접게 하려면 강태욱 씨도 다른 방법을 생각해야 할 거예요. 그럼, 또 통화하죠.

딸깍. 예의 없이 끊긴 핸드폰을 내려다보던 태욱은 황당함에 웃었다. 네가 그렇게 반항할수록 일을 더 크게 키워 버리겠다는 것처럼 손회장은 머리를 써서 빅 엿까지 제조 중이었다. 여자의 말처럼 태욱도 가만히 지켜보고만 있을 수는 없었다. 그는 관자놀이를 검지로 누르며 잠시 눈을 감았다.

그때 똑똑, 집무실 문을 노크하는 소리가 들렸다.

2.

추측과 단념, 망상과 오해

태욱이 눈을 떠 앞을 바라봤다. 서지훈 차장이었다.

"네. 들어와요."

문이 열리고 서 차장이 들어섰다. 태욱의 앞으로 다가온 그가 책상 위에 놓인 서영의 사직서를 확인하고 태욱과 눈을 맞춰 왔다.

"아무래도 충원이 필요할 것 같습니다."

설득에 실패했다는 소리였다. 그렇게 친한 척을 하며 다니더니. 같은 대학을 나왔다고 했던가. 늘 붙어 있듯이 함께 일했던 시간들은 모두 무의미하다는 것처럼 사람 하나 붙잡지 못한 서 차장은 항복의 깃발을 들고 당당하게 그의 앞에 섰다.

"내가 만나 보죠."

"……네?"

태욱의 반응은 의외였다. 서영이 아무리 마케팅 팀의 에이스라고 해도 전체의 눈에선 그저 한 부서의 대리일 뿐이었다. 누가 퇴사하고 어느 신입이 부서 이동을 하는 것까지 신경 쓸 자리는 아니었다. 그저 부서의 책임자들에게 일임할 문제였다. 그리고 이제까지도 그렇게 일을 처리해 오던 사람이었다. 지훈은 태욱을 낯설게 바라보았다.

"팀에 중요한 사람이라고 하지 않았습니까?"

태욱이 오히려 지훈에게 되물었다.

"아, 그건…… 맞습니다. 그런데, 많이 힘들어했다는 걸 몰랐습니다. 제가 챙기지 못한 것도 맞고요. 쉬고 싶다는데 붙잡는 건 업무 능률적으로도 회사에 좋은 영향을 줄 수 없지 않겠습니까?"

"서 차장."

태욱이 끼고 있던 안경을 벗고 조용히 그를 불렀다.

"네. 팀장님."

"여기, 신나서 일하는 사람이 몇이나 될 것 같습니까? 나부터가 3일 연속 야근 중입니다. 서 차장 말대로라면 나도 업무 능률적으로 회사에 좋은 영향을 주지 못하겠군요."

"……."

지훈은 더 이상 말을 가져다 붙일 수 없었다.

"버티고 참는 것도 업무 중 하나입니다. 싫다는 사람 억지로 붙잡으라는 소리가 아닙니다. 퇴사의 이유가 과부하라면 업무부터 다시 분담하고 시간을 주는 것도 필요하지 않겠습니까? 이런 식이라면 윤 대리의 자리에 어느 누가 들어와도 똑같은 일이 벌어질 겁니다. 내 말, 무슨 뜻인지 서 차장이 더 잘 알 거라 생각하는데. 아닙니까?"

지훈은 예상치 못한 난관에 부딪힌 기분이었다. 솔직히 그의 속마음은 서영을 쉽게 해 주고 싶었다. 그녀가 5년 동안 쉼 없이 달려온 것을 그 누구보다 잘 아는 사람이 그였다. 대기업에 안정적인 직장이었지만 그만큼 업무 강도가 센 편이었다. 만약 서영이 그와 결혼이라도 한다면 앞으로 몇 년이나 더 일을 할 수 있을까. 사내 연애를 암묵적으로 금지하는 회사 분위기에 맞추다 보면 누구 하나는 부서 이동이나 퇴사를 결정해야 했다. 지훈은 지금이 어쩌면 가장 적합한 시기라는 생각을 했으나 총괄 팀장인 태욱이 반대하고 나선다면 그도 어쩔 도리가 없었다.

"윤 대리 생각이 워낙 확고해서 설득이 어려웠습니다. 제가 다시 한번……."

"오후에 대전 부지 다녀온 후에 내가 면담하죠. 그렇게 전달해 주세요."

태욱은 그 말을 끝으로 다시 서류를 잡았다. 더 이상 할 말이 없다는 뜻이었다. 지훈은 어쩔 수 없이 돌아서 그의 집무실을 빠져나왔다. 서영이 이쪽으로 시선을 보내왔지만 그는 그저 웃어 주는 것밖에 할 수가 없었다. 다시 돌아본 태욱은 평소와 다를 것 없이 업무에 집중한 모습이었지만 어딘가 달라 보이기도 했다. 지나친 추측일 뿐이라 생각하며 지훈은 자신의 자리로 돌아갔다.

● ◇ ●

퇴근 시간을 넘기고도 한 시간은 지나 있었다. 서영의 배 속에서는 눈치 없이 꼬르륵 소리가 새어 나왔다. 속도 불편했고, 제정신을 유지하고 있을 상태가 아니라서 점심을 건너뛴 탓이었다. 한 끼 정도 무시했다고 이렇게나 솔직하게 욕구를 표현하는 몸이라니. 이 상황에서 눈치를 잊은 자신의 배 속을 원망하기도 우스웠다.

서영은 인터넷 서핑을 그만두고 시계를 바라봤다.

[조금 늦습니다. 미안합니다.]

태욱에게서 온 문자는 간단했고, 미안하다고 사과했지만 오히려 당당한 느낌이었다. 그가 면담을 요청했다는 말을 지훈에게서 전해 들었을 때 서영은 잠시 얼이 빠진 표정을 지어야만 했다. 고백이라면 회식 때 그렇게 무시하고 끝난 문제가 아닌가. 퇴사 때문이라면 그것도 이해가 되지 않는 부분이었다. 부서 책임자인 지훈의 선에서 처리하고 넘어갈 일이었다. 부서 직원들의 퇴사와 입사에 일일이 관여하는 총괄 팀장이 어디 있다고. 무엇보다 그는 이사진에 버금가는 일을 처리하며 일주일의 반은 지방으로 출장을 다녀왔으며, 야근이 일상인 사람이었다.

오늘도 대전 부지를 둘러보러 가면서 굳이 돌아와 서영을 만나겠다고 했다. 그가 하려는 말이 뭘까. 서영은 하루 종일 그 상황을 머릿속으로 시뮬레이션해 보았다. 술을 무기로 건넨 그녀의 무례한 고백에 대해서 사과라도 받고 싶은 건가. 그렇다면 해 주고 말면 그만이었다. 어차피 그녀는 다른 이유로 퇴사할 마음을 먹었고, 마지막이란 생각으로 그에게 고백한 것이었다.

서영은 저절로 작은 한숨이 터져 나왔다. 왜 술을 넘치게 먹어 가지고서는. 혼자서 깔끔하게 마음 정리를 하고 퇴사하면 되었을 텐데. 그랬으면 지금처럼 태욱의 얼굴을 보는 일이 껄끄럽지도 않았을 것이다. 그가 그녀의 마음을 안다고 달라질 것이 없는데. 무슨 자신감이었을까. 서영은 지금 생각해도 그때의 자신을 이해할 수 없었다.

"윤 대리, 퇴근 안 해?"

옆 부서의 이지선 대리가 서영의 자리로 다가왔다. 지훈 다음으로 회사에서 가깝게 지내는 그녀는 신사업 팀에서 유일하게 태욱에 대한 서영의 마음을 눈치챈 사람이었다. 서영이 혼자만의 짝사랑이라고, 깊은 마음이 아니라고 먼저 선수 치듯 말을 돌리자 그녀는 이해한다며 비밀을 지켜 주겠다고만 했다.

그리고 얼마 전 비밀 사내 연애를 끝내고 결혼에 골인한 그녀는 예전처럼 서영과 함께 시간을 나눌 여유가 줄어들었다. 오늘도 먼저 퇴근한 남편을 회사 앞에서 기다리게 하고, 남은 업무를 전속력으로 처리하느라 마스카라가 다 번진 줄도 모른 채 서영의 곁으로 다가왔다.

"저……, 아직 일이 남았어요."

서영은 태욱과 면담이 있다는 말은 하지 못했다. 그럼 지선은 무슨 이유인지 물을 것이고, 그녀는 퇴사와 더불어 회식 자리에서의 고백 사건에 대해서까지 모두 털어놓고 말 것이다. 지선은 없던 일도 털어놓게 만드는 능력을 가진 영업 1팀의 에이스였다.

"하여튼 적당히 하라니까. 서 차장도 퇴근하고 없네, 뭘 그렇게 열심히 충성해. 그렇다고 연봉 더 올려 주는 것도 아닌데. 나 봐라. 결혼했다고 핵심 사업엔 다리도 못 걸치게 하고, 잡무만 왕창 몰아줬잖아. 내가 이런 대우 받으려고 코피 쏟으면서 계약 따낸 줄 아나. 더러워서 그만두고 싶어도 이번 달 카드값이 지옥이고, 또 우리 강예인 님이 여기 계시니까……."

지선이 태욱의 집무실을 올려다보며 말을 꺼내려다 서영의 눈치를 보며 입을 다물었다. 그러고는 잠깐 잊었다며 눈짓을 보냈다. 서영은 괜찮다며 웃었다. 태욱에게 호감을 보이는 이가 어디 한둘인가. 게다가 결혼한 사람들도 그저 태욱을 보고 있는 것만으로 힐링이 된다고 했다.

이 회사 안에서 드라마 속 팀장과 모습이 동일한 사람은 강태욱 한 명뿐이라고. 오죽하면 여직원들의 1순위 희망 부서가 신사업 팀일까. 서영은 자신의 자리가 공석이 된다면 이곳에 앉으려는 경쟁이 치열할지도 모른다는 상상을 해 보기도 했다. 하지만 이제 그녀와는 관계가 없는 일이었다.

"전 조금만 더 하고 갈 테니까 이 대리님은 얼른 가서 쉬세요."

서영이 얼른 대화를 정리했다. 태욱이 언제 나타날지 모를 일이었다.

"아, 내 정신 좀 봐. 우리 신랑 밑에서 기다리는데 이러고 있다."

지선이 뒷걸음질 치며 서영에게 인사를 건넸다. 그러다 누군가와 부딪쳐 몸을 휘청거렸다. 그녀를 붙잡은 손길은 강태욱 팀장의 것이었다. 지선이 눈을 키우며 고개를 숙였다.

"죄, 죄송해요. 팀장님. 퇴근하신 거 아니었어요?"

당황해 얼굴이 붉어진 지선이 말까지 더듬으며 태욱을 바라봤다.

"일이 남았습니다. 이 대리는 이제 퇴근입니까?"

"아, 네. 전 이제 하려고요."

"얼른 가 보세요. 누가 기다리느라 화가 잔뜩 난 거 같던데."

"어머나."

지선은 붉어진 얼굴이 돌아올 새도 없이 다시 달아올랐다. 그녀의 남편인 훈재는 회사 법무 팀 소속의 변호사로 태욱과는 고등학교 동창이었다.

훈재는 태욱의 권유로 회사에 입사했고, 그 때문에 사람들이 보는 앞에서는 친분을 드러내지 않는 편이었다. 그렇다 해도 훈재가 자신의 팀원과 사내 연애를 했다는 사실을 결혼식장에 들어가기 전까지 몰랐던 태욱은 아직도 친구에 대한 서운함이 남아 있었다.

"이 대리 퇴근이 늦는 걸 왜 나한테 따지는지 모르겠지만 잘 설명해 주길 바랍니다."

"아, 이 인간이 진짜……. 네네. 죄송해요, 팀장님. 제가 잘 처리하겠습니다."

지선은 달아오른 얼굴을 가라앉히지도 못한 채 사무실을 빠져나갔다. 그리고 곧 정적이 내려앉으며 태욱의 시선이 자리에 앉아 있는 서영에게로 향했다. 눈이 마주치자 서영은 긴장감에 저절로 숨이 멈춰졌다. 그가 천천히 그녀가 있는 쪽으로 걸어왔다.

"많이 기다리게 해서 미안합니다."

"괘…… 괜찮습니다."

"우선, 저녁 식사부터 합시다."

"……네?"

서영이 어리둥절한 표정으로 그를 바라봤다.

"설마, 밥 먹었습니까?"

태욱이 다르게 이해하고 물었다.

"아, 그건 아닌데……."

"정리하고 나와요. 지하 주차장 2층 B라인 12번에서 봅시다."

그는 다시 돌아서 걸어 나갔다. 서영은 얼떨떨한 얼굴을 하고 그 자리에 앉아 있었다. 식사를 하자고? 밥이 제대로 넘어갈 것이라 생각하는가. 도대체 자신에게 왜 이러나 싶어 울고 싶은 심정이었다. 그러나 모든 생각은 무의미했다. 서영은 얼른 정신을 차리고 가방을 챙겼다. 사무실을 빠져나와 엘리베이터를 기다리는데 문득 의아함이 들었다.

태욱은 그 말을 하려고 다시 사무실로 올라온 것인가. 간단히 핸드폰 문자로 장소를 알려 줘도 될 텐데. 서영은 하루 종일 추측과 단념, 망상과 오해의 바다 속에서 헤엄치는 기분이었다. 술이 아직 덜 깬 것만 같아 머리를 두드리다 유리면에 비친 자신의 모습을 확인했다. 하루 종일 업무에 치여 눈 밑으로 다크서클까지 내려온 여자가 보였다. 오히려 잘되었다는 생각이었다. 서영은 다른 생각은 하지 않고 반복해서 지하 주차장 2층 B라인 12번만 되새겼다.

태욱은 그 짧은 시간 동안에도 서류를 훑고 있었다. 차 앞으로 천천히 다가선 서영은 조수석 쪽 창문을 똑똑 두드렸다. 태욱이 고개를 돌려 그녀를 확인하고는 문을 열어 주었다. 대전까지 출장을 다녀온 고급 세단은 어느새 먼지 하나 없이 깔끔하게 닦여 있어 그 안으로 몸을 들이는 것조차 조심스러웠다. 어색한 몸짓으로 차에 올라탄 서영은 문을 닫은 뒤 가만히 앞만 바라보았다.

"뭐 좋아합니까?"

태욱이 서영 쪽을 보며 물었다. 서영은 그 물음이 무엇을 뜻하는지 알아챘지만 곧장 대답할 수 없었다. 그저 퇴사에 관한 면담을 빨리 나누고 집으로 돌아가고 싶었다. 하지만 마음과 달리 배 속에서 또다시 배고픔의 신호를 보냈다. 그 소리가 태욱에게까지 전해지지 않기를 바랐지만 차 안은 너무 좁고 그의 귀는 너무 밝았다.

"금방 나오는 걸로 먹어야겠군요."

"아뇨. 아무거나 괜찮습니다, 저는. 근처 해장국집이라도……."

말을 꺼내 놓고 서영은 자신이 무슨 소리를 하는가 싶었다. 면담의 장소로 적합하지 않다는 생각이 들어서였다. 게다가 태욱과 해장국은 어울리지 않았고, 그가 그런 음식을 먹는 모습 또한 상상되지 않았다.

"뭐, 어제 그렇게 마셨으니……."

태욱은 이해한다는 표정이었다. 서영은 부끄러움을 감출 길이 없었다. 그는 솔직한 말로 상대의 입을 막아 버리는 기술이 탁월한 사람이었다. 원래 높은 자리에 오르려면 당연히 갖춰야 할 필수 조건일지도 몰랐다. 이런 남자에게 서영 자신처럼 쭈뼛거리며 한 박자 늦는 사람은 얼마나 답답할까.

"진짜…… 해장국 드시게요?"

"먹고 싶다면서요?"

태욱이 되물었다. 그의 입가에 살짝 미소가 어리자 서영은 지금 이 남자가 자신을 놀리는 것인가 하는 생각이 들었다. 무슨 연유로 그녀를 붙잡아 저녁까지 먹이려는 건지는 모르겠지만 그를 좋아한다고 고백한 일 때문에 그녀에게 이런 행동을 하는 것이라면 전혀 반갑지 않았다.

"저녁 먹자고 하신 분은 팀장님이세요."

서영이 가라앉은 얼굴로 대답했다.

"기분 나쁜 거예요?"

태욱은 눈치가 빨랐다. 단번에 그녀의 기분을 읽었다.

"굳이 저녁까지 사 주시면서 면담할 필요는 없을 것 같아서 말씀드리는 거예요. 서 차장님한테 퇴사 이유 말씀드렸고, 그 생각은 변하지 않을 겁니다."

"그럼, 굳이 왜 지금까지 날 기다린 겁니까?"

"……네?"

"윤 대리가 거절해도 문제 될 거 있습니까? 어차피 나갈 사람인데. 팀장이 면담을 요청했다고 퇴근 시간이 한참 지나도록 저녁까지 거르고 기다릴 이유가 없지 않을까……. 나는 그런 생각이 드네요."

태욱이 서영을 보며 얄밉게 웃어 보였다. 이런 면도 있는 남자인가. 서영은 지금까지 그녀가 알고 있던 태욱의 모습이 전부가 아니란 생각에 정신이 어지러웠다. 그리고 그의 말에 반박할 이유를 찾을 수 없는 지금이 부끄럽고, 또 서글펐다.

"팀장님 말씀대로 어차피 나갈 사람인데 잘 마무리하고 싶기도 했어요. 아니…… 아닙니다. 네. 이것도 어쩌면 잘 포장된 핑계겠죠. 솔직하게 말하면 제 자리가 누굴 거절하고 그럴 위치가 아니라서……. 거기에 너무 익숙해졌나 봐요."

거짓 없이 마음을 내보이니 오히려 시원했다. 서영은 퇴사 결심을 한 게 잘한 일이라 다시 한번 생각했다. 그러지 않았다면 지금 태욱에게 이런 말도 건네지 못했을 테니까.

"그래서, 지금 저녁 식사는 거절하고 싶다는 겁니까?"

태욱은 서영이 선을 넘는 말을 건넸는데도 전혀 개의치 않았다.

"꼭 밥을 먹으면서 할 필요는 없으니까요."

"내가 윤 대리와 꼭 밥을 먹고 싶은 거면?"

"……."

그의 장난 같은 되물음에 서영은 그저 눈만 동그랗게 뜨고 있어야 했다.

"기다리게 한 게 미안해서 그래요. 해장국은 다음에 기회 될 때 먹고, 오늘은 내가 잘 가는 한정식집으로 갑시다. 음식이 금방 나오는 편은 아니지만 기다린 시간만큼 배부르게 먹을 수 있을 겁니다. 어때요?"

태욱은 서영에게 허락을 구하듯 물었다. 분명 거절하고 멋있게 차

문을 열고 나서는 게 맞았다. 하지만 서영은 진심이 담긴 눈으로 '미안하다' 고 하는 그의 사과와 '다음에' 라는 여지를 두는 낱말을 뿌리치지 못하고 작게 고개를 끄덕일 수밖에 없었다.

"벨트는 맸으면 하는데. 내가 해 줘야 합니까?"

"아. 아뇨! 제, 제가 할게요."

서영이 화들짝 놀라며 얼른 벨트를 채웠다. 그 모습을 본 태욱은 미소를 머금으며 천천히 차를 출발시켰다. 그도 먼 거리를 운전하고 오느라 배가 많이 고팠다. 오늘 저녁은 샌드위치로 급하게 때우지 않아서 다행이라는 생각을 하며 차의 속도를 높였다.

한정식집은 예상과 다르게 남산 아래를 내려다보는 곳에 자리 잡고 있었다. 태욱과 어색한 공기를 견디며 목적지까지 오느라 서영은 바깥 공기가 너무나 그리웠다. 그가 차를 주차하자마자 얼른 문을 열고 내린 후 도시의 야경을 내려다봤다. 답답했던 체증이 조금 내려가는 것 같았는데 곧 뒤에서 들린 그의 목소리에 다시 긴장한 서영은 심장이 뛰었다.

"이렇게 불편해하면서……."

뒷말을 삼키며 웃은 태욱이 여유 있게 차 문을 잠갔다. 무슨 말을 하려는지 예상은 되었다. 이럴 거면서 고백은 어찌 했느냐는 눈빛이었다. 서영은 태욱의 눈을 피하며 식당 입구 쪽으로 먼저 발걸음을 옮겼다.

태욱이 그런 그녀를 뒤따르면서 엷은 미소를 보였다. 어쩐지 그의 웃음이 잦아진 기분이었다.

"어머나. 강 팀장님, 연락도 없이."

소담한 공간 안으로 들어서자 개량한복을 곱게 차려입은 여인이 그들을 맞았다. 식당은 개별적으로 나눠진 방 몇 개가 전부였다. 태욱이 이런 곳을 좋아할 줄은 몰랐던 서영은 뒤에 서 있는 그를 돌아봤다. 그녀의 눈빛을 읽은 그가 잠깐 어깨를 으쓱거리고는 주인에게 인사를 건넸다.

"잘 지내셨죠? 갑자기 생각나서 왔습니다. 자리 있습니까?"

예약하지 않으면 허탕을 칠 것이 뻔해 보이는 곳이었다. 서영은 차라리 잘되었다는 생각이 들었다. 태욱과 또다시 둘만의 공간 안에 갇히는 건 고역이었다. 자리가 없다는 소리를 듣고 가까운 커피숍에라도 들어가 빨리 면담을 마무리하고 집으로 돌아가고 싶었다.

"없어도 팀장님이라면 만들어 드려야죠."

그녀의 바람은 주인장의 친절한 미소와 함께 보기 좋게 날아가 버렸다. 태욱은 감사하다며 서영보다 먼저 사장님이 안내하는 공간으로 향했다. 서영이 그 모습을 지켜만 볼 뿐 움직이지 않자 그가 그녀 쪽을 돌아봤다.

"윤 대리, 이제 와서 도망가기엔 늦은 거 같은데."

"도, 도망이요? 아닌데요. 화장실 가려고요. 먼저 들어가 계세요."

서영은 얼른 핑계를 가져다 대고 화장실 팻말이 붙은 곳으로 몸을 움직였다. 뒤쪽에서 또다시 태욱의 웃음소리가 들리는 것만 같았다. 뭐가 그리도 재미있는지. 그래, 이런 그녀를 놀리는 재미가 있겠지. 서영은 포기하는 마음으로 화장실을 다녀온 뒤 태욱의 맞은편에 자리를 잡고 앉았다.

"뭘 좋아합니까? 여긴 된장찌개가 메인인데. 김치찌개도 나쁘진 않습니다."

태욱이 서영의 앞에 메뉴판을 내밀었다. 그는 이미 이 집의 음식을 모두 맛본 사람이니 볼 필요가 없다는 것처럼 선택을 그녀의 몫으로 넘겼다. 서영이 잠시 메뉴판을 내려다보는 사이, 그는 익숙하게 잔에 물을 따르고 그녀 앞에 놓아 주었다. 그 물잔에 놀란 건 오히려 서영이었다. 번쩍 고개를 든 그녀가 태욱을 바라보고 있자 그는 또 잠깐 웃음을 보였다.

"혹시 이런 거 못 할 사람으로 봤습니까?"

"아, 그게……."

"솔직히 할 기회는 별로 없어요. 여기도 혼자만 조용히 왔다 가는 곳이니까."

그런 장소에 그녀를 데려왔다는 것도 서영은 의아했다. 모든 게 의문투성이였다. 무엇보다 그가 어제, 그녀의 고백에 대해서는 어떤 말도 꺼내지 않고 있다는 게 가장 마음에 걸리는 부분이었다. 어떤 답도

하지 않았으니 거절한 것으로 봐야 맞았지만 그렇게 말조차 없던 사람이 다음 날 갑자기 면담 자리를 마련해서 저녁까지 사 주고 있는 게 정상적이지는 않아 보였다.

도대체 무엇을 원하는 걸까. 그녀의 퇴사를 막고 싶은 것이라기엔 이제까지의 행동이 설명되지 않았다. 오히려 마주 보기가 부담스럽지 않을까. 자신을 좋아한다는 여자에게 마음이 없으면서 이러는 건 냉정하고 심플한 평소 그의 품행과는 일치하지 않았다.

그러자 서영은 다른 생각이 들었다. 바람둥이. 문어 다리. 나쁜 남자. 그에 대한 입증되지 않은 소문들이 많았다. 서영은 전부 다 믿지 않았지만 그가 그런 남자가 아니라는 보장도 없었다.

"생각이 많은 편입니까?"

"네?"

서영이 놀라 움찔했다.

"메뉴를 못 정하는 것 같아서."

"아, 저는…… 한식이면 다 괜찮으니까 팀장님이 알아서 주문해 주세요. 지금 배가 고파서 뭐든 잘 먹을 수 있을 것 같아요."

서영은 오랜만에 제대로 제 의견을 전달했다. 그게 마음에 들었는지 태욱은 얼른 주인을 불러 간단하고 빠르게 주문을 넣었다. 특별히 더 신경 쓰겠다고 말한 주인이 문을 나서다가 서영을 바라본 시선엔 어쩔 수 없이 호기심이 가득했다. 여태껏 혼자서만 왔다고 했으니 당연한 걸지도 몰랐다. 서영은 방석까지 깔린 자리에 앉아 있어서 그런지 뭔가 붕 떠 있는 것만 같았다. 어색함과 불편함을 참지 못하고 그녀는 연신 물잔을 들어 올렸다.

"무슨 얘기부터 할까요?"

태욱이 드디어 본론을 꺼내려 했다. 서영은 기다렸다는 듯이 물잔을 내려놓고 허리를 세워 자세를 바로 했다. 퇴사에 관한 그녀의 확고한 의견을 전달할 때였다.

"나는 윤 대리 고백부터 얘기했으면 하는데."

불편하게 먹었던 물이 뒤늦게 목에서 내려가지 못하고 제대로 걸린 것만 같았다. 서영이 얼굴까지 빨개지며 기침을 하자 태욱은 얼른 자신의 물잔을 그녀 앞에 놓아 주었다. 서영의 물잔은 이미 비어 있었다. 급한 대로 그가 마셨던 물을 목 안으로 밀어 넣어 기침을 잠재우던 서영은 태욱과 물을 나눠 마셨다는 사실에 자신이 더 놀라고 말았다.

"그거 알아요? 윤 대리 지켜보고 있으면 재미있어요."

"네?"

"꼭 원맨쇼 보는 것 같다고 할까."

태욱이 다시 입꼬리를 올렸다. 모든 게 확실해졌다. 그는 이 모든 상황을 그저 유희거리로 받아들인 것이다. 서영은 얼굴이 홧홧하게 달아올랐다. 자존심도 상했다. 고백했다는 이유로 자신을 당연히 약자로 여기는 것인가.

"어제는…… 죄송해요. 그냥 잊어 주세요."

서영의 발뺌에 태욱이 이번엔 소리 내어 웃었다. 그러나 눈매는 더없이 차가워졌다. 전체 회의 때마다 모두의 가슴을 서늘하게 만드는 그 눈빛이었다. 서영은 쫄지 말자 생각하면서도 자꾸만 손끝이 떨려 테이블 밑에서 두 손을 맞잡아야 했다.

"윤 대리는 고백도 취소도 쉽군요."

태욱의 입장에선 그럴 수 있었다. 하지만 그녀의 고백이 5년 동안 끌어온 감정의 결과물이란 걸 말할 순 없었다.

"하나만 묻죠."

서영은 물잔만 바라보다 태욱의 말에 고개를 들었다.

"나한테 감정이 있어서 말한 건 맞습니까?"

뭐라고 해야 할까. 서영은 쉽사리 입이 열리지 않았다.

"그건…… 그렇지만, 즉흥적인 마음이었어요. 술도 마셨고, 팀장님이 파혼하신단 말을 엿듣게 돼서 저도 모르게……. 통화하신 거 몰래 들은 것도 죄송합니다. 아무튼 신경 쓰실 필요 없으세요."

그는 잠시 그녀를 빤히 바라봤다. 얼굴이 뚫릴 것처럼 태욱의 시선은 단숨에 불쾌감으로 사나워졌다. 여러 개의 얼굴을 가진 남자라는 건 이미 알고 있었지만 가까이에서 경험해 보니 평범한 서영이 상대하기엔 여러모로 벅찼다.

"이미 신경 쓰게 해 놓고, 신경을 쓰지 말라니."

태욱이 들으라는 듯이 혼잣말을 했다.

"내가 책임지고 있는 팀원이 고백을 했는데, 어떻게 무시할 수 있겠습니까. 고작 하루지만 진지하게 고민해 봤고, 내 뜻을 전하려고 했는데. 하루 만에 취소라……."

서영은 뭔가 이야기의 흐름이 잘못되어 간다는 생각이 들었다. 진지하게 고민했다고? 그걸 믿으라는 건가? 그녀는 또 '왜'라는 물음이 들었다. 그녀의 마음을 받아 줄 것이라 생각하고 저지른 고백이 아니었다. 5년 짝사랑에 대한 마무리. 그녀 자신을 위로하기 위한 일방적인 한풀이였다.

"이런 일이 잦은 편입니까?"

"아, 아뇨."

서영은 얼른 대답했다.

"그럼 내가 처음이에요?"

태욱은 웃음기 없는 얼굴로 진지하게 물었다. 전혀 예상하지 못한 물음들이었다. 막다른 길에 서게 되면 서영은 모든 걸 이실직고해 버릴 것 같아 어떤 말도 쉽게 꺼내기 어려웠다.

"……."

"불리해지면 입을 닫는 편이군요, 윤 대리는."

"아니, 그게 아니라……. 팀장님이 저한테 원하시는 게 뭔지 모르겠어서 그렇습니다."

"내가 원하는 게 아니라…… 어제, 윤 대리가 날 원한 거였어요."

그는 사실 관계를 확실히 짚었다.

"……무시하고 가셨잖아요."

그래 놓고 이제 와 이러는 그를 서영은 이해할 수 없었다.

"그게 속상해서…… 사직서 낸 겁니까?"

더 이상 숨기는 것도 우습다는 생각이 들어 서영은 솔직해졌다.

"네. 솔직하게 말하면 그것도 이유가 되겠죠. 서로 마주하기 껄끄럽잖아요. 술 때문이라고 해도 원인을 제공한 건 저니까 제가 나가는 게 맞는다고 생각했습니다. 여러 가지로 팀장님을 혼란스럽게 해 드렸으니, 거기에 대한 책임을 지겠습니다."

서영은 솔직하게 털어놓아 차라리 다행이다 싶었다. 그녀가 해야 할 말을 모두 전했으니 더 이상 앉아 있을 이유가 없었다. 서영은 가방을 챙겨 일어났다.

"껄끄럽다고 단정 지은 건 윤 대리 혼자 생각이지."

그의 대꾸에 서영은 잠시 태욱을 내려다봤다.

"퇴사의 이유가 나 때문이라면 그럴 필요 없습니다. 윤 대리가 책임질 일도 없고. 그러니까 앉아요. 처음으로 일행을 데려왔는데 밥 먹기도 전에 도망가면 내가 어떤 놈으로 보이겠어요? 더 이상 난처한 질문 안 할 테니까 밥만 먹고 가요. 강요 아니고 부탁입니다."

서영은 가방을 움켜쥔 채 고민할 수밖에 없었다. 곧 그녀를 잡아먹을 것처럼 심장을 조이던 남자는 어디 갔을까. 불쌍한 표정을 한 큰 개 한 마리가 그녀의 앞에 꼬리를 내리고 앉아 있는 것만 같았다. 그래, 이래서 5년을 좋아했지. 서영은 포기하듯 다시 자리에 가방을 내려놓고 앉았다. 태욱은 그제야 편안한 미소로 그녀를 바라봤다. 곧 어색한 침묵이 흘렀지만 이전만큼 불편하진 않았다.

　때맞춰 방 안으로 들어온 주인장이 된장찌개가 담긴 뚝배기를 두 사람의 수저 옆에 하나씩 놓아 주었다. 갖가지 나물 반찬과 두루치기, 노릇하게 구운 고등어 한 마리가 테이블 중앙에 자리했고, 솥에 담긴 밥을 퍼 각자의 몫으로 덜어 준 주인장이 솥 안에 물을 부어 놓았다. 그녀가 나가자 태욱은 서영을 보며 얼른 수저를 들었다.

　"먹읍시다."

　"……네."

　난처하게 만들지 않겠다더니 그는 정말 밥만 먹었다. 서영은 배가 고프긴 했지만 음식 맛이 제대로 느껴지지 않았다. 편한 자리가 아니니 당연했다. 괜히 체하기라도 하면 며칠은 고생이니 그녀는 소화되기 쉬운 나물 종류에만 젓가락을 가져다 댔다. 그러자 언제 그걸 지켜봤는지 태욱은 나물 그릇을 그녀 앞에 밀어 먹기 편하도록 만들어 주었다.

　"아, 감사합니다."

서영은 잠시 심장이 두근거리고 말았다. 제발, 이러지 마. 잘해 주지 마. 그런 말들이 마음속을 가득 채웠다. 어제의 뜬금없는 고백은 그저 객기로 저지른 실수라고 잘 무마시켰지만 떨리는 가슴을 숨길 만큼 그녀는 노련하지 못했다.

　"고기도 생선도 안 좋아하는 거면 시키지 말 걸 그랬습니다."

　태욱은 뒤늦게 그녀에게 싫어하는 음식을 묻지 않았다는 것에 대한 미안함을 표시했다.

　"아, 아뇨. 싫어하진 않는데…… 지금은, 다, 다이어트 중이라서요."

　정말 눈에 훤히 보이는 거짓말이었다. 이렇게 어수룩할 수가 없었다. 태욱이 원맨쇼를 보는 것 같다고 놀릴 만했다. '다이어트'란 말을 듣자마자 태욱은 서영의 얼굴을 잠깐 바라보더니 그녀의 몸 쪽에 시선을 두었다.

　"여자들 기준은 모르지만 내가 볼 땐 마른 거 같은데."

　"마, 마르긴요. 팔다리가 얇아서 그렇지 저 숨겨진 살이 많아요."

　별소리를 다 한다 싶었다. 태욱은 또 그런가, 하며 수긍하듯 고개를 끄덕였다. 그래도 생선은 괜찮지 않습니까? 그가 세심하게 가시를 바른 생선 살을 그녀의 밥 위에 올려 주었다. 서영은 더 이상 거절할 수가 없었다. 그의 행동이 너무 다정해서 가슴이 뜨겁게 데워지는 것만 같았다.

이런 날이 있을 거라고는 상상조차 하지 못했다. 그는 언제나 집무실에 앉아 있는 모습만 볼 수 있는 현실감 없는 남자였고, '다정'이라는 말과는 어울리지 않는 사람이었다. 그를 회사가 아닌 곳에서 만난 적은 없지만 분명 그럴 것이라 추측했었다. 하지만 그녀의 생각들은 모두 상상 속에서만 존재하는 허상일 뿐이었다.

"난 신경 쓰지 말고 천천히 먹어요."

어느새 그의 그릇은 깨끗하게 비어 있었다. 서영은 얼른 이 자리가 끝나길 바랐으면서도 또 한편으론 지금이 소중해 시간을 끌고 싶기도 했다. 오락가락하는 감정은 짝사랑이 남긴 모순점이었다.

"저도 다 먹었어요."

서영은 밥을 남긴 채 수저를 내려놓았다. 시간을 더 끈다고 해서 달라질 것은 없었다.

결국 그의 말을 정리해 보면 그녀의 고백은 신경 쓰지 않는다는 것이었다. 처음부터 그 때문에 퇴사할 필요가 없단 말을 하고 싶었던 거고, 그게 이 면담 자리를 만든 이유일 것이다. 이해되는 행동이었다. 어쨌든 그는 고백을 받았고, 그로 인해 팀원이 퇴사를 한다면 책임감을 느낄 수도 있었다. 자신은 아무렇지 않다는 것을 말해서 없던 일로 하고 싶은 걸지도 몰랐다.

"그럼 일어날까요?"

태욱은 망설임 없이 벗어 둔 겉옷을 집었다. 정말 그는 더 이상 다른 말은 하지 않았다. 아마도 선택은 서영 쪽에서 하라는 뜻이겠지. 잠시 흔들리긴 했지만 이제 와 다시 말을 번복하는 것도 우스웠다. 서영은 마음을 다잡고 가방을 챙겨 일어났다.

"오늘 잘 먹었습니다. 조심해서 가세요."

가게 앞마당으로 나온 서영은 차 쪽으로 향하는 태욱에게 먼저 인사를 건넸다.

"여기서 내려가는 버스는 없어요. 택시도 잘 안 올라오고."

그녀의 융통성 없는 행동이 마음에 들지 않았는지 그의 목소리가 차가웠다.

"걸어서 내려가도 괜찮습니다."

"왜 그렇게까지 합니까?"

태욱은 이해할 수 없다는 표정이었다.

"처음부터 밥만 먹고 일어나려고 했어요. 제 실수에 대해서 너그럽게 이해해 주신 건 감사하게 생각하지만, 퇴사에 대한 제 뜻은 똑같습니다. 그러니 잘 마무리해 주시길 부탁드립니다. 그럼."

서영이 제 말만 하고 돌아서려는데 태욱이 불쑥 그녀 옆에 따라붙었다.

"밤이라 어두워요. 정류장까지 데려다줄게요."

도대체 왜 이러는 거야. 서영은 멍해진 얼굴로 그를 바라봤다. 태욱은 그런 그녀의 반응을 예상했다는 것처럼 또다시 재미있다는 표정이었다. 뭐가 그렇게 재미있는 거지. 사람을 괴롭히는 게 취민가. 그래, 그러니 골치 아픈 팀장 자리에 앉아서 매일 부서 책임자들을 모아놓고 답도 나오지 않는 문제에 대해서 해결점을 찾아오라고 눈빛 하나로 목을 조르지.

서영은 포기하듯 그와 함께 걸음을 옮겼다.

벚꽃이 떨어지는 늦봄이었고, 날리는 꽃들이 눈처럼 떨어지는 밤이었다. 이 모든 게 꿈인 것만 같아 서영은 그저 앞만 보고 걸었다.

3.

인생은 짧고, 사랑만 남는다

　그다음 날부터 태욱이 일주일간 중국으로 출장을 가는 줄은 몰랐다. 서영은 평소처럼 일찍 출근해 업무를 보았고, 한 번씩 그와 조용히 걸었던 벚꽃 길을 떠올리다 고개를 세차게 흔들었다. 점점 청승이 심해지는 걸 보니 그저 퇴사만이 빠른 답이었다.

　태욱이 출근 시간이 지나도 나타나지 않자 다행이라 생각하면서도 또 궁금해져 버렸다. 팀원들과 담소를 나누면서도 문이 열리는 소리가 들리면 자꾸만 뒤를 돌아보게 되었다. 그러다가 아침부터 외부 일정을 소화하고 출근한 서 차장이 그녀를 탕비실로 따로 불렀을 때에야 왜 그가 나타나지 않는지 알게 되었다. 그리고 공중에 붕 떠 버린 그녀의 사직서 소식까지.

"보, 보류라고요?"

"그래. 아침부터 전화해서 그러시더라고. 윤 대리가 어제 그렇게 말한 거 아니야?"

지훈은 어젯밤 서영에게 전화를 걸었지만 통화가 되지 않았다. 태욱을 만났는지, 그리고 퇴사에 대해서 어떤 이야기를 나눴는지 궁금했다. 팀장이 따로 면담을 할 정도이니 그도 어느 정도는 돌아가는 상황을 파악할 필요가 있었다. 그리고 무엇보다 두 사람이 따로 만난다는 게 마음에 걸렸다. 그럴 일은 없겠지만 태욱이 평소와 다르게 개인 면담을 요청했다는 사실이 자꾸만 그를 불안하게 만들었다.

"전, 퇴사하겠다고 분명하게 말씀드렸어요."

당연히 그렇게 마무리될 줄 알았다.

"나한테는 보류라던데. 새벽 비행기 타기 전에 통화했어. 자기 돌아올 때까지는 처리하지 말고 있으라고. 누구 말이 맞는 거야? 어제 만나서 무슨 얘기 했는데?"

"아……, 그냥."

서영은 지훈에게 돌아가는 상황을 시시콜콜하게 말할 수가 없었다.

그녀가 주저하며 입을 닫자 지훈은 더 마음이 쓰였다. 좀 더 강하게 입장을 대변하며 그의 선에서 마무리 지었어야 했나. 후회가 들기도 했다.

"암튼 일주일만 더 기다려 보자. 후임이야 인사이동 하면 금방 정해질 거고. 우리 팀 윤 대리 자리야 누구든 오고 싶어 하는 자리잖아."

지훈도 당연히 사내에 도는 가십들을 잘 파악하고 있었다. 서영의 자리가 강태욱 팀장의 집무실이 잘 보이는 명당이고, 마케팅 팀이라면 한 번쯤 거쳐 가도 나쁘지 않은 부서라는 것을.

"그렇긴 하죠. 일단…… 알겠습니다. 중간에서 차장님만 입장이 난처하시네요, 죄송합니다."

서영은 공과 사를 구분하듯 지훈에게 깍듯이 인사를 건넸다. 지훈은 그게 못내 서운하고 아쉬웠다. 서영이 그에게 하소연이라도 하면 위로를 핑계 삼아 힘이 되어 주고, 자연스럽게 선배와 동료 이상의 감정을 느끼도록 다가설 수 있을 텐데.

하지만 서영은 늘 선을 딱 지켜 그를 대했다. 그게 평소 부서 책임자로서 그녀에게 업무 지시를 할 때는 편했지만 그녀에게 다른 마음을 먹고 나니 때때로 벽처럼 느껴졌다.

"윤 대리 일이 내 일이지. 난처할 게 뭐 있어? 팀장님이 이번 일엔 평소랑 좀 다르시네. 뭐 그게 다 윤 대리 업무 능력을 높이 평가해서 그런 거 아니겠어? 이번 도시사업 광고도 성공했고, 여러 가지로 놓치기 아까운 인재라 그러시는 거 같으니까 좀 더 기다려 보자고."

지훈은 일부러 서영이 듣기 좋은 말을 덧붙였다. 그녀가 그런 입에

발린 소리를 좋아하는 편이 아니라는 걸 알지만 이렇게라도 그의 마음을 조금이나마 전하고 싶었다.

"저 좋게 생각해 주시는 건 차장님뿐일 거예요. 정말 여러 가지로…… 감사하고 죄송하게 생각해요."

서영은 진심이었다. 그녀의 퇴사 문제로 가장 피해를 본 사람을 꼽자면 당연히 지훈이었다. 아무리 괜찮은 후임자가 들어온다고 해도 팀원들끼리 조율하는 시간이 필요할 것이고, 그걸 중간에서 관리하고 해결점을 찾아 줘야 하는 게 그의 일이었다. 만약 서영이 퇴사하지 않는다면 전혀 필요 없는 일이기도 했다.

"그렇게 미안하면 근사한 밥 한번 사."

지훈은 이때다 싶었다.

"근사한…… 밥이요?"

"포크, 나이프 있는 곳. 몰라? 나한테 그 정도도 못 써?"

그는 일부러 얹는 소리를 덧붙였다.

"아, 아니에요. 당연히 사야죠. 제가 차장님한테 얻어먹은 게 얼만데."

서영은 아차, 싶었다. 안 그래도 퇴사하면 언제 한번 그에게 신세를 갚을 생각이었다. 대학 후배라는 이유로 그가 다른 팀원보다 그녀를 더 챙겨 주고, 아꼈다는 것을 모르지 않았다. 그게 다른 팀원들의 눈에는 차별 대우처럼 보일 테니 그녀가 조금 더 조심하는 게 있긴 했었다. 하지만 이젠 굳이 그럴 필요가 없었다.

"약속했다?"

지훈이 재차 확인하며 새끼손가락까지 내밀었다. 서영은 그 장단
에 맞춰 그녀의 손가락을 걸어 주었다. 뭔가 유치한 장난 같아 어색한
웃음이 났다. 지훈도 마찬가지인지 서영을 보며 아이 같은 미소를 보
였다. 평소 그에게서 보지 못한 눈빛이라 잠시 둘 사이의 공기가 달라
지는데 그 순간 탕비실로 누군가 들어섰다. 영업 팀 지선이었다.

"손가락 걸고 뭐 해요, 두 사람?"

"아."

서영도 지훈도 급하게 손을 풀었다. 마침 서 차장에게 전화가 들어
왔고 그는 얼른 탕비실을 빠져나갔다. 그러자 지선은 얼른 서영의 곁
으로 다가왔다.

"뭐야? 서 차장으로 바뀐 거야?"

"아니에요. 그런 거."

서영은 고개와 손을 동시에 저었다.

"윤 대리는 아닌지 몰라도 서 차장은 맞는 거 같은데?"

지선이 음흉한 눈빛으로 지훈이 나간 문 쪽을 바라봤다. 실력도 실
력이지만 눈치가 빠르기론 회사 내에서 따라올 자가 없는 그녀이니
쉽게 무시할 수 없는 말이지만, 서영은 그렇다고 해도 자신의 감정에
는 변화가 없을 것 같았다. 서지훈. 그에게선 태욱에게서 느꼈던 설렘

과 떨림을 느낀 적이 없었다. 그렇게 생각하자 서영은 또다시 어제의 봄밤이 떠올랐다. 정말 병이 아닐 수 없었다.

"그건 그렇고. 자기 오늘 저녁에 뭐 해?"

지선이 뒤늦게 용건을 말했다.

"저, 별다른 일은 없어요."

"그럼, 나랑 놀자."

"네? 집에서 기다리는 분……."

"그분, 출장 갔잖아. 강 팀장이랑 같이."

"아……."

서영은 탕비실 유리창 너머로 태욱의 텅 빈 집무실을 바라봤다.

"그러니까 일주일 동안은 해방이란 거지. 그 첫날을 축하하는 의미로, 오늘은 내가 쏜다. 뭐든 좋으니까 달려 보자고. 오케이?"

싫다고 거절하면 퇴사를 기다리는 일주일이 조금 더 길어질 것만 같아 서영은 가만히 고개를 끄덕였다. 오히려 잘되었단 생각도 들었다. 퇴근 후 텅 빈 집으로 돌아가 멍하니 앉아 있어 봤자 태욱과의 시간들을 되새기는 일밖에 하지 않을 것 같았다. 얼른 시간이 흘렀으면. 이 소란스러운 마음이 잠잠해지는 순간이 찾아왔으면. 서영은 그것만 빌고 또 빌었다.

지선과 서영이 퇴근 후 저녁 겸 술자리의 안주로 선택한 음식은 매콤달달한 닭발이었다. 먹고 나면 그다음 날 화장실에서 자주 마주치게 되는 민망함이 후유증으로 남지만 스트레스를 해소하는 데는 최고인 메뉴였다.

서영은 지선과 친해지고 퇴근 후 자주 어울려 다니며 평소 먹어 보지 못한 음식을 많이 접하게 되었다. 영업 팀이라는 특성상 술자리가 많고 거래처 사람들과 자주 식사를 해야 하는 지선은 맛도 있으면서 독특한 음식들을 줄줄이 꿰고 있었다. 상대의 마음을 홀리는 데 먹는 것만큼 좋은 미끼가 없다고 했다. 인간이란 맛있는 음식을 먹으면 당연히 기분이 좋아지게 되어 있고, 그때야말로 영업의 피크 타임이라며 그녀의 노하우를 서영에게 설파하기도 했었다.

매일 책상에 앉아 홍보 문구를 생각하는 서영으로선 알아 봤자 그다지 도움이 되지 않는 정보들이었지만 그녀는 지선과 함께하는 시간이 즐거웠다. 서영보다 한 살이 많은 지선은 재치 있는 입담과 더불어 분위기로 상대를 제압하는 화끈한 매력도 지녔다. 한마디로 평범하고 수더분한 서영과는 정반대의 사람이었다. 그래서 더 끌리고 호기심이 생긴 건지도 모르겠다. 마치 태욱을 좋아한 것처럼.

"강 팀장은 진짜 잊은 거야?"

노릇노릇 잘 구워진 닭발 하나를 그녀의 앞접시에 놓아 주며 지선이 물었다.

두 사람은 벌써 소주 두 병을 비운 상태였다. 서영은 사람들이 보는 것보다 주량이 센 편이었고, 지선은 사람들이 생각한 것보다 더 잘 마시는 편이었다. 그래서 두 사람은 합이 잘 맞았고, 술에 취한 상태에서 종종 서로에게 속마음을 털어놓을 수 있는 상대가 되었다.

"잊고 말고 할 게 뭐 있어요."

서영은 쓸쓸하게 웃으며 소주잔을 들었다.

"내 유용한 소식통에 의하면 강 팀장 그 결혼 엎었다는 얘기가 있어. 아무 문제 될 게 없다니까 그러네."

언제 또 그의 파혼 소문이 돈 것일까. 정말 가십 하나는 빠르게 퍼지는 동네였다.

"그거랑 상관없어요. 이젠 정리해야죠."

"내가 아쉬워서 그러지. 나는 서 차장보단 강 팀장 쪽이야. 원래 정반대인 사람한테 끌리게 되어 있거든. 자기야 호감 있는 거 맞고, 강 팀장도 혹시 모르잖아?"

아니라는 걸 어제 확실하게 듣고 왔다는 소리는 할 수 없었다. 서영은 지선이 의미 없는 일에 계속 마음을 쓰는 게 미안해서 입을 열었다.

"사실 저 사직서 냈어요."

"뭐?"

닭발을 굽던 지선의 눈이 동그래졌다.

"좀 쉬려고요. 아직 서 차장님밖에 몰라요. 이 대리님한테는 미리 말씀드려야 할 것 같아서……. 그동안 이 대리님 덕분에 잘 버틸 수 있었어요. 감사해요."

"뭐야, 왜 그래? 이렇게 갑자기 그만두는 게 어디 있어? 합병하고 나서 다들 악착같이 버티려고 용을 쓰는데. 혹시 무슨 일 있었어? 누가 우리 자기 괴롭힌 건데?"

역시 지선은 거짓말이 쉽게 통하지 않는 사람이었다. 서영은 모든 일을 털어놓고 싶은 마음이 들기도 했다. 하지만 그런들 뭐가 달라질까 싶었다. 태욱에 대한 미련만 더 남게 될 것이고, 지선까지 속상하게 만들고 싶진 않았다.

"괴롭히긴 누가 괴롭혀요. 그냥…… 번아웃이에요. 매일 출근하고 퇴근하고 반복하는 게 지겹기도 하고, 지치기도 하고. 아무튼…… 무슨 일 있어서 그런 건 아니에요."

"그러니까, 연애를 좀 하라고! 내가 몇 번을 말해? 강 팀장이 아니다 싶으면 또 다른 남자 만나 보면 되잖아. 안 되겠다. 우리 신랑한테 좋은 후배 없는지 지금 바로 물어보자."

"아니, 그러지……."

말라고, 말리려 했지만 지선은 이미 핸드폰을 손에 들고 통화 버튼까지 누른 상태였다. 직장 동료의 소개팅 때문에 중국으로 출장 간 남편에게 이 밤에 전화를 건단 말인가. 서영이 알기론 지선의 남편인 박훈재 변호사는 아내의 음주 가무를 가장 싫어한다고 했다. 오늘 자리도 그가 출장 간 틈을 타 마련한 것인데 모두 들키게 생겼다는 걸 모르는 건가.

"여보. 자기, 지금 통화 가능?"

아무래도 모르는 것 같았다. 지선의 눈은 이미 취해 있었다.

"아니, 술? 내가? 나 여기, 지금 커피숍이야. 윤 대리랑. 윤, 서, 영, 대리. 몰라?"

목소리 톤마저 너무 높았다. 서영은 괜스레 공범이 된 것 같아 죄책감이 들었다. 얼른 전화를 끊는 게 좋을 것 같다고 바디랭귀지를 해 보았지만 지선은 오히려 남편을 더 자극했다.

"그래. 술 좀 마셨다, 왜? 내가 남자랑 마시는 것도 아니고, 우리 윤 대리랑 마시는데 당신이 왜 화를 내? 이렇게 간섭받을 줄 알았으면 나 이 결혼 안 했어. 누가 하자고 했다고? 내가? 이봐요, 박훈재오리 씨. 내가…… 어? 여보세요? ……강 팀장님?"

조마조마하게 지선을 지켜보던 서영은 태욱을 지칭하는 말이 나오자 모든 동작이 일시 정지 된 채 숨을 멈추고 말았다. 박 변호사와 그가 함께 있는 건가. 그래, 같이 출장을 갔으니 그럴 수도 있을 것이다. 잘못한 것도 없는데 어쩐지 심장이 두근거렸다.

"네. 누구요? 아, 윤 대리요?"

그런데 지선이 갑자기 자신의 핸드폰을 서영에게 내밀었다.

"아, 저는 왜……."

"바꾸라는데, 강 팀장이?"

서영은 엉겁결에 핸드폰을 받았지만 쉽게 귀로 가져다 대지 못했다. 그러자 지선이 나서서 친절히 그녀의 귀에 핸드폰을 딱 갖다 붙여 주었다.

— 윤 대리. 윤서영 대리 맞습니까?

태욱이 확인하듯 물었다.

"네. 팀장님……."

그녀가 기어들어 가는 목소리로 답하자 태욱은 작은 한숨을 쉬었다.

— 박 변이 흥분한 거 같아서 내가 대신 받았습니다. 술 많이 마셨습니까?

"아뇨! 이 대리님 많이 안 드셨어요!"

서영이 얼른 변명을 했다.

— 윤 대리 말입니다.

태욱의 질문에 서영은 잠시 멍해졌다.

"……."

— 윤 대리?

"아……, 저도 많이 안 마셨어요. 그냥, 저녁 겸 반주 한 거예요. 제가 퇴사하게 됐다고 말했더니 저녁 사 주겠다고 하셔서요. 박 변호사님께 잘 설명해 주세요."

서영은 자신이 왜 이런 보고를 해야 하는지 몰랐지만 우선은 사실을 알릴 필요가 있었다. 혹시라도 지선이 이 자리 때문에 남편과 부부 싸움이라도 한다면 그녀의 책임도 없지 않았다. 하지만 걱정과 달리 앞자리의 지선은 흥미로운 눈빛으로 그녀를 바라보고 있었다. 취한 것 같으면서도 아닌 것 같기도 했다.

— 보류라는 말, 서 차장한테 못 전해 들었습니까?

태욱은 그녀가 궁금해하던 일을 직접 꺼냈다.

"들었어요. 그래서 의아했습니다. 전 분명 제 의사를 말씀드렸다고 생각했는데요."

— 의사는 잘 들었습니다. 그런데 내가 아직 할 말이 남아서요.

"……네?"

— 어제 윤 대리가 더 듣고 싶어 하지 않기에 못 한 것뿐입니다.

이건 또 무슨 소린가. 무슨 할 말이 남았다는 거지. 서영은 태욱의 의중을 알 길이 없었다. 뭐, 어차피 속마음을 다 드러내는 타입도 아니었다. 더 이상 그에게 끌려다니기 싫어 서영이 단도직입적으로 말하려는데 전화는 또다시 주인에게로 넘어갔다.

— 윤 대리님? 저 박훈재 변호삽니다.

"아, 네. 죄송해요, 변호사님."

"뭐야? 다시 그 인간이야? 하여간 눈치가 없어 가지고."

닭발을 뒤적이며 그녀의 말을 엿듣고 있던 지선이 놀라 자신의 핸드폰을 가져갔다. 서영은 2차전을 시작한 신혼부부의 투닥거림을 지켜보면서도 머릿속에는 태욱의 말이 맴돌았다. 무슨 얘기가 남았다는 건가. 그와는 더 이상 할 말이 없었다. 그때 그녀의 핸드폰으로 문자가 들어오는 소리가 들렸다. 서영은 화면을 확인했다.

[한국 가서 얘기합시다.]

태욱에게서 온 문자였다. 서영은 답하지 않았다.

[술 적당히 마시고 일찍 들어가요.]

곧 그에게서 문자 하나가 더 들어왔다. 꼭 걱정하는 것처럼.

[제가 알아서 합니다.]

서영은 참지 못하고 답했다. 하지만 그 뒤에 대한 답장은 없었다. 하여튼 사람 신경 쓰이게 하는 재주는 타고난 것 같았다. 서영은 일부러 핸드폰을 테이블에 뒤집어 놓았다.

"누군데? 혹시, 강 팀장이야?"

언제 통화를 마쳤는지 지선이 그녀를 바라보고 있었다. 마치 그녀의 문자 내용을 보기라도 한 것처럼 다 알고 있다는 듯한 눈빛이었다. 서영은 잠시 망설이다 고개를 끄덕였다.

"그냥…… 일 문제예요."

"무슨 일? 자기 퇴사 문제?"

역시 지선을 속이는 건 어려울 것 같았다.

"네. 팀장님 허락이 아직 안 떨어져서요."

"강 팀장이? 의외네. 그런 문제까지 신경 쓰는 타입은 아닌 줄 알았는데."

지선은 입 끝에 미소를 머금고 고개를 흔들었다. 그녀가 무슨 생각을 하는지 알았다. 서영도 그래서 잠시 머릿속이 복잡해졌지만 멋대로 추측하는 것도 우스웠다. 총괄 팀장이 부서 팀원의 퇴사에 관여하지 말란 법도 없었다.

"차장님 혼자 힘들까 봐 그러시는 걸지도 모르죠."

"강 팀장이 서 차장 걱정을 왜 해?"

그게 더 의아하다며 지선이 되물었다.

"그거야…… 제가 빠지면 차장님 업무가 많아질 거고, 그럼 전체 일도……."

"윤 대리, 내가 강 팀장 전설 하나 얘기해 줄까?"

의자를 앞으로 좀 더 끌어온 지선은 서영 쪽으로 몸을 기울였다.

"전, 전설이요?"

"윤 대리 입사하기 전이니까 모르겠다 싶어서."

미끼를 물듯 서영이 살짝 고개를 끄덕였다. 마음을 접겠다고 했지만 태욱의 이야기는 그녀에게 언제나 엔돌핀이었다. 그가 어떤 종류의 커피를 좋아하고 어느 브랜드의 치약을 쓰고 또 어떻게 일을 처리하는지까지. 그에 대한 모든 걸 알고 싶던 때도 있었다.

"강 팀장이 말단 사원에서부터 팀장까지 차근차근 올라온 케이스인 건 알지?"

"아, ……네."

그래서 더 대단한 인물이라고 평가되었다. 사원부터 팀장까지 초고속이었다. 모두 그의 능력이 만들어 낸 당연한 수순이었다. 그가 해내고 이루어 놓은 업적들이 이전 회사의 몸집을 불리고 현재의 유신건설로 나아갈 수 있는 발판을 마련했다는 데 동의하지 않는 사람이 없을 정도였으니.

"지금의 신사업 총괄 팀장이 되기까지 하루에 몇 시간이나 잤을 것 같아? 지금도 일주일의 절반은 야근이지만 옛날에는 더 심했단다. 그런데 그렇게 잠을 안 자도 다크서클 하나 내려오질 않았대. 이건 좀 무서운 얘기긴 하다. 아무래도 인간이 아닌 것 같기도 하고."

지선은 이야기에서 살짝 벗어난 자신의 감상을 꺼내 놓았다.

"암튼 그렇게 일만 하는 인간을 같은 부서 사람들이 좋아했을까? 당연히 비교당하니까 싫어했겠지. 은근히 따돌리기도 하고. 강 팀장이 TF 팀에 있을 땐 말이야. 사람들이 같이 일 못 하겠다고 다 손들고 빠져 버리기도 했었대. 엿 먹으라는 거지. 근데 더 기가 막힌 게 뭔지 알아? 다섯 명이 할 몫을 강태욱이 혼자 다 해냈다는 거야. 무소의 뿔처럼 혼자 간다 이거지."

지선의 얘기처럼 평소 태욱의 업무 방식은 일방적일 때가 많았다. 은근히 외골수적인 면이 많다는 걸 서영도 느끼긴 했다.

"신사옥으로 이전하면서 신사업 팀 한 공간에 다 집어넣자고 한 사람이 강 팀장이잖아. 왜 그랬을 거 같아? 나이 많은 부장들은 낮에 나가서 사우나도 하고, 의자 기대서 잠도 자야 하는데 그걸 못 하게 만들겠다는 거지. 그거 감시하려고 지금 체제 만들었다는 소리가 괜히 나오겠어. 그건 윤 대리도 알 거 아니야?"

태욱은 이전 회사의 고질적인 업무 문제점을 제기하면서 오픈 체제로 바뀌어야 한다고 주장했다. 하지만 그게 서로 간의 경쟁을 부추기는 자극제로 작용하며 협업보다는 감시를 받는다는 생각이 들게 할 때가 많았다.

"네. 뭐…… 그렇죠."

"오픈 체제면 부서장들 모아서 술 한잔 마시는 자리도 마련하고 해야 하는데 그런 게 어디 있었어? 전체 회식 때나 잠깐 얼굴 비치고 사라지는 게 강 팀장 스타일인걸."

그 전체 회식 때 일을 저지른 게 자신이라고 서영은 말할 수 없다.

"팀원들이 못 따라오면 혼자 하는 게 강 팀장 방식이야. 뒤처진 사람들 끌고 가는 우쭈쭈 독려형이 아니라. 그런 강태욱 팀장이 마케팅 팀원 한 명 빠지는 걸로 신경을 쓴단 말이지? 내가 최근에 들은 이야기 중에 가장 쇼킹하다, 야."

지선의 말을 듣고 보니 그렇긴 했다. 태욱은 정말 왜 이러는 걸까.

그가 시간이 남아돌아 그녀에게 면담을 신청할 리가 없었다. 분명 무슨 의도가 숨겨져 있다는 생각이 들었다.

"윤 대리를 붙잡아야 하는 다른 이유가 있겠지."

지선이 점치듯 말을 꺼내 놓았다.

"네? 무슨……?"

"그거야 나도 모르지. 암튼 이 기회를 놓치지 말라는 거지."

"……기회요?"

"강태욱이를 잡으라고."

지선이 속삭이며 서영에게 윙크를 보내왔다.

악마의 속삭임이 이런 것일까. 서영은 기껏 다잡은 마음이 흔들리는 걸 느꼈다. 그가 만약 무슨 의도를 가지고 그녀의 퇴사를 막는 것이라면 그녀도 그것을 빌미로 원하는 것을 잠시라도 얻을 수 있을까.

잠자리를 원하느냐는 물음에 동조한 것은 술에 취해 부린 객기였고, 서영은 그저 태욱과의 평범한 일상을 느껴 보고 싶을 뿐이었다. 열 손가락으로 셀 수 있는 몇 번의 만남이라도 괜찮았다. 여느 커플들처럼 밥을 먹고, 영화를 보고, 산책하는 정도라도 만족할 수 있었다. 그것으로 충분했다.

태욱과 진지한 관계를 만들 꿈은 애초부터 꾸지 않았다. 감정의 추가 그녀 쪽으로만 일방적으로 기울어질 게 뻔했다. 욕심부리지 않는 선. 끝이 있는 시간. 그 안에서 태욱을 만날 수 있다면 서영은 그 기회를 붙잡고 싶었다.

"진짜…… 기회일까요?"

서영의 물음에 지선은 대답 대신 술잔을 들어 올렸다.

"인생은 짧고, 사랑만 남는다."

지선이 평소 자신의 모토를 읊었다. 서영은 같이 짠, 을 하고는 소주를 목 안으로 넘겼다. 쓰기만 하던 알코올이 그녀의 마음을 대변하듯 한순간 달콤하게 느껴졌다.

● ◇ ●

중국 출장은 예상보다 조금 일찍 마무리되었다. 모두 불도저처럼 밀고 나간 태욱 때문이었다. 그 속도를 따라오는 게 힘에 부쳤는지 훈재는 매일 밤마다 고용노동법을 읊어 댔고, 마누라가 너무 보고 싶다고 엄살을 지르기도 했다.

그 마누라를 빨리 만나게 해 주겠다는데 무슨 불만이냐며 태욱은 전에 없던 속도로 빠르게 일을 처리했고, 예정보다 일찍 서울행 비행기에 올랐다. 비행이 시작되자마자 곯아떨어진 훈재의 옆에서 태욱은 앞으로의 일들을 미리 들여다봤다. 며칠 밤을 새워도 버틸 수 있는 몸으로 태어난 걸 감사해야 할까. 그도 한 번씩은 자신에게 놀랄 때가 있었다. 지금도 그랬다. 무슨 에너지로 이러는 건지. 그 생각이 들자 갑자기 한 여자가 떠올랐다.

얼굴이 자주 붉어지고, 대답이 느리며, 벚꽃을 좋아하는. 자신도 모르게 흩날리는 꽃들을 보며 화사하게 웃던 그 밤의 서영이 떠오르자 태욱은 고개를 흔들었다. 무턱대고 가져 보고 싶다 말하던 자신감은 어디에 갖다 버렸는지, 하루 만에 없던 일로 해 버리자 발뺌을 하는 어처구니없는 행동에 약이 올라 그저 괴롭히고 싶은 마음도 들었다.

계속 그를 거슬리게 하던 여자였다. 조용한 듯 앉아서 표 나게 그를 바라보던 감출 수 없는 눈빛. 그 안에 무엇이 있을까 궁금할 때도 있었다. 하지만 그뿐이었다. 여자에 관심을 가질 시기는 아니었다. 그것도 사내에서 마주해야 하는, 그의 밑에 있는 직원이라면 더더욱.

태욱은 그 정도로만 서영을 생각하고 있었다. 하지만 그날의 무례한 고백은 조용히 가라앉아 있던 그의 자극점을 건드리는 계기가 되었다. 때마침 그에겐 손 회장이 던진 미끼를 끊어 낼 적당한 여자가 필요했다. 그리고 윤서영은 그가 원하는 조건에 완벽하게 부합하는 인물이었다. 손 회장이 다시는 결혼으로 그의 목을 쥐지 못하게 할 만큼. 당연히 그 아버지에 그 아들이라는 말이 나오겠지. 재벌남과 부하 직원의 로맨스. 자식을 먼저 떠나보낸 게 한으로 남은 할아버지에게 부모님의 러브 스토리는 커다란 약점이었다.

그런 아들의 모습을 똑같이 닮아 가는 손자라니. 한동안 노인의 혈

압이 오르겠지만 그 폭탄을 함부로 건드리지는 못할 것이다. 결혼 문제만큼은 집안의 간섭을 받고 싶지 않은 태욱이었다. 그러기 위해서 지금은 어쩔 수 없는 연극이 필요했다. 자신의 잘못을 덮기 위해 거머리처럼 달라붙는 파혼녀 지유린을 떼어 내 버릴 가장 확실한 방법이기도 했다.

서영이 그 뜻에 동의해 줄지는 아직 미지수였지만 그녀가 그에게 저지른 실수가 아주 좋은 핑곗거리가 되어 줄 것이다. 상대의 허점을 건드려 상황이 유리해지도록 만드는 일에는 아주 도가 튼 그였다. 사업 머리가 이럴 때도 유용하게 쓰일 줄은 몰랐다. 태욱은 핸드폰을 꺼내 서영과 주고받은 문자를 내려다봤다.

[제가 알아서 합니다.]

발끈하듯 보낸 마지막 문자가 태욱을 웃게 만들었다. 이상하게도 그녀와 있으면 웃음이 잦아지는 느낌이었다. 아무래도 그의 주변에 이토록 허술하고 어수룩한 사람이 없기 때문일지도 몰랐다. 새로운 장난감을 만난 것처럼 그는 조금 기분이 들떠 있었다. 곧 착륙을 준비한다는 멘트가 스피커에서 흘러나왔다. 비행기에서 내려다본 한국 땅이 예전보다 조금 더 반가운 느낌이었다.

4.

서두를 것 없이

"윤 대리? 윤 대리!"

"네?"

서영이 놀라 파티션 위로 고개를 들어 올렸다. 같은 팀원인 혜주가 보고서를 들고 서 있었다. 얼른 자리에서 일어나 서류를 건네받으려는데, 그녀의 책상 위로 파일이 던져졌다.

"무슨 일 있어? 하루 종일 넋 놓고선."

그게 마음에 들지 않는다는 듯 혜주는 쌩하니 돌아서 자신의 자리로 돌아갔다.

서영보다 입사는 빨랐지만 직급이 같아 이래저래 사이가 어색한 팀원이었다. 늘 어렵고 처리할 것이 많은 업무는 서영에게 떠넘기는 편이었고, 이름이 확실히 드러나거나 성과가 보장되는 일에는 누구보다 먼저 손을 들어 가져가는 얌체 같은 타입이었다.

"휴……."

서영은 자리에 털썩 주저앉으며 작게 숨을 골랐다. 그리고 고개를 들어 태욱의 집무실 쪽을 바라봤다. 그는 오늘 출장에서 돌아와 여전한 모습으로 일하는 중이었다. 다른 게 있다면 점심쯤 그녀에게 문자를 보내왔다는 것이다.

[오늘 저녁 같이 합시다.]

그 문자를 받고 밥을 어떻게 먹었는지 기억나지 않는다. 만날 줄 몰랐나. 지선과 대화를 나누며 어느 정도 마음의 준비를 단단히 하고 있었다고 생각했다. 하지만 실전에 닥치니 서영은 여지없이 허둥대며 눈에 보이도록 티를 내고 있었다. 알겠다는 답장만 간단하게 보내는 게 그녀가 할 수 있는 전부였다. 오후의 시간이 어떻게 흘렀는지도 모를 정도였다.

이러면서 태욱과의 만남은 어떻게 이어 갈 건지. 짝사랑은 그저 멀리서 바라보는 걸로만 끝내야 하는 게 맞는 건가. 한발 물러서게 하는 소심함이 또다시 그녀를 흔들었다. 그러나 며칠 만에 그의 얼굴을 보게 되니 기분이 들뜨는 건 어쩔 수가 없었다. 갈대도 이보다는 덜하겠지. 서영은 잠시 쓴웃음을 지으며 혜주가 넘긴 보고서를 살폈다.

"윤 대리."

정신없이 오후 업무를 처리하고 고개를 들자 어느새 퇴근 시간이었다. 서영은 자신의 파티션 앞에 다가와 서 있는 지훈을 보고 얼굴 위로 물음표를 띄웠다.

　"네. 차장님."

　지금 당장 시킬 일이라도 있는 건가. 그렇다면 태욱과의 저녁은 다음으로 미뤄야 할지도 몰랐다. 두 선택 모두 그녀를 난처하게 하는 건 분명했다. 서영은 태욱의 집무실과 지훈을 번갈아 바라보며 그의 다음 말을 기다렸다.

　"같이 저녁 먹자고."

　"네?"

　서영은 생각지도 못한 제안에 당황했다.

　"왜? ……약속 있어?"

　지훈에게서 곧장 서운한 표정이 드러났다. 퇴근 후 그와 저녁 겸 맥주를 한잔하는 건 자주 있는 일이었다. 그 술자리에서 나누는 대화들은 대부분 업무에 관한 것들이었고, 지훈은 한 번씩 서영에게 하소연을 하기도 했다. 하지만 오늘은 먼저 잡힌 약속이 있으니 지훈에게는 거절의 뜻을 밝히는 게 맞았다.

　"네. 친구랑, 근처에서 저녁 먹기로…… 했어요."

　왜 거짓말이 튀어나왔을까. 서영 스스로도 의아했다. 어차피 태욱과 만나는 일은 그녀의 퇴사 문제에 관한 연장선일 뿐인데. 괜히 지훈을 더 신경 쓰게 하기 싫었던 그녀의 짧은 생각이 곧이어 상황을 아주 이상하게 만들 줄은 몰랐다.

"윤 대리, 아직 많이 남았습니까?"

지훈과 얘기를 나누는 사이, 태욱이 어느샌가 퇴근 준비를 마치고 그녀에게로 다가왔다. 서영은 당연히 그가 문자나 전화로 만날 장소를 전해 줄 것이라 생각했다. 하지만 태욱은 서영과 함께 퇴근할 마음인지 지훈의 옆에 나란히 서서 그녀의 대답을 기다리고 있었다.

"아, 저……. 이제 정리하고 일어나면 됩니다."

서영은 태욱에게 대답하며 눈으론 지훈을 바라보았다. 그의 얼굴이 단숨에 굳어지는 걸 모른 척할 수가 없었다. 그녀는 졸지에 거짓말을 한 사람이 되어 버렸다. 그의 입장에서는 기분 나쁠 수 있다는 생각이 들었다.

"저, 차장님."

"서 차장은 퇴근 안 합니까?"

서영과 동시에 태욱이 옆의 지훈에게 말을 건넸다.

지훈은 태욱을 바라보며 가까스로 표정 관리를 했다. 마치 자신의 모습을 지켜보고 있다가 마음에 들지 않아 일부러 나선 것 같았다. 일 중독 강태욱 팀장이 이 시간에 퇴근을 한 적이 있던가. 그는 요즘 그답지 않은 것들투성이였다.

"이제 하려고요. 팀장님은…… 윤 대리랑 약속이 있으셨군요."

"네. 그럼. 나갑시다, 윤 대리."

태욱은 지훈에게 짧게 답한 뒤 서영을 재촉했다. 꼭 같이 나가겠다는 표정인 걸 보니 그는 먼저 움직일 생각이 없어 보였다.

이게 무슨 기 싸움인지. 서영은 어쩔 수 없이 얼른 컴퓨터를 종료시키고 가방을 챙겨 일어났다. 지훈에게는 나중에 자세히 설명하면 될 것이라 생각했다.

짤막하게 인사한 뒤 태욱을 따라나서는 서영을 그 자리에 서서 보는 지훈의 표정이 조금 더 어둡게 굳어졌다. 뭔가 상황이 잘못된 방향으로 흐르고 있다는 것을 그는 태욱의 눈빛에서 똑똑히 읽을 수 있었다.

비행기 수속만으로도 바쁜 새벽, 굳이 그에게 전화를 걸어 부서 팀원의 사표 수리를 보류하라는 뜻을 전했다. 전화를 끊으며 지훈이 의아함을 느끼는 건 당연했다. 서영과 면담을 한 것부터가 평소의 강태욱이 아니었다. 그가 생각하는 이유는 아무리 추측해도 하나뿐이었다.

도대체 왜. 그것도 이제 와서. 지훈의 머릿속엔 이해할 수 없는 물음들이 가득 차올랐다. 그리고 곧 이 답답하고 짜증 나는 감정이 질투심에서 비롯된 것이라는 걸 인정할 수밖에 없었다.

"서 차장이랑 많이 친합니까?"

단둘만 올라탄 엘리베이터 안에서 태욱이 불쑥 물었다. 목소리에는 특별한 감정이 실리지 않았다. 다른 사람들도 자주 묻던 질문이었다. 바늘과 실처럼 서영의 곁에는 늘상 지훈이 붙어 있었으니. 입사를 하고 나서 그 질문에 대한 대답을 수십 번은 했었던 기억이 갑자기 떠올랐다.

"대학 선배이기도 하고. 많이 챙겨 주시는 편이에요."

서영은 사실 그대로 말했다. 입사 당시에는 그 말이 오해를 불러와 의도치 않은 소문으로 번진다는 것을 몰랐다.

회사 일에 적응하기도 바쁜 신입 사원이었고, 그녀의 눈에는 다른 남자가 들어오기 시작하던 때였다. 혼란한 틈을 타 회사에서는 그녀와 지훈이 사내 연애 중이라는 가십이 나돌았다.

당연히 서영에 대한 이미지는 좋지 못했다. 대학 선배의 연줄을 타고 입사해 회사에서 자리도 잡기 전에 연애부터 시작했다는 질타가 이어졌다.

억울하기보단 무서웠다. 회사란 이런 곳이구나. 대학에서도 잠시 무리의 힘을 경험하긴 했지만 회사는 더 능숙하고 잔인하게 편을 가르고, 성공과 실패 두 가지로만 평가받았다.

그래서 입사하자마자 실적을 내기 쉽지 않은 신입들은 실수나 실패하는 모습을 보여선 안 되었다. 그 순간부터 모든 건 낙인이 되었고, 이후로 아무리 수많은 성공을 한다 해도 예전의 실패가 꼬리표처럼 따라붙었다.

두 사람에 대한 소문은 지훈이 당시 사귀던 여자 친구를 회식 자리에 데려와 소개함으로써 단순하게 정리되었지만 그 이후로 서영은 모든 행동을 조심하게 되었다.

그리고 그러한 성향은 태욱을 대할 때면 더욱 심해졌다. 그녀의 사적인 감정으로 인해 그가 오해를 받고 피해를 입을까 봐. 지나서 생각해 보면 지난 5년간의 그런 행동들이 무슨 의미였나 싶었다. 그렇게 참고 참았던 감정이 터지듯 발현되어 당사자인 태욱에게 술자리에서 잠자리를 운운한 가벼운 여자가 되어 버렸으니.

"사적으로도 자주 만납니까?"

"……."

그의 물음을 이해할 수 없어 서영은 태욱을 바라보았다. 그 시선을 받아들이며 그가 잠시 입꼬리를 올렸다. 못마땅할 때 보이는 차가운 웃음이었다.

"이런 질문, 이상하다고 생각해요?"

"……네."

서영은 짧은 대답, 그 외에는 할 수가 없었다. 그에게 가벼워 보였다고 한들 어찌 한 사무실에서 두 명을 마음에 두고 저울질하겠는가. 그렇게 보였다는 것도, 그에게 오해를 받는 것도 서영은 불쾌했다.

"이럴 땐 또 무서운 면이 있군."

태욱이 그녀를 빤히 내려다봤다. 둘의 시선이 얽혔다. 눈빛만으론 감정이 쉽게 읽히지 않는 남자였다. 그녀를 직시하는 그의 눈동자 속에 평소 보았던 팀장 강태욱은 없었다. 서영은 가슴속이 울렁거리며 손끝이 뜨거워졌다. 결국 먼저 고개를 돌린 건 서영이었다.

"……."

"뭐, 대답하기 싫다는 사람한테 캐묻는 취미는 없습니다."

태욱이 업무 얘기를 하는 것처럼 건조하고 날카롭게 말했다. 그리고 곧 지하 주차장으로 통하는 엘리베이터 문이 열렸고, 서영이 먼저 내리길 기다리는 것처럼 그는 열림 버튼을 누른 채 가만히 서 있었다. 서영은 그보다 앞서 밖으로 나왔다. 뒤따라 내린 태욱이 그녀와 나란히 걸었다.

"저깁니다."

그가 스마트 키를 눌러 차 문의 잠금을 해제했다. 어쩐지 분위기가 더 어색해진 것 같아 서영은 곤혹스러웠다. 그녀가 무슨 잘못이라도 한 건가. 지훈과의 관계에 대한 설명까지 태욱에게 할 필요는 없었다. 그리고 그것을 그가 궁금해한다는 것 자체도 그녀에겐 이해되지 않는 부분이었다.

"타요."

태욱이 자연스럽게 조수석의 문을 열어 주었다. 서영은 순간 당황하며 얼굴이 붉어졌다. 아무리 지하지만 누가 보기라도 하면 오해할 만한 장면이었다. 그녀가 잠시 두리번거리자 태욱이 짧게 웃음을 터뜨렸다.

"보는 사람 없습니다."

"아……."

그의 말에 민망해진 서영은 얼른 차 안으로 들어가 앉았다. 또 한 번 웃음거리가 된 것 같아 큰 숨을 삼켰다. 당황하지 말자. 침착하게. 많이 연습했잖아. 서영은 태욱이 보닛을 돌아 운전석에 오르는 짧은 순간 동안 기도하듯 주문을 외웠다.

그들의 두 번째 식사 메뉴 선택권은 서영에게로 넘어왔다. 당연히 태욱이 원하는 장소로 향할 줄 알았던 그녀는 급하게 생각하느라 지선과 갔던 닭발집을 입에 올리고 말았다. 만약 지선이 알게 된다면 고개를 내저을 메뉴 선택이었다. 강태욱과 닭발이라니. 그것도 협상을 위한 자리인데.

그녀의 눈앞엔 매운 닭발이 놓여 있었고, 태욱은 신기하게 그 음식을 내려다보는 중이었다.

"이런 걸…… 좋아하나 보죠, 윤 대리는?"

"아니, 자주 먹는 건 아니고. 스트레스받을 때면. 아무튼 갑자기 메뉴를 정하라고 하셔서 생각나는 게 이곳밖에 없었어요. ……죄송해요."

결국 사과로 마무리될 수밖에 없는 관계인가. 닭발이 구워지는 모습을 보던 서영은 그것이 자신처럼 느껴지기도 했다. 불판 위에서 하염없이 타들어 가는 운명. 그녀의 마음과 다를 것이 하나도 없었다.

"맛이…… 없진 않군요."

태욱은 처음 먹어 보지만, 의외로 나쁘지 않다는 표정이었다. 평소음식을 가리지 않는 편이라고도 말했다. 정말 돌이켜 보면 그는 생각보다 잘 먹는 사람이었다. 한정식집에서도 그랬고, 지금도 서영보다닭발을 집어 가는 횟수가 더 많았다. 그래도 너무 많이 드시면 내일이힘드실 수 있다는 말은 할 수가 없었다.

"내가 구울 테니까 윤 대리도 좀 먹어요."

어느새 서영은 태욱에게 집게를 뺏겨 버렸다. 겉옷을 벗고 와이셔츠까지 걷어 올린 그가 닭발을 굽기 시작하자 서영은 알 수 없는 괴리감이 들었다. 유신건설의 최고 인기남인데. 지선이 이 상황을 봤다면서영에게 눈을 부라렸을 것이다.

"이 대리님한테는 비밀로 해 주세요."

그녀의 말에 태욱이 무슨 뜻인지 모르겠다는 듯 의아한 표정을 지었다.

닭발과 함께 술을 먹던 날, 지선에게서 뒷이야기를 전해 들었다. 태욱과 지선의 남편인 박훈재 변호사가 고등학교 동창이고, 그 사실을 지선 역시 결혼하고 얼마 후에야 알게 되었다는 걸.

지선은 왜 숨겼느냐고 남편에게 따졌고, 훈재는 당신이 강태욱을 볼 때 어떤 눈빛인지 아느냐고 맞받아쳤단다. 친구라는 걸 밝혔으면 그를 강태욱에게 가기 위한 징검다리로 썼을 것 아니냐며, 제대로 정곡을 찔러 지선이 더 이상 할 말이 없게 만들어 버렸다고 했다.

지선은 태욱을 유신건설의 하나뿐인 연예인처럼 바라봤지만, 서영은 태욱과 훈재가 외모적으로 크게 비교되지 않는다고 생각했다. 태욱이 누구나 한 번쯤 돌아보게 만드는 강한 인상의 미남이라면 훈재는 이름처럼 주변 사람들의 마음을 훈훈하게 만드는 스타일의 남자였다. 그 사실을 증명하듯 사내 인기투표에서 훈재에 대한 표심도 무시할 수가 없었다.

지선이 그와 비밀 연애 후 결혼 발표를 했을 때 한동안 그녀의 자리에는 무서운 물건들이 놓여 있기도 했다. 그걸 또 가만히 지나치지 못하는 성격의 지선은 사내 보안 팀과 공조해 CCTV를 모조리 돌려보며 그 범인을 찾아냈고, 사과의 반성문까지 받아 냈다. 그 이후로 어느 누구도 박훈재 변호사 책상 위에 커피나 초콜릿 등 팬심을 드러내는 선물들을 올려놓지 않았다.

지선은 자신이 닭발을 끊지 못하는 이유의 8할은 박훈재오리 때문이라고 했다. 자기 외모가 강태욱 정도 되는 줄 안다고 착각이 아주 대단하다며, 이럴 때일수록 태욱의 존재감을 더욱 부각시켜야 한다고 그녀는 사내에서 비밀스럽게 만들어진 태욱의 팬클럽 회장까지 맡았다.

"그냥…… 팀장님 이런 모습 보면 혼날 것 같아서요."

서영은 불쑥 자신의 책상 위에 커터 칼을 놓고 간 범인을 찾아냈을 때의 지선의 눈빛이 떠올랐다.

뒤늦게 그녀의 말뜻을 이해한 태욱은 크게 웃음을 터뜨렸다. 한 번씩 엉뚱한 소리를 하는 게 이 여자의 매력인가 싶었다. 그와 있으면 음식조차 제대로 못 먹을 정도로 불편해하면서도 술의 힘을 빌려 과감하게 고백까지 내지른 여자였다. 중간이 없는 것 같으면서도 평상시엔 또 누구보다 평범한 모습이었다. 자신이 그런 여러 가지 면을 가지고 있다는 것조차 모르는 게 태욱에겐 신선한 호감으로 다가왔다. 계산하지 않아도 되는 사람을 만나기 쉽지 않은 위치에 있는 게 지금의 그였으니까. 서영과 있으면 웃음이 잦아지는 것도 그런 이유에서일 것이다.

"내가…… 함부로 닭발 같은 거 구우면 안 되는 사람이었군요."

태욱은 입가의 웃음기를 지우지 못한 채 말을 받았다. 서영은 그의 웃음에 홀려 그를 바라보았다. 이렇게 웃을 수 있는 사람인걸. 그녀는 그의 다른 모습을 자신이 알게 된 게 뿌듯했다. 날카롭고 카리스마 있는 모습도 멋지긴 했지만 천진하게 웃을 때의 태욱은 상대를 무장 해제 시키는 면이 있었다. 아무렴 잘생긴 남자가 해맑게 웃는데 안 좋을 이유가 없었다.

"팀장님 팬클럽까지 있는 거 모르시는구나."

그가 자꾸 웃자 서영도 말을 꺼내기가 편해졌다.

"거기, 윤 대리도 가입되어 있습니까?"

또다시 허를 찌른 물음이었다. 서영이 말을 못 하고 얼굴을 붉히자 태욱은 대답을 들었다는 것처럼 만족스럽게 고개를 끄덕였다. 사실 지선의 권유에 가입하긴 했지만 활동까진 하지 못했다. 아무래도 그녀가 팬심 이상으로 태욱을 좋아하고 있다는 걸 모두에게 들킬 것 같았기 때문이다. 서영은 자꾸 얼굴이 홧홧하게 달아오르는 것 같아 연신 물잔을 들었다.

"불 앞에 있으니까 많이 덥네요."

서영이 난처해하자 태욱은 웃음만 지을 뿐 더는 파고들지 않았다.

"이지선 대리랑 친하게 지내는 줄은 몰랐습니다."

그는 자연스럽게 다른 쪽으로 이야기를 돌렸다.

"아, 작년 하계 야유회에서 같은 방 쓰면서 많이 친해졌어요. 대리님이 저를 좋게 봐 주시는 것도 있고요. 같이 있으면 재미있어요. 배울 점도 많고, 매력적인 분이시잖아요."

여자 강태욱이란 말까지는 하지 못했다. 지선과 태욱, 어느 쪽에서든 발끈할 것만 같았다. 그리고 아무래도 지금은 그것이 태욱일 것 같아 서영은 잠깐 입가에 웃음을 머금었다.

"생각만 해도 좋아요?"

"네?"

태욱의 물음에 서영은 그와 눈을 맞췄다.

"이 대리가 여러모로 사람을 끄는 점이 있긴 하죠. 그러니 박 변도 정신 못 차리게 만들다가 결혼까지 했고. 친구인 나한테 안 들키고 끝까지 비밀 연애 한 것도 대단한 일이니까."

"그러니까요."

서영은 맞장구를 치다 아차 싶어서 말을 멈췄다. 두 사람이 동창이라고 말해 준 지선이 이 사실을 모른 척하라며 신신당부한 게 생각나서였다. 훈재가 태욱의 소개로 법무 팀에 들어간 것이니 여러 가지로 난처한 점이 있어 사내에서는 서로 알은척을 하지 않는다고 했다.

"아…… 두 분이…… 친구셨구나."

당황하며 어색한 연기를 펼치는 서영이 우스워 태욱이 물었다.

"윤 대리는 길거리 돌아다닐 때 누가 자꾸 말 걸지 않아요?"

"……저, 저한테요?"

"도 좀 믿으라고."

어리숙하고 거짓말도 못할 것 같다고 돌려 말하는 것이었다. 서영은 그의 장난에 따라 웃을 수 없었다. 그래, 시시때때로 표정이 바뀌며 상대를 들었다 놨다 하는 남자의 눈에 그녀는 얼마나 쉬운 상대일까.

"그래서 하는 말인데, 팀장님은 종교 있으세요?"

서영이 진지하게 말하자 태욱이 잠깐 그녀를 바라봤다.

"……."

"없으시면 제가 아는 신당이 있는데."

"……."

어느새 태욱의 입가에서 웃음기가 지워졌다.

"푸흡. 아, 죄송해요."

서영이 참지 못하고 웃음을 터뜨렸다. 누굴 속이는 것도 아무나 하는 게 아니었다. 그래도 태욱이 잠깐 그녀를 의심하는 눈빛으로 바라봤다는 것만으로도 기분이 풀렸다.

서영의 웃음을 바라보고 있던 태욱은 그를 상대로 장난이란 걸 치는 그녀가 낯설면서도 그게 또 귀엽다고 느껴져 헛웃음이 나왔다. 서영이 활짝 웃는 걸 보는 게 이번이 두 번째였다. 벚꽃 길에서 느꼈던 감정이 되살아나는 것 같아 잠시 목이 간지럽기도 했다.

"윤 대리는 절대 영업 팀은 못 하겠군요."

그다운 말에 서영이 입을 삐죽였다. 분위기가 점점 편해져 상대를 바라보는 데 익숙해질 즈음 서영의 핸드폰이 울렸다. 습관처럼 테이블 위에 놓아두어 화면이 보였고, 태욱도 그것을 볼 수밖에 없었다. 액정에 찍힌 이름은 서지훈 차장이었다.

"아, 죄송해요. 전화 좀 받고 올게요."

서영은 핸드폰을 들고 자리에서 일어났다. 이 전화까지 받지 않는다면 지훈에게 더 미안해질 것 같았다. 퇴사 문제 때문에 강 팀장을 만난 것이라 설명하는 게 맞았다. 그도 이 일에 관여된 사람이니 알릴 의무가 있기도 했다.

"네. 차장님."

서영은 가게 밖으로 나와 전화를 받았다.

— 윤 대리, 얘기 중일 텐데 미안해.

지훈의 목소리가 조금 다급하게 느껴졌다.

"아뇨, 괜찮아요. 혹시 무슨 일 있으세요?"

— 아, 차가 고장 나서 도로에 서 있어. 일단 서비스 불러서 정비소 보냈는데 깜박하고 가방을 두고 내렸네. 거기에 지갑까지 다 들어 있는데. 택시든 버스든 돈이 있어야 타지. 윤 대리는 회사 근처일 것 같아서. 혹시…… 와 줄 수 있어?

지훈의 차가 몇 달 전부터 상태가 좋지 않다는 건 알고 있었다. 서영은 그의 난처한 상황이 이해가 되어 안 된다고 거절할 수가 없었다. 태욱과의 면담이야 내일이라도 회의실에서 나누면 될 것이다. 서영은 알겠다고 대답한 뒤 그의 위치를 묻고 전화를 끊었다. 다시 가게 안으로 들어온 서영은 태욱을 보며 미안한 말을 꺼냈다.

"죄송해요, 팀장님. 차장님한테 일이 생겨서 제가 가 봐야 할 것 같아요."

태욱은 잠시 황당해하는 표정이었지만 곧 겉옷을 챙겨 일어섰다.

"어쩔 수 없죠, 그럼."

"이해해 주셔서 감사합니다. 오늘 저녁은 제가 계산할게요."

서영은 가방을 챙겨 재빨리 계산대 쪽으로 향했다. 그럼 그러라는 듯 태욱은 별말 없이 가게를 빠져나갔다. 이대로 인사도 없이 가 버린 건가. 아쉬움이 남긴 했지만 그녀도 어쩔 수가 없었다. 서영은 얼른 계산을 마치고 가게를 빠져나왔다.

그런데 간 줄 알았던 태욱이 자신의 차 옆에 서서 담배를 피우고 있었다. 서영이 나오는 걸 보고는 그가 천천히 담배를 껐다. 제대로 인사는 하는 게 맞을 것 같아 서영은 태욱 쪽으로 다가갔다.

"그럼, 조심해서 가세요. 하실 말씀은 내일 회사에서 듣겠습니다."

깍듯하게 인사를 건네고 서영은 돌아섰다. 그때였다.

"나도 윤서영 대리가 필요한데."

몸을 돌려 걷던 서영이 그 자리에 멈춰 섰다. 자신이 잘못 들은 건가 싶었다. 다시 돌아서자 태욱은 서두르지 않고, 그러나 성큼성큼 그녀에게로 다가왔다. 멈춰 선 그와의 거리가 너무 가까웠다. 심장은 왜 이리도 세차게 뛰는 걸까. 서영은 가만히 그를 올려다봤다.

"무슨…… 방금, 뭐라고 하셨어요?"

"일단 타요. 데려다줄 테니까."

멍해진 얼굴로 되묻는 서영의 물음을 단번에 삼키고 그는 다시 자신의 차 쪽으로 걸어갔다. 그 말을 꺼낸 이유를 알고 싶으면 자신을 따라오라는 것처럼. 서영은 태욱의 차로 발걸음을 옮겼다. 그녀도 의식하지 못한 채 다시 그와 한 공간에 갇히게 되었다.

"서 차장이 있는 곳이 어디예요?"

태욱이 내비게이션을 실행시키고 목적지를 입력할 준비를 했다.

"아, 잠시만요."

서영은 가방에서 핸드폰을 꺼내 지훈이 보낸 문자를 확인했다. 어차피 택시를 타고 가야 하는 곳이었다. 태욱의 차를 얻어 탄다고 해서 문제 될 건 없다고 생각했다. 그리고 무엇보다 그가 꺼낸 말의 의미가 궁금했다. 필요하다는 것. 그 안에 숨겨진 의도를 알아낼 필요가 있었다.

핸드폰을 돌려 태욱에게 위치를 보여 주려는데 마침 진동이 울렸다. 화면을 확인하자 지훈이었다. 그녀는 얼른 통화 버튼을 눌렀다.

"네, 차장님. 지금 팀장님이 태워 주겠다고 하셔서 가려는 길이에요."

— ……아. 괜찮아. 안 와도 될 것 같아.

"네?"

서영은 기다리고 있는 태욱을 보곤 당황하며 되물었다.

— 근처 있는 친구 불렀어. 해결했다고 전화한 거야. 괜히 미안하게 됐네.

"아…… 다행이네요. 많이 놀라셨을 텐데."

— 그래. 그럼…… 내일 봐. 조심해서 들어가고.

"네. 차장님도 쉬세요."

통화를 종료하고 서영은 태욱을 바라봤다. 그는 이미 상황 파악이 되었는지 헛웃음을 내놓고 있었다. 뒤늦게 그를 두고 가려 했던 자신의 행동이 미안해졌다. 서영은 최대한 오해 없이 변명하려고 입을 열었다.

"그게, 차장님 차에 문제가 생겨서……."

"됐습니다. 이미 해결됐다고 하니 중요한 것도 아니고. 윤 대리 집은 어딥니까?"

"네?"

태욱은 여전히 내비게이션에 손을 올려놓고 있었다.

"아뇨. 괜찮습니다. 저는 그냥 여기서 지하철 타고……."

"가는 길에 내가 한 말, 설명하죠."

그는 짧게 그녀의 거절을 막았다. 첫 면담 때도 거절했는데 두 번이나 그러는 건 염치가 없어 보이기도 했다. 어차피 그에게 들어야 할 말도 있으니 서영은 부담을 느낄 필요가 없었다. 그에게 주소를 불러주자 곧 차가 출발했다.

한참 도시를 달렸지만 태욱에게선 아무 말이 없었다. 운전하는 사람에게 재촉할 순 없으니 서영도 조용히 기다렸다. 차 안에는 낮은 볼륨의 클래식 음악만 흘렀다. 다시 어색하고 답답한 공기가 목을 조르는 것 같아 서영은 창문 쪽으로 고개를 돌렸다.

도시의 불빛은 아름다웠다. 해외에서 온 바이어들이 가장 좋아하는 게 서울의 야경이라고 언젠가 지선이 말했던 게 떠올랐다. 익숙하게 그 자리에 있는 것들이 어느 순간 특별해지는 것. 서영은 지금 태욱과 한 공간에 있는 시간이 그랬다. 이런 일들을 수없이 바라고 상상했으면서도 정작 그게 현실이 되니 즐기지 못했다.

그런 생각이 떠오르자 문득 운전하는 그의 얼굴을 더 눈에 담아 두어야겠다는 깨달음이 들었다. 서영은 다시 고개를 돌려 태욱을 바라봤다. 그는 팔 하나를 창가 쪽에 기댄 채 운전에만 집중하고 있었다. 분위기에 압도된다는 것이 이런 건가. 그의 옆모습은 앞보다 더 서영의 시선을 붙들었다.

"훔쳐보는 걸 좋아하는군요, 윤 대리는."

그녀의 행동을 신경 쓰지 않는다 생각했는데 태욱은 신호에 차가 멈추자 서영 쪽을 바라봤다. 눈동자가 깊은 우물을 머금고 있는 것처럼 위험하면서도 또한 흔들림 없이 덤덤했다. 서영은 마주친 눈빛을 피하지 못했다. 무슨 말이든 꺼내야 했다.

"……어떻게 아셨어요?"

그녀가 유도심문에 넘어가듯 대답하자 태욱이 웃었다.

"모를 수가 있나. 그렇게 노골적으로 쳐다보는데."

"……보이는 걸 어떻게 해요."

서영은 오히려 억울한 목소리로 말했다.

"모든 직원들이 다 그렇게 보진 않습니다."

그는 또 날카롭게 현실을 지적했다. 맞는 소리였다. 좋아하는 마음이 감춰질 리 없었다. 그가 모를 것이라 생각한 건 그녀의 희망 사항일 뿐이었다. 알고도 무시하는 그 마음을 받아들이기 힘들어서 이제껏 짝사랑을 끌고 온 걸지도 몰랐다. 이제는 정말 마침표를 찍어야 할 때였다.

"제가 팀장님을 좋아하는 게, 어디에 쓸모가 있나 보죠?"

몇 단계 건너뛴 물음에 태욱은 이제야 대화가 된다는 표정이었다. 그때 신호가 바뀌고 다시 출발하게 되자 그는 갓길에 차를 세웠다. 이야기에 집중하겠다는 의도 같았다.

"이미 눈치챘으면 숨길 생각은 없습니다. 아까 한 말 그대로, 나는 지금 윤서영 대리가 필요합니다. 파혼에 대한 상황은 엿들었을 테니 알 테고. 그 문제를 해결하는 방법 중에 가장 효과적인 게 나한테 다른 사람이 있다고 밝히는 거예요. 그 거짓말이 성립되기 위해선 어느 정도 납득할 만한 상황들이 있어야 하는데, 윤 대리가 거기에 적합한 사람이더군요."

서영은 잠시 머리가 복잡해졌다. 지금 그의 말을 종합해서 결론을 내리자면 연인 역할을 해 줄 사람이 필요하다는 거였고, 그게 그녀였으면 한다는 소리였다. 왜. 무례한 고백 따위를 했다고 해도 꼭 그녀여야만 하는 이유는 없었다. 게다가 그녀가 거짓말에 능통하지 못하다는 걸 누구보다도 그가 가장 잘 알 텐데 말이다.

"제가…… 그런 연기를 잘할 수 있을 것 같다고 생각하신 건 아니죠?"

두 번의 면담 모두 어수룩한 그녀를 놀리기에 바빴던 남자였다. 그랬으면서 연인 역할을 해 달라니. 지선과 몇 마디만 나눠도 그녀는 모든 걸 들킬 게 뻔했다. 그가 이러는 이유가 납득되지 않았다.

"윤 대리가 연기할 필요는 없습니다."

그의 대답은 간단했다.

"어차피 나한테 호감이 있다고 하지 않았습니까?"

묻는 물음에는 거침이 없었다.

"그건……."

"원래대로 해요. 나머지는 내가 알아서 할 테니까."

이렇게 사람 마음을 이용하겠다는 건가. 서영은 혼란스러웠다. 그가 원하는 것이 있다면 들어주고 그녀도 거래를 할 생각이었다. 부끄러움만 남은 짝사랑을 짧게나마 위로해 주기 위해서. 하지만 이 남자는 그녀의 감정을 이용해 자신의 난처한 상황을 모면하려 하고 있었다. 뭘 기대한 걸까. 애초부터 무례하게 군 건 그녀였는데. 그러나 서영은 서걱거리는 마음을 숨길 수가 없었다.

"제가…… 싫다면요?"

마지막 자존심을 부려 보고 싶은 걸까. 머리보다 가슴이 먼저 반응해 말을 뱉었다.

"원하는 걸 말해 봐요."

태욱이 웃으며 그녀를 바라봤다. 이런 식으로 수많은 협상 상대를 회유했을 그였다. 어차피 모든 건 그가 원하는 대로 될 거라는 확신에 가득 찬 눈빛으로. 왜 태욱이 팀장 자리까지 초고속으로 올라섰는지 알 것 같기도 했다. 서영은 자신도 모르게 두 손을 움켜쥐었다.

"말하면 다 들어주실 건가요?"

그녀가 되묻자 태욱은 설핏 입꼬리를 올렸다.

"잠자리든 뭐든. 윤 대리가 원하는 거면 다 들어줄 생각이 있습니다."

서영은 누가 가슴 안에 돌을 던지는 것만 같았다. 그녀가 먼저 가져 보고 싶다는 말을 건넸으면서. 그가 이러는 게 이해되면서도 어쩔수 없이 마음이 가라앉았다.

"알겠습니다. 고민해 볼게요."

서영은 조용히 대답했다. 지금은 그저 얼른 그와 함께 있는 공간을 벗어나고 싶었다.

"선택권을 윤 대리에게 넘기겠다는 말은 아닙니다."

태욱의 말은 차분했으나 그녀의 당돌함에 대한 경고가 서려 있었다.

"제가 한 실수에 대해서…… 책임을 지란 건가요?"

그가 걸고넘어질 건 그것뿐이라 생각했다. 서영도 이제 머리가 이성적으로 돌아갈 수밖에 없었다. 거절당할 부탁 같은 걸 할 남자도 아니었다. 그녀가 피할수록 더 목을 조이겠지. 그녀의 고백 이후 그가 했던 모든 행동들이 이제야 이해되었다. 생각지도 않았던 면담과 식사 자리. 그녀에게 감정이 있는 것처럼 어두운 봄밤을 같이 걸어 주던 낯선 모습들. 그녀를 뒤흔들어 오해하게 만들었던 감정들이 모두 의도를 가진 계략이었다는 생각이 들자 허탈한 웃음이 터졌다.

그래. 그 누구도 아닌 강태욱이었다. 회사 내에 떠도는 전설들이 수두룩한, 잠도 자지 않은 채 모든 업무를 쳐 내고도 피곤한 기색조차 내비치지 않는 남자였다. 누군가를 좋아하고, 그런 감정에 흔들려 다정하게 행동할 사람이 아니었다. 그가 눈을 맞추고 건넨 말들. 크게 웃음을 터뜨리던 해맑은 모습들. 그 모든 것들에 배신당한 것만 같은 기분이었다.

"이해가 빨라서 좋군요."

태욱이 서영에게 시선을 맞추고 웃었다. 결국에 이 남자는 본인이 원하는 방향대로 그녀를 이용할 것이다. 버틴다고 달라질까. 그리고 그것이 무슨 의미인가 싶기도 했다. 서영은 생각을 다르게 했다. 원하는 것을 들어준다는데. 그 안에 담긴 마음이 진심이든 아니든 상관없었다. 애초부터 그걸 기대한 그녀가 잘못이었다.

"알겠습니다. 그럼 제 퇴사 문제도 확실하게 정리해 주세요."

"그거라면 걱정할 것 없습니다. 어차피 내 일이 해결될 때까지만 보류인 거니까. 다 마무리되면 곧바로 퇴사 처리 해 주겠습니다. 그리고 미리 말해 두자면 사내에도 소문이 퍼질 겁니다. 최대한 윤 대리한테 피해 가는 일이 없도록 할 테니 이해해 줘요. 그럼…… 아마 퇴사도 자연스러울 겁니다."

사내 연애. 평범한 여직원과의 스캔들이 필요하다는 태욱을 이해할 순 없었지만 서영은 더 이상 묻지 않았다. 상사에게 무례한 고백을 건넨 뒤 쪽팔림을 참지 못하고 퇴사하는 것보다는 그와 연인 사이였다는 쇼킹하고도 부러운 비밀이 밝혀져 어쩔 수 없이 사라지는 게 마무리에는 더 좋을 것이다. 모두 씁쓸한 연극일 테지만. 서영은 쉽게 생각하기로 했다. 그녀 역시 원하는 것만 얻자. 그 다짐만 되새겼다.

그녀에게서 다른 말이 없자 곧 차가 출발했다. 서영은 곧장 창가 쪽으로 고개를 돌려 창밖만 바라봤다. 그런 그녀를 태욱이 한 번씩 바라본다는 건 알지 못했다. 도시의 불빛은 여전히 아름다웠지만 서영은 어쩐지 그 광경이 외롭게 느껴졌다.

5.

끝도 이미 정해진 관계

차가 본가 주차장으로 들어서고, 박 비서가 그를 마중하러 나오는 순간에도 태욱은 자신의 집으로 들어가던 서영의 뒷모습을 떠올렸다. 이야기는 잘 마무리 지었다. 그가 원하는 걸 얻었고, 그녀도 동의했다. 잠시 자존심을 부리기는 했지만 곧 상황을 이해하고 받아들였다. 태욱은 그 점이 마음에 들었다.

서로에게 나쁘지 않은 제안이었고, 제안을 받아들이는 대가로 그녀가 원하는 걸 들어주기로 했다.

급작스러운 결혼 종용과 파혼 문제가 없었다면 그 여자의 고백을 흘려들었을 것이다. 태욱은 자신이 그런 사람이라고 생각했다. 이제 껏 다가온 여자가 없었다면 거짓말이다. 사내에서도 그의 팬클럽이 생길 만큼 그는 어디에서나 인기가 많았고, 사람들의 노골적인 시선에서 자유롭지 못했다. 한때는 그것이 부담이 되어 짜증스러웠지만 배부른 소리 작작 하라는 친구 훈재의 경고에 겸손이란 걸 챙겨 보기도 했다.

만약 어머니 정애가 손 회장의 집으로 들어오지 않았다면 그의 인생은 완전히 달라졌을 것이다. 학교는 제대로 졸업할 수 있었을까. 가난에 허덕이며 가족을 먹여 살리기 위해 일찍부터 기술을 배웠을 테고, 자신에게 상대를 구워삶을 수 있는 사업 머리가 있다는 것조차 모르고 살았겠지.

외모 또한 계급을 보여 주는 하나의 허울일 뿐이었다. 그가 명품 옷을 입지 않고, 외제 차를 타지 않았다면 그저 반반한 얼굴과 큰 키가 전부인 별 볼 일 없는 남자로 치부되었을 것이다. 유명 건설사의 팀장 자리에 앉아 많은 사람들을 호령하고, 든든한 배경을 가진 이로 평가되니 앞다투어 차지하고 싶은 욕망이 드는 거겠지.

모두들 태욱이 이렇듯 회의적인 사람이란 것을 알지 못했다. 보이는 대로 믿는 세상이었다. 뭐가 진짜인지도 모른 채 인생을 살아갔다. 그 역시 남들에게 보이는 그 껍데기를 내려놓지 못해 아직도 할아버지의 손에 놀아나고 있는 걸지도 모른다.

"오셨어요, 도련님."

"네. 잘 지내셨죠?"

유신그룹 일가의 잡일을 모두 도맡아 하고 있는 박 비서는 손필성 회장의 어떤 점을 내려놓지 못해 한평생을 그의 그림자로 살고 있는 걸까. 태욱은 한 번씩 본가를 찾을 때마다 그런 물음을 가졌다.

일곱 살이던 그가 어머니와 함께 이 집 마당으로 들어섰을 때 제일 먼저 만났던 사람이 박씨 아저씨였다. 회장님이 기다리고 계시다는 말을 건네곤 어머니의 손에서 짐을 받아 들던 남자는 지금의 그처럼 젊었다.

"저야 늘 똑같습니다. 도련님은 더 멋있어지신 것 같네요."

집안사람 모두 그에게 각종 허드렛일을 시켰다. 잠시도 가만히 있을 수 없는 자리였다. 잠도 편히 잘 수 없었으며 손 회장이 부르면 자신의 딸이 아프다고 해도 곧장 달려가야만 했다. 결국 어머니의 임종도 지키지 못해 지하 창고에서 숨죽여 우는 그를 훔쳐보던 어린 날의 강태욱이 생각나기도 했다.

"이러니 제가 건방져지는 겁니다. 할아버지가 늘 경고하시잖아요. 제 분수를 알아야 한다고."

태욱은 덤덤하게 말했지만 그래서 더 쓸쓸했다. 박 비서는 아니라는 말 대신 그저 웃어 주었다. 눈가에 주름이 늘어 이젠 손 회장과 친구라고 해도 믿을 정도였다. 나이는 그가 훨씬 어렸지만, 살아온 인생이 달랐고 이젠 삶의 흔적이 몸에 고스란히 드러났다.

손 회장은 늘 곧 초상 치를 준비를 해야 할 것처럼 굴지만, 그가 누구보다 건강에 신경 쓴다는 걸 이 집 안의 모든 사람들이 알았다. 하지만 그런 그의 수발을 드는 일을 눈앞의 박 비서와 어머니 정애가 도맡아 하고 있다는 건 태욱만 인정하는 부분이었다.

"어머니는요?"

"오늘 선불사 다녀오셔서 피곤하신지 일찍 들어가셨어요."

현관 앞에 다다르자 박 비서가 작은 목소리로 속삭였다. 자신에겐 편하게 말해도 된다 일렀지만, 그는 절대 반말하는 법이 없었다.

'편해지면 당연한 줄 알게 됩니다.'

박 비서는 스스로에게 경고하는 것처럼 편해질 수 없는 이유에 대해서 설명했다. 인간이란 존재가 그렇다는 걸 태욱도 모르지 않았다. 이 집에 들어선 순간, 그는 당당히 유신그룹 손자라는 타이틀을 얻었고, 학교에서든 어디서든 누구도 그를 함부로 대하지 않았다. 그 힘이 무섭게 느껴졌지만 한편으론 달콤하기도 했다.

하지만 성이 다른 손자인 게 그나마 그를 현실 속에서 살도록 만들어 주었다. 아버지는 '손' 씨 핏줄을 버리고 어머니를 선택했다. 그리고 태욱을 낳았다. 당연하게 자신의 성을 붙여야 했지만 그는 아내의 성을 아들에게 물려주었다.

지금 시대엔 있을 수 있는 일이었다. 손씨가 아니라고 해서 그가 손가의 자손이 아니라고 할 순 없었다. 분명히 그는 아버지 손인주의 피를 가지고 태어났고, 의심할 것 없이 할아버지 손필성의 손자였다.

그럼에도 목 안에 가시가 박힌 것처럼, 흔들리는 의자에 앉아 있는 것처럼, 답답하고 불안한 마음이 그를 압도할 때가 많았다.

특히나 큰아버지의 무리와 할아버지와 피를 나눈 친척들은 모두그가 '강' 씨라는 것에 반응하듯 선을 긋고 제대로 된 가족으로 받아들이지 않았다. 부모를 버린 아버지에 대한 원망과 복수심 때문일 수도 있었다. 그래서 손 회장이 그의 성을 '강'에서 '손'으로 바꿔 주지 않는다는 말도 흘러나왔다.

'강'이든 '손'이든. 그것이 뭐가 중요한가. 그런 생각이 들 때쯤손 회장은 태욱을 작은 건설사에 입사시켰다. 네 능력을 발휘해 보라는 시험이라는 걸 단번에 알았다. 판은 마련됐고 보여 주기만 하면 되는 것이었다. 태욱은 이미 그 회사의 지분을 유신이 절반 이상 비밀리에 확보해 두었다는 걸 알고 있었다.

기다려 온 순간은 예상보다 빨리 찾아왔다. 손 회장은 그가 다니던회사를 유신그룹 산하로 합병했고, 그를 수면 위로 끌어 올릴 준비를시작했다. 그리고 기다렸다는 듯이 사촌 형인 철민을 유신건설의 상무이사로 취임시켰다. 그가 일궈 놓은 밭을 그대로 꿀꺽하겠다는 심산이라고밖에는 설명할 길이 없었다. 사내에서는 철민이 유신전자에서 유신건설로 자리를 옮긴 이유가 손 회장의 뿌리인 건설 사업을 확장시키고 후계자 수업을 마무리 짓기 위함이란 소문이 돌았다. 노인의 처세술은 고약하다 못해 악랄했다.

그 마지막 정점이 그를 물건 취급하듯 선 시장에 내놓는 것이었다. 태욱은 노인의 행동에 그저 웃을 수밖에 없었다. 그의 모든 노력들이 유신 일가를 배부르게 만들 정략결혼으로 이어지는 밑바탕이 될 줄은 몰랐다. 손 영감은 당연하다는 것처럼 그를 본가로 불러 결혼 날짜를 통보했다. 여자를 만나기도 전에 상견례 일정을 말하는 할아버지 앞에서 태욱은 실성한 사람처럼 웃었다.

'싫습니다.'

딱 한 마디만 내놓고 돌아서 나왔다. 어머니 정애가 그를 따라와 자초지종을 설명하려 했지만 듣지 않았다. 뻔했다. 끝도 없이 이용당하다가 쓸모가 다하면 내쳐지겠지. 처음 이 집 안에 발을 들인 순간부터 그것은 각오하고 있었다.

가족이란 건 말뿐이었다. 그에게 손가의 피가 흐르고 있음에도 그와 어머니는 받아들여지지 않는 존재였다. 그렇게 선을 그었으면서. 허무한 헛웃음이 터졌다.

이제는 그가 보여 줄 때였다. 자신은 함부로 이용할 수 없는 존재라는 걸. 유신을 끌어안고 평생을 고개조차 숙이지 않은 채 살아온 양반에게도 이길 수 없는 핏줄 하나쯤은 있어야 하지 않은가. 받아 준 은혜도 모르는 배은망덕한 손자라 욕하면 그 몫은 이미 충분히 바쳤다고 말할 수 있었다. 태욱이 이제껏 잠자는 시간까지 반납한 채 지금의 회사만을 위해 살아온 것을 그 누구보다 잘 아는 양반이니.

집 안으로 들어선 태욱은 별채 쪽으로 걸음을 옮겼다. 도시에서 무릉도원을 즐기는 이가 바로 손 영감이었다. 만들라 하면 그대로 눈앞에 펼쳐지는 세상이 여기 있었다. 산과 바다가 한 공간에 집약되어 노인의 입맛대로 차려졌고 그의 심신을 풍요롭게 만들었다.

그에게 치열한 인간 세계는 발아래의 일이 된 지 오래니 심심한 것은 당연했다. 생각할 것이라고는 더 오래 살지 못하는 한恨뿐이니, 그 한풀이를 핏줄들에게 하는 중이었다.

똑똑.

태욱은 손 영감의 방 문을 두드렸다. 그가 도착하기 전 전화를 넣었으니 아직 잠들진 않았을 것이다. 곧 화가 잔뜩 묻은 칼칼하고 꼿꼿한 음성이 들려왔다. 태욱은 큰 숨을 한 번 내쉬고 방문을 열었다. 그리고 눈 깜짝할 사이에 날아온 골프공이 그의 머리카락을 스치고 벽에 부딪친 후 바닥에 떨어졌다.

"버르장머리 없는 새끼."

삽 하나 들고 맨땅에서 유신을 일군 양반이라 그런가. 말보다는 행동이 앞섰다. 조금이라도 맘에 안 드는 행동을 하면 골프채를 들고서 그의 발 앞에 기도록 만드는 게 특기인 사람이었다. 그런 노인을 이 집 안에서 유일하게 무서워하지 않는 희한한 독종이 태욱이었다. 골프채가 날아와 그의 머리를 가격한다고 해도 맞으면 그뿐이었다. 죽기밖에 더 할까. 그는 일찍이 아버지를 보내고 죽음에 초연해진 지 오래였다.

"파혼? 누구 맘대로?"

모든 이해와 타산이 맞아 들어간 일인데. 그걸 네가 감히 멋대로 끊어 내느냐는 노여움이 담겨 있었다. 태욱은 바닥에서 구르고 있는 골프공을 발로 붙잡은 뒤 허리를 숙여 집어 들었다. 그러곤 아무렇지 않게 걸어가 노인이 서 있는 골프 퍼팅매트 위에 내려놓았다. 그 모습을 지켜보는 손 영감의 표정이 일그러지는 게 그가 원한 목표였다.

자신의 감정 하나 다스리지 못하는 노인이었다. 예전 '유신'이 클 수 있었던 건 그 벼락같은 성질 때문일지 몰라도 지금은 시대가 달라졌다. 얼굴조차 보지 않고 외국 거래처들과 계약을 했고, 그들은 유신이 가진 기술력만 필요로 했다. 대우받고 싶어서 파트너를 고르지 않았다. 그런 이들은 결국 만족하지 못하고 더 많은 걸 요구하며 상대의 머리 꼭대기에서 놀기를 원할 뿐이었다. 그러니 이런 강제적인 감정 소모는 전혀 도움이 되지 않는다는 뜻이었다.

"건양이든 성화든 하나만 건드리지 그러셨어요."

"……뭐?"

"이제 우리가 그쪽에 할 말이 없어졌다는 겁니다. 지유린이 날뛰는 건 회장님 책임이 큽니다. 보통이 넘는다는 건 처음부터 아셨을 거 아닙니까?"

"그러니, 결혼만 하고 그 뒤론 네놈 알아서 하라는 거 아니냐! 너한테 도움만 될 여자야. 그런 든든한 뒷배 하나쯤은 가지고 있어야 손

이사 치고 오를 수 있다고 몇 번을 말해야 알아들어?"

"손 이사한테도 똑같이 말씀하시면서 성화 갖다 붙이셨습니까?"

태욱의 기습 공격에 손 영감의 당당하던 눈빛이 흔들렸다.

"무슨 소리야."

발뺌하는 데는 선수인 양반이었다.

"손주 장사 한다고 이미 소문 다 났습니다. 제가 이 집안 핏줄이라는 거 광고하신 효과는 손 이사한테서 보실 테고, 저한테는 회장님 자리 놓고 간 보시는 건가요? 판을 잘 펼쳐 놓았는데 미친 말 하나가 뜻대로 움직이질 않아서 난감하시겠습니다."

손 회장은 노여움을 참지 못해 그저 입만 벌린 채 태욱을 지켜볼 뿐이었다. 머리 좋은 녀석이니 쉽지 않을 것이라 생각하긴 했지만, 행동 자체를 예측할 수가 없었다. 날뛰는 말 한 마리쯤은 길들이는 재미가 있을 거라 생각하고 판을 깔아 놓았는데, 그 말이 시작부터 다른 방향으로 뛰었다. 이 경주 자체가 불만이라는 것처럼. 손 회장은 이제 웃음이 나왔다.

"혼자 힘으로 다 알아서 할 수 있다, 이 말이냐? ……건방진 놈. 네놈 뒤에 유신이 없으면 네 인생은 아무것도 아니었다. 네 어미 보고도 몰라? 기어이 이 집으로 들어와 내 수발 들며 몇십 년을 살고 있는데, 네놈이라고 다를 것 같으냐?"

어머니 정애를 들먹이는 말에 태욱은 잠시 주먹이 쥐어졌다. 냉정하려 했지만 가슴 안에서 불기운이 이는 것만 같았다. 그러나 그는 감정을 드러내지 않으려 스스로를 컨트롤했다. 그게 손 회장과 자신의 차이점이었다.

"그래. 하고 싶은 대로 해 보거라. 구경하는 것이 내 취미니."

두 사람 중 누구도 물러서지 않는 팽팽한 선전포고였다.

"네. 그럼, 앞으로 제 혼사는 제 의사에 맡기신다는 뜻으로 알고 있겠습니다."

하. 손 회장에게선 가소로운 탄성이 터졌다.

"결혼 같은 건 아예 생각 없다는 소린 안 하는구나."

"당연하죠. 만나는 사람 있습니다."

골프채를 내려놓고 소파로 향하던 손 회장이 날카로운 눈빛으로 태욱을 돌아봤다. 어디서 거짓말을. 만약을 대비해 그가 붙여 놓은 사람들이 몇 명인데. 그랬다면 이미 그의 책상에 사진들이 놓여 있어야 했다. 손자가 무슨 일을 꾸미려 하는지, 그는 머리를 돌려 보았다.

"그럼, 데려와."

망설임 없이 명령했다.

"그러죠. 시간 잡아 보겠습니다."

태욱에게서도 곧장 대답이 흘러나왔다.

손 회장의 눈빛이 흔들리는 걸 잠시 지켜보던 태욱은 고개 숙여 인사를 올린 후 방을 빠져나왔다. 오늘 밤 무수한 시나리오를 쓰며 계산기를 돌리느라 영감이 잠들지 못할 거란 걸 태욱은 확실하게 장담했다. 어쩌면 이 집안에서 가장 상대하기 쉬운 사람이 손필성 회장이었다. 그런 그에게 태욱이 낭비할 감정 따윈 없었다.

● ◇ ●

[같이 출근합시다. 집 앞으로 데리러 갈 테니.]

알람 소리에 잠에서 깬 서영은 자신이 여전히 꿈을 꾸는 건 아닌지 눈을 비벼야 했다. 오전 6시 4분. 분명 오늘 새벽에 보내온 문자가 맞았다. 왜 이러는 거야, 대체. 그녀는 큰 한숨부터 터져 나왔다.

그의 제안을 거절할 수 없어 연극 놀이를 허락하긴 했지만 그녀에게도 받아들일 시간이 필요했다. 그런데 그는 당장 오늘 아침부터 일을 진행하겠다는 듯 행동에 거침이 없었다. 원래 이런 사람이었으니까. 그리고 그녀는 상대가 먼저 이끌어야 따라오는 타입이라는 것을 이미 파악했을 테니.

서영은 침대에서 벗어나 욕실로 향했다. 그러나 칫솔에 치약을 짜는 순간 불쑥 반항심이 일었다. 고분고분 따라다니는 척하다가 확 폭탄을 던져 버릴까. 그가 물었던 것처럼 미친 척 잠자리부터 원한다고 말할까. 허나 그런들, 강태욱은 눈 하나 깜짝하지 않을 것 같았다.

어수룩한 여자 하나 상대하는 것쯤 그에겐 쉽겠지. 서영은 포기하듯 칫솔질을 시작했다. 가짜 애인 역할은 도대체 어떤 일을 말하는 걸까. 도통 감조차 잡히지 않았다. 남자를 제대로 사귀어 본 적이 없으니 그녀에게 연애라는 건 어려운 분야였다. 그런데 그걸 연극까지 해야 한다고? 차라리 꼴도 보기 싫다고 욕을 듣고 부서 이동 당하는 게 속은 편할 것 같았다.

"나으하테 에 그래에 저마알!"

칫솔을 입에 문 채 서영이 발악하듯 소리쳤다. 그때 문밖에서 그녀의 핸드폰이 울리는 소리가 들렸다. 무서워. 차라리 5년 전으로 돌아가는 게 나았다. 강태욱을 만나지 않았다면. 이런 일 따윈 없었을 테니까.

"아침은 했습니까?"

이렇게 다정하게 굴지 말라고, 그 부탁부터 해야 하나 싶었다.

서영은 밖에서 20분이나 기다리게 만든 부하 직원에게 온화한 얼굴로 아침 식사를 챙기는 상사를 어떻게 대해야 할지 몰랐다. 그래, 우리는 상사와 부하가 아니라고 했지. 그럼 그녀는 뭐라고 대답해야 할까.

"아침 잘 안 먹어요."

그녀는 나름 머리를 써 대답했다. 안 먹었다고 하면 지금 당장이라도 어디든 가서 간단히 먹자고 말할 얼굴이었으니. 그렇다고 안 먹은 걸 먹었다고 말하는 건 양심에 찔렸다. 나름 씻기도 전부터 팀장님이 집 앞에 대기하고 있는데 아침 같은 걸 생각할 수 있겠냐고 떠올린 시비조의 뒷말은 삼켰다. 출근 전부터 눈빛 쏘임을 당할 순 없으니까.

"이런, 모닝커피랑 샌드위치 사 왔는데. 나만 먹어야겠군요."

놀리는 게 분명한 얼굴이었다. 서영은 자꾸만 올라서려 하는 태욱의 입꼬리를 놓치지 않고 캐치했다. 네네. 마음대로 하세요. 전 눈 딱 감고 잠든 척하며 옆자리만 채울 테니.

"사 온 사람 성의가 있으니 한 입 먹어 봐요."

차에 오르고 곧장 출발할 줄 알았는데 태욱은 샌드위치 봉투부터 열었다. 그것도 서영이 가장 좋아하는 브랜드의 모닝 세트였다. 이 남자가 그 사실을 알 리가 없는데. 아니다. 어쩌면 이런 것까지 전부 다 파악해서 작전을 짠 것일지도. 철두철미한 사람이란 생각이 들었다.

"저 샌드위치 별로 안 좋아합니다."

서영은 자꾸만 비딱한 반응을 하게 되었다.

"……그럴 리가."

태욱이 고개를 저으며 확신에 찬 말투로 받아쳤다.

"그럼 매일 아침 7시 반에 회사 정문 옆 스마일샌드위치 앞에 줄 서 있던 사람은 누굴까요? 내가 한두 번 본 게 아니라 궁금해서 그럽니다."

화르륵. 서영의 얼굴이 달아오르고 말았다. 그걸, 어떻게……. 뭐라고 변명하기도 전에 그녀의 손에 스마일샌드위치 하나가 곱게 들려졌다. 거짓말해 봤자 내 손바닥 안이라는 것처럼 태욱이 웃었다.

이 남자는 이상하게 그녀와 단둘이 있을 땐 웃음이 헤펐다. 그가 재미있는 장난감을 가지고 놀듯 웃을 때마다 서영은 심장이 콩닥거렸다. 짝사랑하는 남자와 한 공간에 있으면서 그 상대의 웃음을 바라보고 있는 게 얼마나 고통스러운 일인지 그녀는 처음으로 깨달았다. 제발 웃지 좀 말라 할 수도 없고. 서영은 포기하는 심정으로 샌드위치 포장을 뜯었다.

"……잘 먹겠습니다."

"이것도 같이."

태욱이 테이크아웃 컵에 담긴 아메리카노를 내밀었다. 서영이 엉겁결에 받아 들자 그도 자신의 샌드위치를 꺼내 크게 한 입 베어 물었다. 맛있게 먹는 그의 모습이 행복해 보였다. 그걸 볼 수 있는 기회가 생겼다는 것만으로도 이 계약 만남이 그녀에게 아주 나쁜 것만은 아니란 생각이 들었다.

서영도 태욱을 따라 샌드위치를 먹었다. 그녀가 아주 좋아하는 불고기샌드위치였고, 맛도 금방 사 먹었을 때와 비슷했다. 안 먹겠다던 그녀가 태욱보다 빠르게 샌드위치를 삼켜 가자 그는 잠시 먹는 것을 멈추고 그녀를 빤히 바라봤다. 그의 입가엔 여전히 웃음기가 남아 있었다.

"왜, 왜요……?"

너무 급하게 먹어 입에 묻힌 걸까. 서영은 놀라서 입가 주변을 손으로 닦아 내려 했다. 그때 태욱이 그 손을 단단히 붙잡아 버리고는 다른 손으로 가게 봉투 안에 들어 있는 물티슈를 꺼냈다.

"다이어트 중이라더니."

태욱은 서영의 손에 티슈를 쥐여 주며 말했다. 태욱에게 잡힌 손이 뜨겁다 못해 터질 것 같은 기분이어서 서영은 그가 한 말의 의미를 금방 파악하지 못했다.

"혹시 몰라서 하나 더 샀는데, 먹을래요?"

서영이 잠자코 가만히 있자 태욱이 말을 이어 가며 봉투를 뒤졌다.

"아, 아뇨. 팀장님 드세요. 저는…… 이것만 먹어도 되, 됩니다!"

서영은 손을 흔들며 극구 거절했다. 평소에도 하나만 먹으면 배가 차는 편이었다. 거짓말이 아니었다. 아침을 잘 안 먹는다고 할 땐 언제고, 샌드위치를 두 개나 먹어 우스운 꼴이 되고 싶지는 않았다. 그 순간부터 서영은 남은 샌드위치를 조금씩 베어 먹었다. 그 모습을 본 태욱이 손으로 입을 가린 채 웃고 있다는 걸 그녀는 눈치채지 못했다. 그저 자신의 집 앞에서 태욱과 아침을 먹는 게 이상하리만큼 자연스러워 놀라울 뿐이었다.

샌드위치를 하나씩 나눠 먹고 든든한 배로 회사에 도착했을 때 신사업 팀 안에는 지훈 혼자만 출근한 상태였다. 태욱과 서영이 같이 사무실로 들어서는 모습을 본 그가 잠시 얼굴을 굳혔다.

지훈과 시선이 마주친 순간 서영은 놀란 나머지 태욱과 거리를 두기 위해 한 발 물러섰고, 그는 그런 것 따위는 신경 쓰지 않는다는 것처럼 그녀의 손에 남은 샌드위치 하나를 들려 주고는 자신의 집무실로 들어갔다. 아예 같이 아침 먹었다고 홍보를 하세요.

"같이 출근했나 봐?"

서영이 자리에 앉자마자 지훈이 말을 걸어왔다.

"아……. 이 앞에서 만났어요."

거짓말을 하는 게 마음에 걸렸지만, 그렇다고 진실을 말할 수는 없었다. 지훈에게만은 사실대로 말해야 하는 건가. 잠시 고민됐지만 만약 그가 그녀에게 다른 마음을 품은 게 맞는다면 차라리 이렇게 오해하도록 두는 것이 낫다는 생각도 들었다. 그녀도 짝사랑 중이면서 또 다른 이의 짝사랑에는 이리도 잔인하게 굴고 있었다.

"어제 면담은 잘 끝냈고?"

"네. 그것 때문에…… 잠깐 드릴 말씀이 있는데 시간 괜찮으세요?"

서영은 그래도 직속 상사인 지훈에게 가장 먼저 퇴사를 잠시 미루게 되었다는 말을 전하는 게 도리라고 생각했다. 직원들이 하나둘 출근하는 아침 시간, 공개된 자리에서의 통보는 예의가 아닌 것 같아 회의실 쪽으로 그를 이끌었다.

"중요한 얘기야? 따로 부르고."

회의실로 따라 들어온 지훈이 당연한 것처럼 블라인드를 내렸다. 그의 행동에 서영은 잠시 의아했지만 괜히 다른 이들의 눈에 띄는 것보다 나을 것 같았다. 자리에 앉은 서영은 우선 미안한 표정을 지었다.

"퇴사 문제 말이에요."

"그래."

"당분간은 보류하기로 결정했어요."

그녀의 말에 지훈은 예상만큼 크게 놀라지 않았다. 오히려 이럴 줄 알았다는 것처럼 그는 잠시 허탈한 미소를 지어 보였다.

"나보다 강 팀장 입김이 더 센가 보네."

"아, 아니에요! 그런 거. 제가 다시 다닐 이유가 있다면 그건 차장님 때문이에요. 갑자기 그만둔다고 말하기도 했고, 차장님 입장을 전혀 생각 못 했던 것 같아요. 마무리 지을 광고들도 몇 개 남았고. 다시 생각해 보니까 너무 급하게 결정한 것 같아서 당분간은 더 다녀 보려고요."

그게 몇 달이 될지 몇 주가 될지는 그녀도 알 수 없었다. 태욱이 말한 가짜 애인 역할이 언제쯤 정리될지 가늠되지 않았다. 하지만 태욱의 성격상 길게 끌지는 않을 것 같았다. 그도 파혼 문제만 정리되면 금방이라도 그녀의 퇴사를 처리해 줄 것처럼 굴었으니까.

"아무튼, 잘 생각했어. 더 다니다 보면…… 아무렇지 않게 지나갈 수도 있어. 나도 몇 번 주머니에 사직서 넣고 다녔다는 거 모르지?"

"차장님이요?"

서영이 놀라 묻자 지훈이 해탈한 듯 웃었다.

"나는 뭐, 사람 아니야? 넘어질 때도 있는 거지. 그때 잘 일어나는 사람이 진짜 고수입니다, 윤서영 대리. 잘 해결됐지만 밥 사 달라는 건 취소 못 한다. 나 이번엔 진짜 거하게 얻어먹을 거야."

지훈은 특유의 친근함으로 그녀의 마음을 편하게 만들어 주었다.

"그럼요. 언제든지 시간만 말해 주세요. 제가 예약 잡을게요."

"오늘은 어때?"

"네?"

서영은 적극적인 그의 태도에 잠시 고민했지만 이제 와 거절할 수도 없었다. 어차피 한 번은 고마움을 표현하고 싶었다. 그리고 만약 지선의 추측처럼 그가 그녀에게 마음이 있다는 걸 이참에 표현한다면 잘 거절할 수 있는 기회가 될지도 몰랐다. 어쩌면 오늘이 가장 적당한 날일 수 있었다.

"약속 있는 거야?"

"아뇨. 괜찮아요. 그럼, 제가 장소 알아보고 오후에 알려 드릴게요."

"그래. 그럼 난 오늘 점심은 건너뛰어야겠다."

배를 만지며 장난스러운 웃음을 남긴 지훈이 먼저 회의실을 빠져나갔다. 서영은 잠시 누군가를 떠올렸지만 어차피 그와는 따로 약속을 잡지 않았다. 애인 역할을 해 준다고 했지, 그녀의 시간을 모두 그를 위해 비워 두겠다는 말은 아니었다. 서영은 간단히 생각하고 자신의 자리로 돌아갔다.

"약속이…… 생겼단 말이군요."

팀원들과 구내식당에서 점심을 먹고 올라오는 길이었다. 외근을 나간 지훈은 오후 늦게 도착할 것이란 문자를 서영에게 미리 남겨 둔 상태였다. 저녁 약속까지는 무리가 없으니 걱정하지 말라는 말과 함께. 서영도 알겠다며 답을 보냈다.

혹시 몰라 바라본 태욱의 집무실은 비어 있었다. 오전부터 외부 미팅이 잡혀 있어 오늘은 하루 종일 사무실에 출몰하지 않을 것이란 정보를 관련 부서 직원에게 전해 들었다. 서영은 잘됐다며 안심했다. 그리고 점심 식사를 했고, 화장실에 들르느라 팀원들을 먼저 보낸 후 홀로 엘리베이터를 탈 때까지 태욱에 대한 생각은 잠시 잊고 있었다.

"같이 저녁 먹자는 말씀은 없으……셨잖아요."

엘리베이터에서 만난 사람은 태욱이었다. 외근을 마친 후 곧장 복귀하느라 점심도 먹지 못한 상태라고 했다. 단둘만 있어서 그런지 그는 스스럼없이 오늘 아침처럼 서영을 대했다. 점심은 맛있게 먹었느냐고. 저녁은 뭘 먹고 싶으냐고. 서영은 잠시 할 말을 잊은 채 태욱을 바라봤다. 그녀의 눈빛에서 약속이 있다는 걸 곧장 눈치챈 그는 잠시 서운한 웃음을 흘렸다.

서영은 자신이 왜 변명하고, 미안해해야 하는지 모르겠지만 점심조차 먹지 못했다는 태욱의 말에 측은함과 안쓰러운 마음이 생겨나고 말았다.

"당연히 먹는 거 아니었나."

"……네?"

태욱이 짓궂은 표정을 짓다 힘없이 웃었다. 왜 웃음에 힘이 없어 보일까. 서영은 이제라도 지훈과의 약속을 취소하고 태욱과 함께 저녁을 먹어야 하나 싶었다. 그리고 이참에 애인 역할에 대한 구체적인 합의안을 만들어 보는 게 좋을 것 같다는 생각이 들었다.

"아닙니다. 신경 쓰지 말아요. 미리 말하지 않은 내 탓도 있으니."

엘리베이터는 곧 13층에 도착했다. 먼저 내리라는 듯 열림 버튼을 누른 채 기다리고 있는 그를 향해 그녀는 시선을 맞췄다.

"그래서 말인데요, 팀장님."

태욱이 서영을 돌아봤다.

"팀장님이 말씀하신 애인 역할이라는 게…… 어떤 시간까지 비워 둬야 하나 싶어서요. 오늘 아침도 그렇고 저녁 시간까지 포함되는 건가요? 그럼, 주말은요?"

서영의 물음에 태욱이 참지 못하고 웃음을 터뜨렸다.

"내가 말하면 다 비워 두는 겁니까?"

"어…… 그건 아니지만……."

"그럼 하루 종일 나랑만 있어야 한다고 말하지. 하여튼 윤 대리는 협상하는 방법부터 잘못됐어요. 나를 이기려면 한참 멀었어."

누가 이기고 싶다 했나. 서영은 괜스레 자신의 어수룩함을 지적받은 것 같아 기분이 좋지 않았다. 또 그녀가 시간이 안 된다고 말하면 다음으로 미뤄 줄 생각이었나. 그것도 아니면서 꼭 사람을 바보 취급했다.

"을이 갑한테 무슨 협상을 해요. 아무튼, 오늘은 안 됩니다. 그럼."

꾸벅, 인사를 건넨 서영은 엘리베이터에서 내려 신사업 팀 안으로 들어갔다. 심통이 난 것처럼 걸음이 다소 거칠어진 그녀의 뒷모습을 보며 태욱은 또 한 번 웃었다. 거래처 대표들과 전쟁 같은 말씨름을 하고 들어온 터라 온몸의 기가 다 빠진 느낌이었는데 그도 모르게 어느새 충전된 것 같기도 했다.

서영이 엘리베이터에 오를 때부터 그랬다. 그를 보고 놀라 잠깐 뒷걸음질 쳤으면서, 자신이 언제 그랬냐는 듯 다시 당당하게 고개를 드는 행동이 귀여웠다. 점심을 먹었느냐는 질문에 곧장 오늘 구내식당에서 먹은 메뉴들을 읊었을 땐 잠시 넋을 놓고 그녀를 바라보기도 했다. 이렇게 시시한 것에 시선이 온전히 붙잡힐 일인가. 태욱은 이제껏 경험하지 못한 감정이었다.

서영에게 저녁 약속이 있다는 걸 알았을 땐 잠시 서운하기도 했다. 혼자 먹은 저녁이 얼만데. 또한 오늘은 출장의 여파로 야근까지 예고되어 있었다. 그녀와 여유롭게 저녁을 먹을 시간 따윈 그에게 허락되지 않았다. 그래서 아쉬워져 버렸다. 마주 보고 밥을 먹은 게 몇 번이나 된다고. 일련의 감정들이 다 장난 같아 태욱은 그저 웃어넘겼다.

애초에 진지해질 생각조차 없이 꺼내 든 계약 만남이었다. 나는 내가 필요한 걸 얻고, 너도 네가 원하는 걸 가져가라. 그 이후에 우리의 관계는 깔끔하게 끝내면 된다. 마지막까지 예고해 둔 정확한 계약이었다. 그녀가 흔들린다고 해도 그는 받아 줄 생각이 없었다. 손 영감의 손아귀에서 벗어나기 위해 벌이는 유치한 연극일 뿐이었다.

잠시 헛웃음을 내놓은 태욱은 곧장 표정을 지우고 언제나처럼 차갑고 서늘한 강 팀장으로 돌아갔다. 신사업 팀 안으로 들어선 그는 어디에도 눈길을 주지 않은 채 곧장 집무실로 향했다.

서영의 저녁 약속 상대가 지훈이란 것을 알았을 때 태욱은 일종의 배신감을 느끼기도 했다. 왜 그런지는 알 수 없었다. 서지훈 차장이 윤서영이란 여자에게 부서 팀원 이상의 감정을 가지고 있다는 것을 일찌감치 눈치챈 때문이었을까.

당연히 서로 마음을 주고받았을 거라 생각했다. 하지만 서영의 눈길은 그에게 꽂힐 때가 많았고, 태욱은 헷갈렸다. 그러다 서영이 그에게 고백한 순간, 안심했다. 서지훈이 아니라 자신을 좋아한다는 확실한 고백 앞에서 승리감을 느꼈다. 자신이 그런 감정을 느끼는 게 스스로도 신기할 정도였다.

남자 새끼니까. 이유는 그렇게밖에 설명할 수 없었다. 티 나는 서영의 눈길이 싫지 않았다. 그가 한 번씩 고개를 들어 눈을 맞추면 놀라던 그녀의 반응이 재밌기도 했고, 욕심조차 담기지 않은 오롯한 호감이 지친 그에게 힘을 주는 것 같기도 했다.

'힘내세요, 팀장님.' 눈빛으로 그렇게 말하는 것만 같았다. 출장을 다녀와 공항에서 곧장 출근한 어느 날은 '너무 무리하지 마세요.' 였다가, 점심까지 거르고 회의 자료를 볼 때면 '배 안 고프세요?' 라고 묻는 것만 같았다. 모두 같은 눈빛이었지만 또 조금씩은 달랐다. 어느새 그것이 그에게 위로가 되는 줄도 모르고.

태욱은 퇴근 준비를 마친 뒤 지훈과 다정하게 웃으며 사무실을 벗어나는 서영을 지켜봤다. 마음만 먹으면 어깃장을 놓을 수도 있겠지만 더 이상은 그러고 싶지 않았다. 책임지지도 않을 거면서 돌아갈 곳을 잘라 내 버린다면 그것만큼 이기적인 게 또 있을까.

그는 요 며칠 자꾸만 감정적으로 변하는 자신을 반성했고, 더 이상 서영을 생각하지 않으려 노력했다. 태욱은 쌓여 있는 검토 자료로 시선을 내렸다. 곧 그의 미간이 좁혀졌고 한 곳으로만 신경을 집중했다.

● ◇ ●

"······뭐?"

"······모르셨구나. 차장님은 알고 계실 줄 알았어요."

서영은 마치 업무 보고를 하듯 이야기를 꺼냈다.

그녀가 손수 검색해 예약한 저녁 장소는 한강이 내려다보이는 분위기 좋은 레스토랑이었다. 한 주먹만 한 스파게티를 예쁜 그릇에 담아 내놓는 먹는 맛보다 보는 맛을 더 중요하게 생각하는 곳이었으며, 음악과 은은하게 풍기는 향까지. 데이트 코스로 안성맞춤이었다.

그래서 찾는 사람들의 대부분이 커플들이었다. 지훈은 그것만으로도 조금은 흥분해 있었다. 진작에 이런 곳으로 데려올걸. 부담을 주지 않는다는 핑계로 너무 망설이고만 있었던 것은 아닌지 후회가 되기도 했다. 어쨌든 이번 기회를 발판으로 삼아 서영에게 좀 더 가깝게, 그리고 이제까지와는 다른 감정으로 다가갈 생각이었다. 그녀가 메인 메뉴가 나오기도 전에 꺼낸 말을 듣기 전까지는 말이다.

"그, 그런 줄은······ 그랬구나."

지훈은 앞에 놓인 물잔을 다급하게 들어 올렸다. 서영의 고백은 간단했다.

'저, 강 팀장님…… 좋아해요.'

이제 와서, 그것도 그가 억지를 부려 만든 자리에서 작정하듯 꺼낸 말은 허무한 웃음을 터뜨리기에 충분했다. 어쩌면 그녀는 그의 감정을 이미 눈치챘을 수도 있었다. 고백조차 차단해 버리겠다는 잔인한 거절의 방식이었다. 다른 누군가를 좋아한다는 말은.

"뭐, 회사에서 그런 사람이 한둘인가요. 아무튼 차장님한테 말하고 나니까 속은 후련해요."

서영이 한숨을 내놓으며 웃었다.

"강 팀장은 알아?"

지훈은 여전히 표정을 풀지 못한 채 물었다.

"네."

서영은 또 짧게 대답했다. 아무 일 아니라는 것처럼. 지훈은 머리가 복잡해졌다. 그가 서영의 마음을 몰랐다면 거짓말일 것이다. 그녀의 시선이 항상 어디로 향해 있는지 알고는 있었지만 그건 동경이라 생각했다. 그가 아는 윤서영은 강태욱을 정말로 욕심낼 성격이 아니었다. 그럼에도 지금 자신에게 말하는 이유는 뭘까.

"퇴사 번복한 것도 그 때문이야?"

이건, 묻지 말아야 할, 그러니까 그의 옹졸함을 드러내는 것이었지만 지훈은 참을 수가 없었다. 서영의 일방적인 짝사랑이라고 해도, 지금 둘 사이에 무슨 일이 일어나고 있는지 알고 싶었다. 다른 사람을 좋아한다는 여자였지만, 그는 이미 그런 여자를 마음에 품어 버렸다. 쉽게 감정을 접을 수가 없었다.

"차장님께 다 설명드리지 못하는 거…… 이해해 주세요."

"뭔가 있긴 있나 보네."

지훈이 날카롭게 말을 뱉었다.

서영은 잠시 지훈이 다른 사람처럼 느껴졌다. 태욱에 대한 그녀의 감정을 고백한 건 혹시나 모를 오해를 처음부터 잘라 내기 위해서였다. 태욱은 그렇게 생각하지 않는다고 해도 그와 계약 관계를 유지하면서 다른 남자와 개인적인 만남을 가지는 건 도리에 어긋나는 것 같았다. 그는 괜찮다고 말할지도 모르지만 그녀가 괜찮지 않았다.

그리고 그녀는 그 누구보다 짝사랑의 감정에 대해 가장 잘 알았다. 만약 지훈이 그녀에게 다른 마음을 품은 것이라면 하루라도 빨리 그 마음을 받아들일 수 없다는 걸 알려 줄 필요가 있었다. 지금 그녀와의 관계는 계약에 의한 것이라 처음부터 선을 긋는 태욱처럼. 서영은 그래서 마음을 비우기 쉬웠고, 감정이 가벼워졌다. 단지 그녀의 긴 짝사랑에 대한 위로로 그와의 추억을 남기고 싶을 뿐이었다. 그리고 그 기회가 그녀에게 주어졌고, 끝도 이미 정해졌다.

"주제넘은 말일지 모르겠지만…… 강 팀장, 일적으론 완벽할지 몰라도 사적인 감정엔 익숙하지 않은 사람이야. 특히나 아주 가깝게 지내는 사람들을 힘들게 할 스타일이지."

"······그런가요."

서영은 지훈이 무슨 말을 하는지 알아들었다. 그게 선배로서 후배를 걱정하는 마음이든, 좋아하는 여자를 놓치고 싶지 않아 속 좁게 이간질하는 것이든, 상관없었다. 그녀도 이젠 강태욱이란 남자를 어느정도 알게 되어 더 이상은 상처받을 일도 없었다.

"좋아한다니, 이미 결혼에 파혼 소식까지 알고 있을 테지만······ 그 뒷이야기가 간부들 사이에서 시끄러워. 강 팀장이 손 이사 경쟁 상대라는 건 윤 대리도 알 테고. 그러니 손필성 회장의 숨겨 둔 손자라는 소문도 도는 거겠지. 이번에 결혼하기로 한 여자가 건양물산 막내딸이라는 걸 보면 손자가 아니라도 빵빵한 뒷배경을 갖고 있는 건 이미 확인된 거 아니겠어? 그런 남자가······."

"차장님."

서영은 더 이상 그의 말을 듣고 싶지 않아 지훈을 불렀다.

"그래. 내가 치사해 보이지?"

그는 인정하듯 웃어 버렸다.

"이런 말로 윤 대리, 아니, 서영이 네 마음 정리될 거라고 생각한 것부터 내가 너한테 어울리는 사람이 아니란 거, 증명하는 것일 테니까."

"차장님."

결국, 이라는 생각이 들었다. 서영은 자신이 잘못 생각한 것 같았다. 애초부터 태욱의 이야기를 꺼내지 말았어야 했다. 지훈의 마음을 더 고통스럽게 만든 건 그녀 자신이 되어 버렸다. 마주 볼 수 없는 사랑이란 건 어쩔 수 없이 한쪽을 우스운 꼴로 만들고 말았다.

"알았어. 그만할게."

"죄송해요, 선배."

"아니, 사과하지 마. 네가 왜 사과를 해? ……어차피 다 알게 될 감정이었잖아. 너도 숨기지 못하고, 나도 숨길 수 없는걸. 지금은 너한테 미안하다, 죄송하다, 그런 말 듣고 싶지 않아. 그건…… 네가 이해해 주라."

끝을 맺듯 결론을 내린 지훈은 메인 메뉴가 차려지자 아무렇지 않게 식사를 시작했다. 밥이 제대로 넘어갈 리 없어 서영은 물잔만 들었다. 그렇다고 자리를 박차고 일어설 수도 없었다. 아무래도 지훈에게서 그녀 자신의 얼굴이 보이기 때문이었다.

쌓인 자료가 반 정도 줄어들 즈음 두통이 찾아왔다. 이미 익숙해진 일이었지만 요즘은 좀 괜찮아지나 싶었다. 하지만 여지없이 관자놀이를 송곳으로 찌르는 듯한 고통은 쥐고 있던 서류를 던지듯 내려놓게 만들었다.

태욱은 안경을 벗고 머리를 등받이에 기댔다. 저절로 눈이 감겼다. 하나, 둘 숫자를 세면서 통증이 사라지길 기다렸지만 이번엔 스쳐 가는 게 아닌 것 같았다.

당연했다. 출장 일정을 무리하게 당겼고, 다녀와서도 제대로 잠든 기억이 없었다. 철야를 하고도 끄떡없어 이 자리까지 오를 수 있었던 그는 그 부족한 잠 때문에 두통을 친구처럼 달고 살아야 했다.

태욱은 감았던 눈을 뜨고 늘 두통약을 넣어 두는 두 번째 서랍을 열었다. 혹시나 하는 마음이었는데 역시나, 빈 통만 남은 채였다. 탕비실에서 비상약이라도 꺼내 먹어야 하나 잠시 생각했지만 실행에 옮겨지지 않았다.

이상하도록 의욕이 없고 마음도 가라앉았다. 이유는 하나로 모아지는 것 같았지만 그는 인정하고 싶지 않아 고집스럽게 자료를 보는 일에 매달렸다. 그게 두통으로 찾아올 줄은 몰랐다.

태욱은 쿡쿡 찔러 대는 듯한 통증에 관자놀이를 검지로 누르며 다시 의자에 몸을 뉘었다. 방금 스치듯 확인한 벽시계의 시간은 밤 10시를 넘어가고 있었다. 지금쯤이면 헤어졌으려나. 7시쯤 밥을 먹기 시작하면 넉넉잡아 한 시간, 커피라도 마시면 두 시간. 데려다주는 것까지 거절하지 않는다면 서영은 지금쯤 집에 도착했을 것이다.

전화라도 해 볼까. 통화가 연결되면 무슨 말을 하지. 평소에는 고민조차 하지 않았던 생각들이 찾아들자 태욱은 자신이 더욱 우습게 느껴졌다. 차라리 질투 난다는 말을 하는 게 더 그다운 것일지도 모르겠다.

그런 생각이 들 즈음 갑자기 사무실 입구 쪽에서 작은 불빛이 들어왔다. 누군가 신사업 팀으로 들어온 것이었다. 태욱은 한 시간 전쯤 자신 혼자만 남아 있다는 것을 분명 확인했다. 누가 물건을 놓고 간 건가. 확인도 할 겸 그는 몸을 일으켰다. 이참에 탕비실에 들러 두통약을 가져와야겠다고 생각했다.

그는 천천히 집무실 문을 열고 밖으로 나갔다. 그리고 시선이 마주친 누군가와 대치하듯 마주 본 채로 멈춰 섰다.

6.

사귀는 사이니까

　서영이 눈앞에 보이자 비죽, 웃음이 흘러나오는 건 어쩔 수 없었다. 그녀는 태욱을 보자마자 놀란 눈을 감추지 못했다. 그가 이러고 있을 줄 몰랐다는 것처럼. 사무실로 돌아온 건 그를 보기 위한 게 아니었나.

　태욱의 표정이 서서히 가라앉는 순간, 그녀의 손에 들린 초밥집 봉투가 보였다. 평소 해치우듯 끼니를 해결하는 그가 가장 자주 먹는 메뉴였다. 당연한 것처럼 봉투에는 그가 가장 좋아하는 음식점의 로고가 찍혀 있었다.

　자신의 손으로 향한 그의 시선을 느낀 서영은 얼른 봉투를 등 뒤로 감추었다. 태욱에게서 다시 웃음이 터졌다. 행동이나 감정이 눈에 훤히 보이는 여자라 재미가 없을 줄 알았는데 아니었다. 그래서 그가 더 다가가도록 만들었고, 그 어리숙함이 생각지도 못한 기쁨을 주었다.

바로, 지금처럼.

"나 주려고 사 왔어요?"

태욱이 서영에게로 다가서며 물었다.

"아, 그게…… 제, 제가 먹을 거예요."

거짓말도 어쩜 이리 못하는지.

"윤 대리, 생선 싫어한다고 하지 않았나?"

"네? 아, 그랬는데 이번만……."

"그런 말 한 적 없는데."

서영은 단 한 번의 유도심문에 곧장 거짓말이 들통나 버렸다. 잠시 태욱을 노려본 그녀는 더 이상 그와 말을 섞기 싫다는 것처럼 자신의 책상으로 다가갔다. 곧 무언가를 찾는지 이곳저곳을 뒤졌다.

서영이 찾아낸 것은 접이식 우산이었다. 비가 오나. 태욱은 뒤돌아 창가 쪽을 바라봤다. 창을 타고 흐르는 빗물이 늦은 도시의 밤을 적시고 있었다.

정말 우산이 필요해 들른 건가. 그렇다면 서지훈 차장의 차를 타고 집으로 돌아가지 않았다는 소리가 되었다. 태욱은 그것이 뭐라고 기분이 한결 나아졌다. 또 서영을 지켜보는 지금 순간에는 두통이 찾아오지 않았다. 신기할 따름이었다.

"밖에 비 많이 와요. 팀장님도 어서 마무리하시고 들어가세요."

태욱의 앞까지 다가온 서영이 깍듯하게 인사를 건넸다. 여전히 그녀의 손에는 초밥집 봉투가 들려 있었다. 정말 그의 몫이 아닌 건가.

태욱은 서운함마저 느꼈다. 오늘 아침 그녀를 위해 샌드위치를 주문하느라 수많은 시선들을 감내했는데. 생색을 내고 싶은 건 아니었지만 이대로 그냥 서영을 보내고 싶지는 않았다.

"머리가 아파서 일을 많이 못 했어요."

태욱이 잘 들어가라는 인사 대신 자신의 상태를 알렸다.

"……네?"

서영이 계획대로 돌아봤다.

"마침 가지고 있던 두통약은 다 떨어졌고."

그의 말에 서영은 잠시 고민하듯 서 있다가 다시 자신의 자리로 되돌아갔다. 초밥 봉투와 우산을 책상 위에 올려놓고 그녀는 아래쪽 서랍을 열었다. 곧 원하는 것을 찾았는지 표정이 밝았다. 태욱은 그 모습을 지켜보는 내내 심장 쪽이 간지러웠다.

"여기, 두통약이요. 저번에 비상용으로 사 둔 게 있었어요."

서영은 다행이라며 태욱에게 두통약을 내밀었다. 그러나 그는 그것을 받아 들 생각은 하지 않고 잠자코 그녀를 내려다볼 뿐이었다. 시선을 느낀 서영이 고개를 들자 그와 눈이 마주쳤다. 그녀는 그의 눈빛이 부담스러워 이내 제 할 말만 했다.

"우선 하나만 드셔 보시고, 괜찮다 싶으면 더 드시지 마세요. 두 개까지는 괜찮은데 빈속에 너무 많이 먹으면 안 좋아요. 팀장님 분명히 저녁도 거르시고……."

서영은 말을 끝맺지 못했다. 차라리 그를 위해 사 왔다며 초밥 봉투를 내미는 게 덜 부끄러운 행동이 아니었나 싶었다. 야근하고 있을 태욱이 마음에 걸려 집으로 돌아가지 못했다. 결국 그가 좋아하는 브랜드의 초밥을 사 가지고 사무실로 올라오면서 이런 상황이 벌어질 것이라 예상하지 못한 것도 아니었는데. 늘 그의 앞에만 서면 바보가 되고 모든 생각의 회로가 꼬여 버리는 것만 같았다.

"누가 사 온 초밥 보니까 더 배고프긴 하네요."

태욱이 놀리듯 서영을 바라봤다.

"……이거 드세요."

서영은 조용히 봉투를 내밀었다.

"윤 대리 먹는다면서요?"

"거짓말이었어요."

그녀가 이실직고해 버렸다.

"같이 먹읍시다."

"네?"

태욱은 서영의 손에서 봉투를 빼앗아 들고 탕비실로 향했다. 그녀가 거절할 시간조차 주지 않는 행동이었다. 어쩔 수 없이 서영은 태욱을 따라 탕비실로 들어섰다. 냉장고에서 음료수 두 개를 꺼내 온 그는 테이블 위에 늦은 저녁을 차렸다.

서영은 어쩐지 조금 미안한 마음이 들었다. 지훈과의 대화가 불편해 저녁을 많이 먹지는 못했지만 그래도 밥조차 거르고 일한 태욱보다야 자신이 나았다.

모두 그가 대단하다고만 했지, 그가 얼마나 힘들게 본인의 자리를 지키고 있는지는 입에 올리지 않았다. 야근을 밥 먹듯이 해도 다크서클 하나 내려오지 않는 그의 지독함을 신기해할 뿐, 그가 무엇을 참아 내는지에 대해선 생각해 보지 않았다.

서영이 사 놓아둔 두통약도 사실 태욱을 위한 것이었다. 그가 탕비실 냉장고에 쓰러지듯 기대앉아 통증을 참아 내던 날 이후, 그녀는 늘 태욱의 표정을 신경 쓰게 되었다. 그러다 결국엔 모든 종류의 두통약을 그녀의 서랍 깊숙이 넣어 두게 되었다.

어쩌다 한 번씩 탕비실 약상자가 빌 때면 부리나케 채워 넣었다. 알아 달라고 한 행동은 아니었다. 조금이라도 태욱이 덜 힘들었으면. 언제부턴가 그를 향한 서영의 마음엔 걱정이 대부분이었다. 그의 눈부신 면보다 감춰진 인내심에 더 마음이 가고 신경이 쓰였다.

'그렇게 열심히 살면, 당신이 얻는 건 무엇인가요?'

'언제 가장 행복해요?'

'행복할 순간마저 놓치고 살지는 마세요.'

주제넘은 생각들이 넘칠 때면 서영은 그를 바라보지 않고 잠시 짝사랑을 쉬어 보기도 했다. 그러나 끝낼 순 없었다. 다시 돌아가 버리는 마음. '사랑' 이라는 독한 속성을 그녀는 단 한 번도 이긴 적이 없었다.

"왜 그러고 있어요?"

태욱이 멍하니 앉아 있는 그녀를 보고 물었다.

"아, 네."

서영은 얼른 정신을 차리고 젓가락을 들었다. 태욱이 좋아하는 흰살생선 쪽은 손도 대지 않고 계란말이나 새우만 몇 개 입으로 가져갔다. 서영이 먹기 시작하자 태욱도 젓가락을 들었다. 배가 많이 고팠는지 평소보다 그의 식사 속도가 빨랐다. 서영은 그게 흐뭇하면서도 짠했다.

"여기…… 요즘 배달도 한대요."

서영의 말에 태욱이 고개를 들었다.

"저녁 꼭 챙겨 드시라고요. 지금은 괜찮으실지 몰라도 나중에 고생하세요. 저희 아버지도 젊었을 때 밥도 못 먹고 일하셨대요. 그게 지금 위장병의 원인이 돼서 늘 후회하세요. 자기 몸은 자기가 챙겨야 하는 거라고……."

태욱은 잠시 먹는 것도 멈추고 서영을 빤히 바라봤다.

"아…… 제가 좀 말이 많았죠? 죄송해요. 얼른 드세요."

"앞으론 윤 대리가 나랑 먹어 주고 퇴근하면 되겠네."

"……네?"

"그래야 빨리 회사에 소문도 돌고, 내 파혼 문제도 해결될 것 같은데."

"아……."

서영은 순간 무언가를 기대한 자신의 마음이 우스웠다.

"그래서 오늘 저녁 먹으면서 얘기하려고 했는데."

"……뭘요?"

"우리 집 어르신이 윤 대리를 보자고 하세요."

"저, 저를요? 왜요?"

상상조차 못 했던 일처럼 서영이 놀랐다.

"내가 만나는 사람을 보고 싶어 한단 소리예요. 시간 끌어 봤자 좋을 거 없으니까, 큰 산부터 빨리 넘는 게 낫지 않겠어요?"

그렇죠. 그러려고 우리가 이러고 마주 앉아 있는 건데. 그리 생각하면서 고개를 끄덕였지만 서영은 태욱을 보며 아무렇지 않게 웃을 수가 없었다. 그저 그가 대단해 보였다. 이런 일을 아무렇지 않게 꾸미고 행동까지 취하다니. 그녀로선 절대 상상할 수 없는 일이었다.

"제가…… 뭘 하면 되죠?"

서영은 걱정부터 앞섰다. 아무리 연극이라고 해도 태욱의 가족을 처음으로 보는 것이었다. 어떤 포지션을 취해야 하는지, 어디까지 거짓말을 해야 하는지 그녀는 금방 정리되지 않았다.

"뭘 하려고요?"

"네?"

태욱은 어느새 초밥을 다 비우고 포장 용기를 정리하며 말했다.

"가만히 있어요. 내가 다 알아서 할 테니까. 할아버지만 만나 주면 됩니다. 뭐 그 전에, 우리 집 가족 관계부터 설명을 해야겠네요."

태욱은 간단히 웃으며 말을 이었다.

"아버지는 내가 일곱 살 때 돌아가셨어요. 어머니 혼자 날 키우셨고. 그렇다 보니 여러 사정상 할아버지가 계신 본가로 들어가게 됐어요. 그게 지금까지 이어지고 있고. 다시 말하면 내 혼사에 최고 권력을 쥔 실세는 할아버지란 소리가 되겠죠?"

그의 가족에 대한 이야기는 무수한 소문들로만 떠돌았다. 유신 회장의 숨겨 둔 손자라느니, 배경 좋은 집안의 외동아들인 게 틀림없다는 말까지. 여러 가십들이 나돌았지만 그 안에 일찍 아버지를 여읜 상처가 있는 남자라는 얘기는 없었다.

"음…… 동정을 바라고 말한 건 아닌데."

태욱이 감정을 숨기지 못하는 서영의 표정을 보고 씁쓸하게 웃었다.

"아니, 그게…… 동정이라뇨. 그냥, 힘드셨을 것 같아서……."

서영은 더 이상 말을 잇지 못했다. 그에겐 이런 말들도 어쩌면 상처를 모르는 이들이 건네는 껍데기뿐인 위로일 수 있었다. 태욱은 이미 수백 번 겪어 본 반응이라는 듯 아무렇지 않게 웃으며 서영의 마음을 더 안타깝게 만들었다.

"힘들었죠. 그건 지금도 마찬가지고. 저녁도 못 먹고 야근 중이었잖아요?"

태욱은 어깨를 으쓱거리곤 자리에서 일어났다. 서영은 그를 따라 몸을 일으켰다.

"갑시다. 태워 줄게요."

탕비실 문을 열며 태욱이 말했다.

"네? 아뇨. 저 때문에 그러실 필요 없어요. 아직 일도 남으셨는데, 전 앞에서 택시 타고 가면……."

서영이 급하게 거절하자 태욱이 도로 문을 닫고 나란히 서 있는 그녀를 내려다봤다. 서영은 그의 행동 중 그녀를 똑바로 바라볼 때가 가장 힘들었다. 피하지도 못한 채 그녀는 그를 올려다볼 뿐이었다.

"태워 주세요, 해 봐요."

"네?"

태욱이 뜬금없이 말했다.

"그 말 들으면 두통이 사라질 것 같아서."

거짓말. 그래, 원래 이런 데 능통한 남자였다. 하지만 눈빛은 진심 같았다. 그래서 서영은 헷갈렸고, 그가 미워졌고, 또 그만큼 좋아져 버렸다. 이렇게 그녀의 마음을 자유자재로 흔들 수 있는 남자는 위험했고, 피해야 했으며, 어쩌면 이런 웃기지도 않는 연극 놀이에 동참하라는 제안에 예스라고 말한 걸 두고두고 후회할지도 몰랐다. 하지만이미 '노'라고 말할 기회를 놓친 그녀였다.

"그렇게…… 태워 주고 싶으시면, 그러세요."

하. 태욱에게서 헛웃음이 터졌다. 서영도 따라 웃었다.

● ◇ ●

손 회장의 책상 위로 파파라치 사진들이 떨어져 내렸다. 차 문을열어 주고, 여자를 집까지 바래다주는 남자에게서 그가 알던 손자 강태욱의 모습은 없었다. 헛웃음을 터뜨린 필성은 앞에 선 윤창수 변호사를 올려다봤다.

이 집안 일만 30년이었다. 은퇴할 나이가 지났음에도 손 회장이 그를 옆에 붙여 두고 있는 건 입을 함부로 놀리지 않으며 어느 편에도서지 않는 중립을 지킨다는 장점 때문이었다.

이미 장남의 아들인 철민이 윤 변을 자신 쪽으로 포섭하기 위해 수차례 물밑 작업을 했다는 걸 손 회장은 알고 있었다. 그때마다 윤창수는 자신이 모시는 분은 손필성 회장 한 분뿐이라는 말만 꺼냈다고 한다. 그는 이제 갑자기 쓰러져 유명을 달리해도 이상하지 않을 나이였기에 이자의 지나친 충성심이 때론 아집처럼 보이기도 했다.

어쩌면 두 수를 앞서 내다보는 걸지도 모른다. 손필성이 사라진 유신그룹의 미래에 대해서. 그 자리를 차지할 인물로 장남의 하나뿐인 외동아들 손철민이 유력하지만 그는 유신을 제대로 이끌어 갈 재목이 아니라는 평가를 이미 마음속으로 내렸을 수도 있었다.

필성의 자리는 가져다주는 정보를 듣고 결정을 내릴 뿐이었다. 진실에 대해 속속들이 알고 있는 건 그 문제를 직접 파서 알아낸 윤창수라는 소리가 되었다. 그에게 일부러 태욱의 신변을 알아보라고 시킨 것도 그 이유에서였다.

손철민이 아니라면 강태욱은 가능성이 있는가. 이제 그가 결정을 내려야 할 시기일지도 몰랐다. 언제나 힘으로 해결하려는 옛날 방식도 믿을 수 있는 체력이 뒷받침될 때나 가능했다. 하루가 다르게 몸이 쇠약해졌다. 그걸 이 집안 사람 중 모르는 이가 있을까. 필성은 점점 더 마음이 조급해졌다.

"그래서, 진짜란 소리야?"

사진만으론 전부를 이해할 수 없었다. 강태욱이 어떤 놈인데. 어쩔 땐 그보다 더 위에 서서 자신을 아래로 내려다보는 듯한 느낌을 받을 때가 있었다. 그리고 그 모든 게 이 집 안에서 겪은 치욕과 참아 온 복수심 때문이란 걸 알았다.

손 회장은 그게 태욱에겐 오히려 득이 될 것이라 확신했었다. 그가

'손'이 아니라 '강'으로서 회장 자리에 오른다고 해도 '손'의 피가 아니라고 여길 사람은 태욱 본인 말고 아무도 없었다. 먼저 떠난 아들은 영원히 풀어지지 않을 한으로 남았지만 어느 순간부터 필성의 마음은 태욱 쪽으로 기울어져 가고 있었다. 그걸 앞의 윤창수가 모를 리 없었고. 손 회장은 윤창수를 올려다보며 대답을 기다렸다.

"진짠들, 가짠들, 뭐가 중요하겠습니까? 강 팀장이 이렇게 도전장을 내민다는 게 중요한 것 아니겠습니까? 꾸민 일이라고 해도 여러 가지로 손해가 큽니다. 게다가 같은 신사업 팀에서 근무하는 직원이라, 회사에 금방 소문이 퍼질 겁니다. 손 이사 쪽에서야 단비 같은 이슈죠. 어떻게든 일을 크게 만들어서 강 팀장이 더 이상 위로 올라가지 못하도록 막으려고 하지 않겠습니까?"

윤창수의 시나리오를 들으며 손 회장은 다시 사진 한 장을 들어 올렸다. 태욱이 어쩐 일로 웃고 있었다. 태욱을 바라보는 여자의 얼굴에서도 그의 주변 사람들이 흔히 가지고 있는 탐욕 따윈 찾아볼 수가 없었다. 손 회장은 신경질적으로 사진을 던져 버렸다.

"멍청한 새끼. 어쩌자고 일을 이렇게 만든 거야!"

"건양 쪽에서도 분명 이 일을 걸고넘어질 겁니다."

"뭐? 감히 주제도 모르고! 막내딸 바람기 잡아 달라고 사정사정해서 내 열 번 접고 혼사를 추진하겠다고 했거늘. 핏줄 단속도 못 시켜서 남자 새끼랑 나뒹구는 걸 걸려 놓고선 이제 와서 적반하장이야?

어디 한번 해 보라고 해. 내가 다시는 그 건양 나부랭이들이랑 말을 섞나."

"회장님."

창수는 처음부터 이 일을 이렇게 막무가내로 밀어붙인 손 회장의 잘못이란 걸 충고하려 했지만 쉽지 않았다. 이것이 필성의 문제점이었다. 하나에 꽂히면 그것 외에는 보지 않았다. 그나마 지금 태욱이 앞장서서 유신을 끌고 가고 있지만 손 회장의 굳은 방식으로는 이제 빠르게 변하는 세상을 따라갈 수가 없었다. 하물며 핏줄의 혼사조차 뜻대로 되지 않는다는 걸 필성은 이번에 제대로 깨닫고 있는 중이었다.

"일단 태욱이 여자를 더 알아봐. 집안이나 평소 행실 같은 거. 내가 한번 보자고 했으니 조만간 데리고 올 거야. 보면 알겠지. 거짓말인지, 진짠지. 그놈이 이제…… 내 무덤까지 파 놓고 쓰러지길 기다리고 있는 것 같구나. 허허."

필성은 머리가 아파 손으로 이마를 짚고는 다른 한 손으론 창수에게 나가라 손짓했다.

"그럼, 쉬십시오."

문을 닫고 나온 창수의 입가에 작은 미소가 걸렸다. 비록 지는 해일지라도 관록이 있는 손 회장이 손자를 꺾을 것인지, 아니면 그 단단하던 손필성을 기어이 무너뜨리는 새로운 인물이 탄생할 것인지. 그

159

걸 지켜보는 사람의 입장으로서 결론이 궁금해질 수밖에 없었다.

● ◇ ●

"네. 알겠습니다."

태욱은 전화를 끊고 옆에 앉은 서영을 바라봤다.

손 회장에게서 전화가 걸려 온 건 그녀의 집 앞에 거의 도착할 즈음이었다. 태욱은 잠시 차를 세우고 전화를 받아야겠다고 말했다. 서영은 그럼 자신은 이만 내려 걸어가겠다고 했지만 태욱은 그녀의 팔을 붙잡고 놓아 주지 않았다.

그 상태에서 태욱은 전화를 받았고, 짧은 몇 마디만 주고받은 뒤 금방 통화를 마쳤다.

"할아버지세요."

"아……."

그제야 태욱은 서영을 잡고 있던 팔을 놓았다.

"워낙 성격이 급하신 편이라. 이번 주말 괜찮겠어요?"

"네? 그, 그렇게 빨리……. 음, 어쨌든 뵙긴 뵈어야겠죠."

서영이 걱정하고 있다는 게 표정에서도 확연히 드러났다. 태욱도 점점 더 미안한 마음이 들었다.

"잠깐 얼굴만 뵙고 나올 겁니다. 너무 걱정하지 말아요."

태욱의 말을 듣고 나자 서영은 걱정이 조금은 수그러드는 듯했다. 어차피 그가 그녀에게 어떤 역할을 원하고 이 일을 꾸민 것이라 생각지는 않았다. 그의 말 한마디에도 이리저리 흔들리는 자신인데 연극이나 거짓말이 가당키나 할까. 서영은 그냥 가볍게 생각하기로 했다.

"네. 무슨 일 생기면 뭐, 팀장님이…… 책임지시겠죠."

서영이 그녀답지 않게 웃어넘겼다. 태욱은 생각지 못한 그녀의 태도에 잠시 어이없는 미소를 보였다.

믿고 맡기겠다는 것인지, 안 되면 혼자서 도망치겠다는 건지. 헷갈리는 말이었지만 어쩐지 그녀와 이런 작당 모의를 하는 게 스릴 있는 놀이를 하는 것처럼 재미있게 느껴지기도 했다.

그동안 태욱은 회사에 몸 바쳐 일하느라 연애 같은 건 사치라고 생각하며 아예 제쳐 두고 살았다. 결혼한 훈재가 뒤늦게 무슨 바람이 불었는지 한번 만나 보라며 억지로 사진을 들이밀 때도 마음에선 아무런 반응도 일지 않았다. 급기야 주인을 잘못 만난 네 얼굴과 몸이 아깝다는 말을 들었을 땐 그도 자신의 인생이 조금 허무해지기도 했다.

그렇다고 여자에 대한 특별한 거부 반응이나 사랑을 믿지 않는 심각한 트라우마가 있는 것도 아니었다. 부모님의 사랑을 존경했고, 언젠가 그도 그런 사랑을 하고 싶었다. 하지만 막연한 꿈일 뿐 현실로 다가오지는 않았다. 그의 심장을 뛰게 하는 여자가 이제껏 없었으니까.

"내가 어디까지 책임질 줄 알고, 그런 말을 함부로 해요?"

태욱의 뒤늦은 대꾸에 서영이 그를 바라봤다. 차에서 내릴 타이밍만 보고 있는데 이 남자는 자꾸만 말을 이어 가고 있었다. 그렇다고 무시할 수도 없고.

이제 조금은 편해진 줄 알았는데 서영은 오히려 전보다 더 긴장되었고 가슴속이 이상하게 간질거렸다. 이제껏 한 번도 느껴 본 적 없는 감각이었다.

"이제 그런 말 하셔도 안 쫄아요."

서영이 단단히 일렀다.

"나, 아직 아무 말도 안 했습니다."

태욱이 전혀 개의치 않는다는 듯 웃음을 머금은 채 말했다.

"암튼, 그만 놀리세요. 요즘 그 재미로 사시는 거, 눈에 다 보이거든요. 저도 사람이라서 한 번씩은 기분 안 좋습니다. 그럼, 조심해서 가세요."

서영이 다다다 말을 뱉고 차에서 내려 버렸다. 그녀 딴에는 용기를 낸 것이었다. 그게 흡족해서 슬쩍 미소 지으며 원룸 건물 쪽으로 발걸음을 옮기는데 뒤쪽으로 차 문이 닫히는 소리가 들렸다. 설마.

"오늘 초밥 고마웠어요."

서영은 그 자리에 멈춰 설 수밖에 없었다. 이 남자는 사람을 너무 잘 다뤘다. 그래서 그녀가 속절없이 빠져 버렸고, 벗어나려고 발버둥을 치다가 다시 덫에 걸린 것이다. 모든 걸 그의 탓으로만 돌리고 싶어 서영은 주먹을 불끈 쥐고 몸을 돌렸다.

"진심이세요?"

불쑥 그런 물음이 나와 버렸다. 태욱은 잠시 웃더니 그녀가 서 있는 쪽으로 다가왔다. 서영의 얼굴을 좀 더 가까이에서 보고 싶다는 것처럼. 모두 욕심이 불러온 망상이었다. 서영은 주먹을 더 꽉 쥐었다.

"거짓말 같아요?"

그가 웃음을 지우며 물었다.

"연극하자고 하시니 이것도 그런 건가 싶어서. 아, 뭐…… 제가 당연한 걸 물었네요. 죄송합니다."

"헷갈려요?"

태욱이 물러나지 않고 파고들었다. 서영은 그를 잠시 바라봤다. 여전히 속을 알 수 없는 눈빛의 남자가 서 있었다.

"아뇨. 팀장님은 그러실 분 아니란 거 알아요. 저도 조심할게요. 할아버님 뵈러 가려면 그래도 나름 연인처럼 보여야 하는데 이렇게 하나하나 헷갈려 하고. 좀 웃기죠? 앞으로는 더 능숙하게 잘해 볼게요."

서영이 말을 이을수록 어쩐지 태욱의 표정은 굳어져 갔다. 도대체 이 남자의 마음을 알 수가 없었다.

"그래요. 노력해 봅시다."

짧게 대답한 태욱이 흐린 웃음을 머금고 돌아서려는데 이번엔 그녀가 그를 불렀다.

"팀장님."

무슨 마음으로 그랬는지 모르겠다. 그저, 한 번쯤은, 이란 생각도 들었고, 오늘이 아니면 영영 못 할 것 같기도 했다.

한 발 앞으로 다가선 서영은 발끝을 올리고 태욱의 볼 근처에 쪽, 하고 입맞춤을 남겼다. 불시에 벌어진 일이었다. 그리고 그것을 감행한 이는 태욱이 아니라 서영이었다.

"⋯⋯사귀는 사이니까. 이 정돈 하는 게 맞겠죠? 그럼."

서영이 얼굴을 붉히며 도망치듯 벗어나려는 순간, 당연한 것처럼 단단한 손에 팔이 붙잡혔다. 태욱이 무표정한 얼굴로 그녀를 좀 더 자신 쪽으로 이끌었다. 잘못했다고 말해야 하나. 그런데 왜. 서영은 억울해 그와 시선을 맞췄다. 태욱은 가만히 그녀를 바라볼 뿐이었다. 그게 숨이 막힐 정도였다.

7.

이렇게 우습게

　늦봄을 만끽하기 좋은 주말이었다. 서영은 원룸 베란다에 쭈그리고 앉아 흩날리는 벚꽃을 멍하니 바라보고 있었다. 이곳을 보금자리로 정한 결정적인 이유가 바로 베란다 창문 너머로 보이는 벚꽃 잔치 때문이었다.

　아마도 이맘때였을 것이다. 하루 종일 발품을 팔며 이사할 집을 알아보러 다녔다. 우선은 회사와 가까워야 했고, 그녀가 가진 예산과도 금액이 맞아야 했다. 하지만 이쪽이 맞으면 저쪽이 마음에 들지 않는 식으로, 생활환경이나 조건들이 모두 완벽하게 맞아떨어지지를 않았다.

　귀하디귀한 전세 매물에다가 또 2년 뒤면 이사 가야 할 텐데 뭘 그렇게 까다롭게 고르냐며 부동산 중개인도 거의 지쳐 갈 즈음이었다.

그냥 지나가는 김에 들른 장소가 여기였다. 지대가 높은 옛 동네인데다 엘리베이터가 없는 5층에 위치한 원룸이었다. 매일 걸어서 계단을 오르락내리락해야 한다는 소리였다. 예산은 조금 아낄 수 있었지만 회사와도 거리가 있었고, 무엇보다 생활하기가 너무 불편했다.

중개인은 그저 창밖으로 보이는 풍경이 좋다며 한번 구경이나 하자고 그녀를 이끌었다. 기대 없이 들어간 장소에서 그녀는 무언가에 홀리듯 베란다 앞에 섰다.

흩날리는 벚꽃이 절정을 이룬 모습만으로 모든 게 용서되는 장소였다. 서영이 넋을 놓고 밖을 바라보고 있자 중개인은 단번에 그녀의 마음을 눈치채고 이 매물의 장점만을 읊어 댔다.

'요즘 이런 꽃나무들 한눈에 볼 수 있는 데가 흔한가? 저기 큰 나무들 밑에 보면 정자도 있어요. 이 동네 어르신들 바람 쐬는 곳인데 거기서 낮잠 자면 꿀맛이지. 젊은 사람들 일한다고 스트레스 좀 많이 받아요? 그렇게 힘들 때 힐링이 따로 있어. 이렇게 좋은 공기 마시면서 계절 지나는 거 좋아하는 사람이랑 같이 보는 게 최고지. 어디 따로 놀러 갈 필요가 없……'

'여기로 할게요.'

더 설득하지 않아도 된다며, 서영은 중개인의 말을 막았다. 그녀는 이 집의 명당 자리를 오롯이 즐기고 싶었다. 서영이 꿈꿔 왔던 곳이었다. 고등학교 때까지는 부모님과 함께 살았고, 대학 때는 학교 기숙사에서 지냈다. 사회 초년생이 되었을 땐 지하 단칸방도 감사해야 할 형편이었으니 지금의 장소는 꿈같기만 했다. 아니, 이곳에 이사 올 때만 해도 모든 꿈을 이룬 것만 같았다.

하지만 현실은 현실이었다. 이전보다 회사와의 거리가 멀어져 아침잠을 줄여야 했고, 아침저녁으로 계단을 오르내리느라 필요 이상의 체력을 소진했으며, 가장 결정적으로 그녀가 좋아하는 벚꽃은 단 몇 주만 행복감을 안겨 준 채 신기루처럼 사라졌다.

봄이 지나면 시끄러운 매미 소리와 싸워야 했고, 장마철엔 태풍 때문에 창문을 부여잡아야 했으며, 그나마 단풍을 구경하며 위로받을 수 있는 가을이 지나면 시베리아 벌판 같은 겨울과 맞서 싸우느라 감기를 달고 살아야 했다.

전세니까. 2년만 참으면 된다니까. 그렇게 지난날의 자신을 꾸짖으며 사계절을 보내고 다시 봄이 찾아왔다.

서영은 요즘 1년 중 가장 행복한 주간에 놓여 있었다. 그리고 오늘은 그녀의 5년 짝사랑 강태욱 팀장의 가족을 만나러 가야 하는 날이었다.

태욱이 오늘까지 처리해야 하는 업무를 마무리하고 저녁쯤 데리러 온다고 했으니 아직 시간은 많이 남아 있었다. 그래도 어쩐지 마음이 들떠 선잠을 자 버렸다.

새벽 일찍 일어난 서영은 계획에도 없던 대청소를 했고, 벚꽃 구경하다가 이른 아침을 먹은 후 또 베란다로 나왔다. 지겨울 만도 한데 전혀 그렇지가 않았다. 꼭 누군가와 닮았다.

서영은 그 사람을 생각하며 잠시 웃었다. 그날 밤, 자신이 했던 미친 짓이 떠오른 때문이었다. 후회는 없었다. 키스도 아니고, 볼에 잠깐 입맞춤을 한다고 세상이 바뀌는 건 아니니까. 그리고 태욱이 자꾸만 그녀를 재미있어하는 게 심통이 나서 벌인 그녀 나름의 복수였다.

그녀 혼자만 좋았다고 해도 상관없었다. 그의 애인 역할을 해 주면 뭐든 들어준다고 했으니 이 정도는 그도 이해하리라 생각했다.

그날, 마치 혼이라도 낼 것처럼 그녀를 한참 동안 붙잡고 있던 태욱은 아무 일 없었던 듯한 모습으로 돌아와 서영을 집으로 들여보냈다.

그리고 그다음 날, 회사에서 만난 태욱은 평소와 다르지 않은 모습이었다. 볼에 입맞춤 한 번 한 게 그에게 무슨 의미가 있을까. 서영 자신이 생각해도 그랬다.

원 없이 벚꽃을 보다 결국은 태욱을 생각하며 아침을 마무리한 그녀는 배가 조금 출출해져 자리에서 일어났다. 오래 앉아 있었던 탓인지 쥐가 난 다리를 끙끙거리며 이끌고는 부엌으로 향했다. 매콤하고 상큼한 것이 당겨 하부장에서 비빔면을 꺼내는데 침대 위에 놓인 핸드폰이 울렸다.

혹시나 태욱일까. 서영은 들고 있던 비빔면 따윈 던져 버리고 누구보다 빠르게 침대로 뛰어갔다. 핸드폰을 집어 들고 두근거리는 마음으로 화면을 확인하는데 예상한 인물이 아니었다. 어쩐지 아쉬운 한숨이 흘러나왔다. 서영은 천천히 통화 버튼을 눌렀다.

"네, 대리님."

전화를 건 사람은 지선이었다.

— 자기, 헉, 혹시 집이야?

그녀가 헉헉대며 대뜸 물었다.

"네. 지금 집인데……."

띵동띵동. 전화 너머로 그녀의 집 초인종 소리가 들렸다. 아니, 그러니까 지금 그녀의 집 초인종이 울리는 것이었다. 서영은 놀라 현관 쪽으로 다가갔다. 밖을 확인하자 핸드폰을 들고 서 있는 지선이 보였다. 그녀는 손부채질을 하며 땀을 닦고 있었다. 서영은 얼른 문을 열었다.

"대, 대리님."

"어, 자기. 집에 있어서 너무 다행이다."

지선이 그녀를 보며 누구보다 밝게 웃었다.

"아고. 일단 나 좀 들어갈게."

좁은 현관을 막고 서 있는 서영을 뒤로하고 지선은 먼저 집 안으로 들어섰다. 이리저리 고개를 돌려 부엌을 찾더니 손에 들고 있던 장바구니를 식탁 위에 올려놓았다. 그러고는 의자에 털썩 주저앉으며 깊은 숨을 몰아쉬었다.

"미안한데, 나 물 좀."

"아, 네네."

서영은 지금 벌어진 일에 놀라 멍하니 있다가 얼른 냉장고에서 물을 꺼내 컵에 따라서는 지선에게 건네주었다. 차가운 물을 받자마자 시원하게 원샷을 한 지선이 그제야 살겠다는 표정으로 서영을 바라봤다.

"목적이 다이어트야?"

"네?"

뜬금없는 질문이 날아왔다.

"엘리베이터도 없는 5층 집. 그 목적 아니면 뭔가 해서."

"아……."

서영은 그제야 그녀의 물음을 이해하고 웃었다. 모두들 처음 이 집에 방문했을 땐 지선처럼 황당해했다. 이사를 하고 가족을 초대했을 때도, 친한 동창들을 불렀을 때도, 다들 같은 소리를 했다.

일부러 여기를 고른 거냐고. 아무도 찾아오지 못하게 만들려는 고단수 수법이냐는 질문을 들었을 땐 어떻게 알았냐며 너스레를 떨기도 했다.

하지만 그 사람들 중 어느 누구에게도 명당 자리를 보여 주지 않았다. 어머니가 빨래라도 해 주고 가겠다며 베란다 쪽으로 들어서려 하면 갖은 이유를 가져다 대며 막아섰다. 이곳을 혼자만 알고 즐기고 싶은 욕심 때문이었다.

어릴 적부터 서영은 드러내는 것보단 감추는 데 더 익숙했다. 나만의 공간. 비밀 일기. 아무도 모르는 짝사랑. 누가 알아주지 않아도 내가 행복하다면 그것으로 만족했다. 그랬던 그녀가 이젠 한 남자의 연락을 기다리다 실망하는 감정까지 경험하는 중이었다.

"자기, 여기서 이사 안 하면 남자 사귀긴 글렀다."

지선은 아직도 숨이 찬 목소리로 충고했다.

"그렇게 많이 힘들어요? 전 이제 적응해서 괜찮은데."

서영은 오히려 지선을 이상하게 보며 웃었다. 인간은 적응의 동물이라고 했던가. 처음엔 죽을 만큼 힘들던 계단 오르기를 이젠 숨조차 차지 않고 손쉽게 세 칸씩 올랐다. 체력을 소비한다고 생각했던 일이 체력을 단련시켜 준 것이었다. 이 집을 선택해서 좋은 점이 하나 더 생겼다.

"가끔 보면 자기도 참 희한하다니까."

"지금, 대리님처럼요?"

서영은 기회를 놓치지 않고 받아쳤다. 그녀가 이곳에 불쑥 나타난 이유에 대해서 아직 듣지 못했기 때문이다. 본래 즉흥적인 면이 있긴 했지만 오늘처럼은 아니었다. 그동안 서영의 집에 자주 드나들었던 것도 아니었고, 몇 번 집 앞까지 태워다 준 게 전부였다.

5층에 산다는 소리에 그럼 올라갈 일 없다며 딱 잘라 말했던 사람이 지선이었다. 그랬던 그녀가 한 손엔 장바구니를 들고 다른 한 손으로는 연신 땀을 닦으면서까지 서영을 만나러 온 이유가 무엇일까. 가장 유력한 이유가 떠올랐지만 서영은 지선이 본인의 입으로 말해 주길 기다렸다.

"그래. 맞아. 싸웠어. 우리가 결혼을 약속하며 정한 룰이 있는데 부부 싸움을 하면 공평하게 너 한 번, 나 한 번, 번갈아 나가기로 했거든. 그런데 오늘 내가 나가는 날이더라고. 망할…… 아, 미안. 자기한테 욕한 거 아니다."

이렇게 자주 싸우는 게 결혼 생활인가. 서영은 지선이 신기하면서도 대단해 보였다. 마치 서로 우위를 점하기 위해 힘겨루기를 하는 것만 같았다. 지는 게 이기는 것이 아니던가. 그녀로서는 이해할 수 없는 모습들이었다.

"지는 게 이기는 거다, 뭐 그런 충고 하면 나, 자기 다신 안 본다. 졌는데 어떻게 이겼다고 생각하라는 거야? 애초에 말부터가 이상하잖아. 나도 꼭 모든 일에 이길 생각은 없지만 그렇다고 다 받아 줄 맘도 없어. 이건 맞춰 가야 하는 일이라고."

"아무리 말하셔도 결혼도 안 한 제가 이해하겠어요?"

서영은 한 번씩 핵심을 찌르곤 했다. 지선은 그 말엔 동의한다며 웃었다.

정말 여기까지 찾아올 생각은 없었다. 그녀의 요리를 거부한 훈재가 슬그머니 티셔츠 안으로 손을 넣어 가슴을 움켜잡는 순간 전쟁의 서막이 올랐다.

요리가 취미인 지선은 주말엔 무조건 한 끼는 집밥을 해 먹어야 했다. 하지만 그 취미가 맛으로 연결되지 않는다는 게 문제였다.

처음 몇 번은 눈 하나 깜짝하지 않고 맛있다며 음식을 다 먹어 주던 훈재가 어느 날 진지하게 그녀의 손을 붙잡고 말했다. 왜 사서 고생을 하느냐고. 주변에 널리고 널린 게 맛집이니 음식을 시켜 먹자고.

그렇다면, 알겠다고. 맛있는 음식을 시켜 먹는 대신 당신이 환장하는 침대에서 하는 놀이는 주말 동안 쉬는 게 어떠냐고 맞받아쳤다.

훈재는 그것과 그게 어떻게 같으냐며 조금도 물러서지 않았고, 말잘하는 변호사답게 여러 가지 판례를 가져와 그녀의 입을 다물게 만들었다.

그길로 지선은 집을 나와 마트에서 장을 봤다. 어디서든 요리를 해야 이 울분을 풀 수 있을 것만 같았다. 생각나는 사람은 서영뿐이었다. 그녀라면 자신의 요리를 난도질하듯 평가하지 않을 것이라는 믿음이 있어 지선은 이 5층까지 기다시피 올라온 것이다.

"이번에는 뭐 때문에 싸우신 건데요?"

서영의 물음에 지선이 가져온 장바구니를 열며 짧게 대답했다.

"요리."

설마. 지금 여기서 요리를 하겠다는 소린가? 그런 물음을 담은 눈

빛으로 서영이 쳐다보자 지선이 최대한 착하고 미안한 웃음을 지어
보이며 말을 이었다.

"예전부터 자기가 내 요리 먹어 보고 싶다 했잖아. 나, 진짜 많이
발전했다니까?"

왜 요리에 집착하는지는 모르겠지만 지선은 자신이 정복하지 못하
는 게 있다는 걸 받아들이지 못해 이렇듯 매달리는 것 같았다.

생각해 보면 그녀는 이제껏 자신이 목표한 것을 모두 이뤘다. 회사
에서도 업무 능력을 인정받아 영업 팀 에이스로 활약을 했고, 자꾸 눈
에 거슬리는 남자를 아예 자신이 차지함으로써 문제를 해결했다.

그런데 요리는 아직이었다. 그래서 그녀는 포기하지 않는 자가 승
리하는 것이란 자신의 좌우명을 철저히 실천하고 있는 중이었다.

"저 저녁에 약속 있는데 거기서 토하고 싶지 않아요."

솔직한 대답에 지선이 서운한 눈빛을 했다.

"자기까지 이럴 거야? 알았어. 그럼, 부엌만 빌려줘. 내가 요리하
고 내가 다 먹을 테니까."

지선의 풀 죽은 부탁에 서영은 더 이상 거부하지 못했다. 어쩌면
지선도 평일 내내 회사에서 받은 스트레스를 요리라는 취미로 푸는지
도 모르겠다. 서영이 이 집의 베란다에 앉아 멍하니 벚꽃을 구경하는
것처럼.

각자의 힐링 포인트는 달랐지만 모두 행복해질 권리가 있었다. 특

히나 제 주변 사람들은 더더욱 그랬으면 좋겠다. 그녀는 기꺼이 지선에게 자신의 공간을 내주었다.

"근데 저녁 약속 상대가 누구야?"

재료 손질을 하던 지선이 생각났다는 듯 물었다.

"비밀이요."

지선과 마주 앉아 콩나물을 다듬던 서영은 당황하지도 않고 대답했다. 그동안 태욱과 자주 부딪치면서 조금 대담해진 것 같기도 했다.

"오호. 비밀이라. 그러니까 더 궁금한데?"

지선이 눈을 흘겼지만 서영은 넘어가지 않으려 일부러 자리에서 일어났다.

"이거, 시금치도 씻으면 되죠?"

"응. 땡큐."

서영이 싱크대에서 시금치를 씻고, 지선이 남은 콩나물을 마저 다듬을 때였다. 식탁 위에 놓인 서영의 핸드폰에서 벨 소리가 울렸다. 서영은 놀라 고개를 획 돌리고 지선을 바라봤다. 사태를 파악했지만 이미 늦은 상태였다. 지선이 서영의 핸드폰을 들어 올리며 말했다.

"강태욱…… 팀장인데?"

지선이 씨익, 악마 같은 웃음을 지었다.

두 번이나 무시했음에도 세 번째 전화벨이 울렸다. 태욱은 다시 핸드폰을 뒤집어 놓으며 이유를 떠올렸다. 이 황금 같은 주말에 녀석이 그를 찾는 이유는 뻔했다. 그러게 잘 좀 맞추고 살라 일렀거늘, 훈재는 신혼 초의 여느 부부들처럼 아주 전투적인 마인드로 주기적인 부부 싸움을 했다.

그를 감쪽같이 속이고 결혼할 때는 언제고 아내와 다툰 날이면 꼭 태욱을 만나려 했다. 자신보다 더 우울하고 불쌍한 중생을 봐야 마음이 풀린다나 뭐라나. 말 같지도 않은 소리를 받아 주는 것도 한두 번이었다.

태욱은 오늘 그 어느 때보다 마음이 급하고 바빴다. 저녁에 손 회장을 만나러 가기 위해선 낮 시간 동안 주말 안에 끝내야 할 일을 마무리해야 했고, 일이 예상보다 조금 더 일찍 끝나면 서영과 늦은 점심이라도 먹을 생각이었다.

물론 점심은 온전히 그 혼자만의 즉흥적인 바람이었다. 서영과는 저녁에 만나기로 했으니 그녀가 다른 일이 있다고 하면 뜻대로 되지 않을지도 몰랐다. 그걸 알면서도 평상시보다 빠른 속도로 서류를 읽어 내려가던 태욱은 자신의 모든 게 생경하고 낯설었다.

예상하지 못한 입맞춤 또한 그랬다. 그저 볼에 입술이 닿은 것뿐이었다. 그 속에 담긴 뜻이 무엇인지도 알았다. 자꾸만 자신을 가지고 노는 것 같은 그에 대한 복수겠지. 그렇게 이해하고 넘어가면 될 문제였다.

하지만 이상하도록 심장이 뛰었다. 이렇게 우습게, 그럴 수 있다고? 태욱은 그 당시 자신을 받아들이기 힘들어 그녀를 붙잡아 놓고 한참을 바라봤었다. 그런다고 답이 나올까. 머릿속만 더 복잡해졌다. 그 이후 아무 일도 일어나지 않은 것처럼 그녀를 대했다. 고작 볼에 입맞춤 한 번 했다고 모든 게 흔들리는 게 그답지 않아서였다.

태욱은 자신이 감정적이지 않은 사람이라고 생각하며 이제껏 살아왔다. 눈에 보이는 확실한 것만을 믿었다.

지선과의 결혼 이후 업무 능률이 올라간 훈재를 보며 사랑이란 감정이 가져다주는 긍정적인 면을 확인했었다. 그때 훈재는 태욱을 미친놈 취급했다. 어떻게 감정까지 업무 능률로 환산하느냐. 모든 것에 가치를 매기는 집안에서 자라는 동안 영감에게 배운 것이라고는 이것뿐이니 당연한 것 아닌가.

그에게 감정의 순기능을 제대로 가르쳐 준 사람은 없었다. 아버지와 어머니의 사랑을 존경하긴 했지만 그에겐 너무 환상 같은 이야기였고, 손 회장의 밑으로 들어온 순간부터 그 러브 스토리는 때때로 상처가 되기도 했다. 돈, 명예, 핏줄까지 모두 버리고 사랑을 선택한 남자의 최후는 자발적인 죽음이었다. 어머니와의 결혼을 통해 아버지의 인생에 남은 것은 아들 '강태욱' 하나뿐이었다.

고마움과 원망은 하나의 감정이었다. 태욱은 늘 가슴 안에 물음을 담고 살았다. 왜 그런 선택을 했느냐고. 아버지가 그와 어머니에게 남긴 게 사랑인지, 고통인지 한 번씩은 헷갈려 모두 잊고 싶을 때가 있었다.

그런 순간마다 태욱은 잠든 어머니의 편안한 얼굴을 내려다봤다. 누구보다 아파했을 사람은 어머니였고, 모든 걸 감내하며 참아 온 이도 그녀였다. 태욱은 그저 제3자라는 생각으로 감정을 이성으로 되돌렸다. 과거는 과거일 뿐이었다. 현재를 살고 있는 강태욱이 되기 위해서 노력하는 것이 정답이었다.

다시 서류를 붙잡는데 이번엔 핸드폰 벨 소리가 아닌 사무실 문이 벌컥 열리는 소리가 들렸다. 고개를 들자 훈재가 그를 노려보며 서 있었다. 훈재를 스카우트한 게 자신이 아니었더라면, 단칼에 절교하고 다신 보지 않았을 텐데. 태욱은 그때 자신의 선택을 후회했다.

"왜 전화를 안 받아?"

"일하는 거 안 보여?"

태욱은 시선조차 마주치지 않고 서류를 훑으며 대답했다.

"점심 먹자."

네놈이랑 먹으려고 오전 내내 서류에 눈을 박고 있었는 줄 아느냐며 태욱이 고개를 들어 친구를 노려봤다. 그 강도가 평소보다 몇 배는 세서 훈재는 잠시 주춤하며 물러났다. 하지만 곧 그의 옆으로 다가가 책상에 걸터앉았다.

"……기다릴게. 기다리지…… 뭐."

목소리가 아주 불쌍하게 기어들어 갔다. 태욱은 어쩔 수 없이 서류를 집어 던지듯 책상에 내려놓았다.

"또 왜 싸웠는데?"

"몰라. 기억도 안 나. 뭐, 내가 기억하는 게 맞는다는 보장도 없고. 이것 때문인 줄 알았는데 나중에 알고 보면 전혀 다른 이유였어. 결국 그것 때문에 또 싸우지만."

정말 가지가지였다. 명색이 변호사면서 사랑하는 사람 마음 하나 제대로 맞히지 못한다는 게 이해되지 않았다. 지선도 호락호락한 성격이 아니란 걸 알고는 있었지만 늘 논리적이고 깔끔하게 상황을 정리하던 박훈재가 매번 이유조차 찾지 못하고 방황하는 걸 보고 있으려니 태욱은 사랑이란 게 정말 어떤 건지 궁금해지기도 했다.

"어쨌든 오늘 점심은 안 되겠다."

태욱은 그 틈에서 남은 서류 작업을 마무리하고 노트북 화면을 껐다. 그가 겉옷을 챙겨 일어서자 훈재가 포기하지 않고 따라붙어 물었다.

"왜? 약속 있어? 거짓말하지 말고, 어차피 혼자 먹을 거잖아."

내일부터 신사업 팀 출입 명단에서 '박훈재'를 꼭 제외시키겠다고 다짐하며 태욱은 사무실 문을 열고 나섰다. 버튼을 누르고 엘리베이터 앞에 서자 훈재는 당연한 것처럼 그의 옆에 나란히 섰다.

"도시락 하나 사 줄 테니까 그거 들고 집에 가서 혼자 먹어. 괜히 돌아다니다가 이 대리한테 더 혼나지 말고."

"너 진짜 약속 있어? 혹시…… 여자 생긴 거, 아니지?"

그럴 리 없다는 눈빛으로 훈재가 태욱을 바라봤다. 변호사라는 놈이 눈치가 이리도 없어서야. 그래서 황금 같은 주말에 이렇게 밖을 떠도는 것이라 생각하며 태욱은 훈재와 함께 회사 근처 유명 파스타 전문점으로 향했다.

원래 계획대로라면 서영에게 먼저 전화를 걸어 함께 점심을 먹을 수 있는지 물어야 했지만 훈재가 따라붙어 그 타이밍을 놓쳐 버렸다. 안 된다고 하면 그가 다 먹어야겠다고 생각하며 두 명분을 포장 주문한 뒤 훈재의 몫으로 하나 더 주문했다.

차에서 대기하고 있던 훈재는 태욱이 내민 점심을 받아 들며 의아한 눈빛을 보냈다. 진짜 약속이 있는 것인가. 아니면, 그를 따돌리기 위한 작전인가. 아무리 생각해도 추리가 되지 않았다. 이런 건 자신의 와이프 지선이 탁월하게 예측하는 편이었는데. 어쩐지 마음이 처량해진 훈재는 자신의 전화조차 받지 않는 지선이 몇 시간 만에 보고 싶어졌다.

"받았으면 내려."

태욱이 차를 출발시키지 않은 채 조수석의 훈재를 바라봤다.

"우리 집까지 태워 주는 거 아니었어?"

"그거 도로 내놓고 꺼질……."

"아, 알았어."

태욱에게서 점심을 사수한 훈재는 얼른 차 문을 열고 내렸다.

녀석이 시위하듯 자신의 차 앞에 서서 택시를 잡고 있는 모습을 보던 태욱은 얼른 주머니에서 핸드폰을 꺼내 서영에게 전화를 걸었다. 통화가 연결되기를 기다리는 동안 손을 가만히 두기가 힘들었고, 또다시 목 근처가 간지럽기도 했다.

하지만 금방 들릴 줄 알았던 목소리는 흘러나오지 않고 신호음만 길게 이어졌다. 전화받을 상황이 아닌 듯해 태욱은 통화를 종료했다.

예상치 못한 상황에 잠시 멍해지다 조수석에 놓인 음식점 봉투를 내려다보는데 어쩐지 마음이 가라앉았다. 한편으론 멋대로 점심을 같이 먹을 수 있을 것이라 생각한 게 우습기도 했다.

태욱이 아직 택시를 잡지 못하고 서 있는 훈재를 다시 부르려는데 핸드폰이 울렸다. 화면을 확인하자 서영이었다. 그는 얼른 통화 버튼을 눌렀다.

"……."

어째선지 곧장 말이 튀어나오지 못했다.

— 여보세요? 팀장님? ……끊겼나.

서영이 통화를 종료하기 전에 태욱은 입을 열었다.

"점심 먹었어요?"

— 아뇨. 아직, 이요. 팀장님은요? 아직도 일하고 계세요?

걱정하는 목소리에 태욱은 피곤이 눈 녹듯 사그라드는 기분이 들었다. 얼른 서영이 보고 싶었다. 맛있는 파스타를 나눠 먹으며 영감을 골탕 먹일 작전을 짜고, 그의 농담에 반응하는 그녀를 놀리고도 싶었다.

"빨리 끝났습니다. 점심 먹지 말고 있어요."

— 네?

"지금 가는 길이니까."

태욱은 다시 차에 시동을 걸었다.

— 저기, 점심은 안 될 것 같아요. 집에 누가 와 있어서…….

어쩐지 롤러코스터를 탄 것처럼 감정에 뒤흔들리는 건 서영이 아니라 태욱 자신인 것 같았다. 당연히 서영이 혼자 있을 것이라 생각한 그의 착각이 불러온 파급력은 컸다. 얼마나 중요한 사람이기에. 지금 그녀의 집에 함께 있다는 누군가를 향한 적대심까지 들었다.

"그럼, 할 수 없죠. 저녁에 통화합시다."

곧 죽어도 자존심은 지키겠다는 건가. 태욱은 밖에 서서 택시를 붙잡지 못해 신경질을 부리고 있는 남자와 자신의 처지가 다를 바가 없다는 생각이 들었다. 씁쓸하게 웃으며 핸드폰을 내리려는데 익숙한 목소리가 흘러나왔다.

— 강 팀장이 왜 전화한 거야? 왜, 왜? 응? 아, 저기, 대리님, 잠시만요!

핸드폰 너머에서 들린 목소리는 분명 그가 알고 있는 지선의 음성이 맞았다.

"혹시, 이 대리랑 같이 있습니까?"

태욱이 재빨리 서영에게 물었다.

— 아……. 갑자기 찾아오셔서 점심 해 주신다고.

"어디 못 가게 붙잡고 있어요."

— 네?

서영은 태욱의 말을 이해하지 못하고 되물었다.

"내가 지금 가서 해결할 테니까."

통화를 종료한 태욱은 곧장 차의 클랙슨을 울렸다. 뒤돌아선 훈재가 운전석의 태욱을 바라봤다. 그가 입 모양으로 '왜?' 라고 묻자 태욱은 고갯짓으로 조수석을 가리켰다. 태워 주겠다는 뜻을 이해한 훈재는 얼굴 위에 미소를 머금고 단숨에 뛰어와 차에 올랐다.

"그래. 아무리 생각해도 친구한테 너무했지?"

"그래. 아무리 생각해도 너희 부부는 대단하다."

"뭐?"

훈재는 영문도 모른 채 차의 속도를 높이는 태욱을 바라봤다. 이렇게 급하게 운전을 하는 놈이 아니었는데. 아무래도 영, 맛이 간 것처럼 이상했다. 훈재는 혹시 모를 상황을 대비해 안전벨트를 꼭 붙잡았다.

"여기가…… 어디야?"

집에 데려다주는 줄 알았더니 태욱은 알지도 못하는 동네에 차를 세우고는 가타부타 말도 없이 포장한 음식을 들고 내려 버렸다. 친구를 따라 차에서 내린 훈재는 자신이 서 있는 장소를 둘러봤다.

재개발도 쉽지 않을 옛 동네였다. 볼 것이라고는 흐드러지게 핀 벚꽃나무 몇 그루가 전부였다. 높은 곳에서 보면 전망은 좋겠군. 그런 생각을 하며 훈재가 태욱을 돌아보자 그는 성큼성큼 걸어 원룸 건물 안으로 들어가고 있었다. 마치 아는 사람의 집을 찾아가는 것 같은 분위기였다.

훈재는 얼른 그를 따라가며 다시 물었다.

"누구 만나러 온 거냐니까?"

"보면 알아."

태욱이 계단을 오르며 귀찮다는 듯 대답했다.

나름 머리를 굴려 보던 훈재는 생각 하나가 떠올랐다. 오피스텔 생활이 지겨워 집을 옮기겠다고 하더니 그 부지를 보러 온 것인가. 원룸 건물을 싹 밀고 여기에 큰 주택을 세우면 나름 살 만할 것이란 생각도 들었다. 하지만 너무 오래된 동네라, 생활환경이 불편할 것 같다는 앞선 걱정부터 들었다.

"혹시 여기에 집 세우게?"

훈재의 물음에 태욱이 뭔 뜬금없는 소리냐는 눈빛으로 그를 바라봤다.

"그것도 아니면 뭔데? 여기 누가 살아? 근데, 헉, 도대체 몇 층에 사는데? 혹시 5층은…… 아니지?"

요즘 운동을 조금 소홀히 했더니 훈재는 4층에서부터 조금씩 숨이 차올랐다. 당연히 태욱도 힘들어해야 하는데 녀석은 기계처럼 계단을 오를 뿐이었다. 일하느라 잠도 안 자면서, 대체 체력은 언제 키운 거야. 정말 미스터리한 녀석이 아닐 수 없었다.

태욱은 5층에 다다라서야 핸드폰을 꺼내 통화 버튼을 눌렀다.

"네. 집 앞입니다. 몇 호죠?"

그의 물음에 두 라인 중 왼쪽에서 벌컥 문이 열렸다. 태욱은 그 앞으로 다가가 섰고, 훈재도 그를 따라 뒤에 섰다. 곧 반가운 미소를 지은 한 여자가 모습을 드러냈다.

"어서 오세요, 팀장님. 여기까지 오…… 뭐야?"

"당신……."

서로를 보고 놀란 지선과 훈재는 얼음이 되었다. 그 둘을 뒤로하고 태욱은 서영의 집 안으로 몸을 들였다.

부엌에 서 있던 서영은 태욱을 보고 어색하게 웃음 지었다. 이렇게 집을 공개하게 될 줄은 생각지도 못했다.

"들어가도 됩니까?"

이미 현관에 서 있으면서 그는 뒤늦게 예의를 갖추는 것처럼 물었다.

"네. 들어……오세요."

태욱이 신발을 벗고 안으로 들어서는데 다시 현관문이 벌컥 열렸다. 한바탕 말씨름을 한 것 같은 지선과 훈재가 동시에 태욱을 바라보며 확인하듯 물었다.

"근데, 두 사람은 무슨 사이야?"

태욱은 난처한 표정 하나 없이 대답했다.

"우리 사귀는 사이라고 아직 말 안 했습니까?"

그가 오히려 서영에게 되물었다.

"이 대리는 그래도 눈치가 있는 줄 알았는데."

네 명이 작은 테이블에 마주 앉으니 원룸 안이 꽉 차 보였다. 서영은 자신의 옆에 앉은 태욱이 아직은 낯설어 조금 거리를 두었다. 그 모습을 놓치지 않고 캐치한 지선은 여전히 음흉한 눈빛으로 태욱을 바라봤다.

"제가 우리 자기, 아니, 윤 대리를 아주 많이 아끼거든요. 사귀는 사이라고 하셨지만, 아직 그렇게 가까워 보이지는 않아서. 여기 둘만 두고 갔다가 무슨 일이라도 생기면······."

"대, 대리님!"

얼굴을 붉힌 서영이 다급하게 지선을 불렀다.

태욱이 전화를 걸어 온 이후부터 지선은 지독하게 서영을 취조했다. 지선이 한번 목표를 정하면 어떻게든 성과를 얻어야만 직성이 풀리는 성격이라는 걸 서영도 알았기에 피할 길이 없었다.

언제부터 전화 통화를 하는 사이가 되었느냐. 서영에게 접근한 강태욱의 목적은 무엇이었나. 그것을 역이용하려면 어떻게 나가야 하는지 같이 머리를 맞대 보자. 지선은 마치 자신의 일처럼 신이 나 한 시간이 넘는 동안 떠들어 댔다.

거기다 대고 태욱이 이곳으로 오고 있다는 말까지는 할 수가 없었다. 그가 지선을 붙잡고 있으라 했으니 서영은 그 부분도 생각해야 했다. 한꺼번에 여러 상황이 벌어지니 머리가 어질어질할 지경이었다.

"무슨 일이 생겨야 하는 사이 아닌가······."

서영과 달리 태욱은 여유롭게 받아쳤다.

"결혼해서 행복하게 사는 이 대리가 할 말은 아니지 않습니까? 이 아까운 주말을 회사 동료 부부랑 마주 앉아서 날려 버리길 바라는 겁니까? 그건 진짜 윤 대리를 아끼는 게 아닌 것 같은데."

"티, 팀장님."

서영은 태욱과 지선의 눈치를 동시에 보느라 진땀을 뺐다. 그 사이에서 훈재만이 지금의 상황을 아직도 이해하지 못하고 자신의 와이프와 친구를 번갈아 바라보고 있을 뿐이었다.

"그, 그러니까, 진짜······ 윤 대리랑, 너랑, 사귄다는 소리야?"

훈재는 이 집에 들어와 태욱에게서 서영과 사귄다는 말을 들은 이후, 지금까지 똑같은 질문을 총 다섯 번 반복했다. 지선은 자신의 남편을 한심하다는 듯 바라봤다.

"당신 친구가 그렇다잖아. 요새 귀가 잘 안 들려요, 여보?"

귓가에다 대고 속삭이듯 '여보' 소리를 내놓자 훈재는 소름이 돋아난 얼굴로 지선을 응시했다. 지선은 그때서야 아차 싶었다. 훈재의 성감대는 귀였다. 잘못 건드렸다가는 하루가 통째로 날아가 버리는 수가 있었다.

지금껏 조심하고 또 조심하며 살았는데 그걸 잠시 잊고 있었다.

"실수예요, 여보. 실수. 실⋯⋯."

"일어나."

훈재가 지선의 팔을 붙잡아 일으켜 세웠다.

"훈재 씨."

"태욱이 말이 맞잖아. 두 사람이 사귀는 거면 우리가 눈치 없이 여기 있는 게 맞겠어? 맨날 윤 대리한테 좋은 후배 소개해 주라고 날 달달 볶아 놓고선 이제 와서 왜 이러는 거야?"

굳이 그런 얘기까지 할 필요가 있을까. 지선은 표정이 사라진 태욱의 얼굴을 보고선 슬금슬금 가방을 챙겨 일어났다.

아무래도 제대로 된 탐색은 다음으로 미뤄야 할 것 같았다. 서영을 혼자 두고 가자니 마음이 불편했지만 제 코가 석 자였다. 깔끔하게 슈트를 차려입은 태욱과 달리 후줄근한 남방 하나만 걸친 훈재가 초라해 보이자 미웠던 마음은 또 안쓰러움으로 자연스럽게 바뀌어 버렸다.

지지고 볶고, 바람 잘 날 없는 게 사랑이고, 결혼이라는 걸 서영에게 보여 주는 것 같아 민망했지만 어쨌든 나란히 앉은 두 사람이 제법 잘 어울려 그녀도 기분이 좋았다.

이왕이면 서영의 인생 동반자로 황태자 강태욱은 어떨까. 그녀 나름의 김칫국을 아낌없이 마셔 대며 눈치 없는 부부는 조용히 집을 빠져나갔다.

"박 변호사님이랑 같이 계신 줄 몰랐어요."

갑자기 둘만 남게 되자 서영은 어색한 나머지 할 말을 찾아서 꺼냈다.

"박 변이 소개팅해 준다고 했었군요."

"네?"

태욱은 내내 그 생각을 했었는지 서영의 물음엔 답하지 않고 그녀를 바라봤다.

"솔직하게 말하면 박훈재 주변엔 다 별 볼 일 없는 사람뿐이에요."

그의 말에 서영이 갑자기 작은 웃음을 터뜨렸다.

"팀장님도 그 주변 사람이잖아요."

그녀의 웃음에 태욱은 또 한 번 단단히 붙잡고 있던 마음속 무언가가 제멋대로 풀려 버리는 것 같았다. 서영을 만난 이후로 이상한 현상이 이어지고 있었지만 그게 싫지 않다는 게 더 아이러니했다.

"듣고 보니…… 그렇네요."

태욱도 싱겁게 웃었다.

"솔직히 몇 번 소개팅 주선해 준다고 했는데 내키지 않더라고요."

왜냐고. 혹시나 그에 대한 마음 때문이냐는 이기적인 물음이 차올랐지만 다행스럽게 서영의 뒷말이 그의 입을 막아 주었다.

"소개팅 같은 거, 저랑은…… 안 맞아요. 처음 보는 사람한테 제 이야기를 주절주절해야 하는 것도 어렵고, 또 잘 모르는 사람인데 한 번 보고 호감을 갖는다는 게 어려운 것 같아요."

서영의 말처럼 그녀가 모르는 남자 앞에서 웃고 떠드는 모습이 상상되지 않았다. 태욱은 어처구니없게도 그녀가 이런 소극적인 성격을 가진 것이 다행이란 생각이 들었다.

그러지 않았다면 오랫동안 그를 짝사랑하지 않았을 것이고, 다른 누군가에게로 마음이 옮겨 갔겠지. 이제 와 그녀의 성격에까지 감사하고 있다니. 지금 그 마음을 이용하고 있는 자신의 죄책감조차 잊어버린 이기심이 아닐 수 없었다.

"나는, 어디가…… 좋았습니까?"

지독하게 나쁜 놈이 되겠다고 마음먹은 것처럼 물음이 저절로 흘러나왔다. 서영은 태욱의 질문에 잠시 얼굴을 붉혔다.

이렇게 그의 말 한마디에 반응하는 그녀가 재미있어 여기까지 찾아온 것이라 가볍게 생각했으면서도 모든 게 진심인 서영을 앞에 두자 태욱은 그다지 유쾌하지 않았다.

"꼭 말씀드려야 할 필요는…… 없잖아요."

그녀가 끝을 알고 있다는 것처럼 쓸쓸하게 웃었다.

"그래요. 밥 먹읍시다."

태욱도 가볍게 웃어넘겼다. 굳이 심각해지면서까지 들을 필요는 없는 이야기였다.

그들은 목적을 가지고 행동하는 중이었고, 감정이 들어가 상황을 어지럽게 만들어 버리면 원하는 걸 제대로 얻지 못할 수도 있었다. 하나만 생각하는 게 맞았다.

"파스타 잘하는 곳에서 산 겁니다. 먹어 봐요. 윤 대리 취향이 빨간 쪽으로 알고 있는데, 맞습니까?"

포장된 음식 중 토마토파스타가 서영의 앞에 놓였다.

이런 것까지 알고 챙기는 모습에 혹시나 하는 희망을 품는 건 의미 없는 행동이란 걸 알게 되어서일까. 서영은 그저 감사하다는 말만 남긴 채 파스타를 먹기 시작했다.

유명한 곳에서 사 온 것이니 당연히 맛도 좋았다. 그녀가 맛있게 먹는 모습을 지켜보던 태욱은 잠시 흡족한 미소를 보이기도 했다.

"팀장님도 어서 드세요."

"알겠어요. 잘 먹는 걸 보니 사 온 보람이 있군요."

그는 다정하게 말했고, 서영은 화답하듯 밝게 웃었다.

지선이 만들어 놓은 음식까지 처리하느라 배가 심하게 불렀다. 소화도 시킬 겸 서영은 차를 만들었고, 태욱은 당연한 것처럼 그들이 식사했던 테이블을 치웠다.

괜찮다는 말을 하기도 전이었다. 남은 음식들은 한곳으로 모으고 재활용과 아닌 물건을 구분하는 모습에서 그의 깔끔한 성격과 자취 경력이 엿보였다.

집은 본가이지만 매일 야근을 하다 보니 주로 회사 근처에 있는 오피스텔에서 지낸다고 어느 누군가에게 고급 정보처럼 들었던 기억이 났다. 혼자 살면 제대로 챙겨 먹지도 못할 텐데. 서영은 그런 걱정들이 앞섰는데 지금 그의 모습을 보니 누가 누구를 걱정할까 싶었다.

커피 두 잔을 드립으로 내려 와 소파 아래에 가져다 놓자 태욱은 길게 기지개를 켰다. 아무리 철인이라고 해도 피곤할 만했다. 출장에 주말까지 반납한 채 근무를 한 게 몇 주째인지. 어쩌다 보니 그의 스케줄을 이곳저곳에서 엿듣게 된 서영은 안타까운 눈으로 그를 바라봤다.

"윤 대리가 무슨 생각 했는지 내가 맞혀 볼까요?"

태욱은 그것이 세상에서 가장 쉬운 문제라는 것처럼 말했다.

"저, 아무…… 생각도 안 했어요."

뭔가 들킨 기분이었지만 서영은 아닌 척 얼른 자신 몫의 커피를 들고 홀짝거렸다. 시선을 피하고 있으면 될 줄 알았는데 태욱은 이 재미난 상황을 그냥 넘어갈 생각이 없는 것 같았다.

"내가 불쌍해 보여요?"

"아, 아뇨!"

서영은 변명하듯 황급히 소리쳤다. 그 모습에 태욱이 웃음을 터뜨렸다. 또 그에게 당한 걸까. 자신도 모르게 그를 동정해 미안한 마음이었는데, 그는 전혀 신경조차 쓰지 않는 표정이었다. 아니, 이런 동정 같은 건 아주 많이 받아서 이젠 인이 박인 것 같아 보이기도 했다. 서영은 태욱이 웃을수록 어째선지 점점 더 마음이 아팠다.

"여기, 땅의 기운이 좋은가…… 눈이 자꾸 감기네요."

태욱은 정말 하품까지 했다. 3일 밤을 지새워도 다크서클조차 보이지 않던 남자인데. 서영도 신기해 그를 바라보고만 있었다.

그의 본가에 가는 건 저녁이니 아직 시간 여유가 있었다. 좀 쉬도록 놔둘까. 서영은 일부러 무언가를 찾는 것처럼 자리에서 일어나 부엌 쪽으로 향했다. 공간의 구분이 없는 원룸이었지만 나름 크기가 커 소파가 있는 쪽과 부엌까지는 거리가 있었다. 서영은 식탁 의자에 앉아 잠시 태욱을 바라봤다.

그는 어느새 팔짱을 낀 채로 눈을 감아 버린 상태였다. 불편해 보이긴 했지만 그녀가 해 줄 수 있는 건 없었다. 괜히 다른 오해를 받고 싶지도 않았다. 서영은 그를 바라보다 앉은 채로 스르르 식탁에 엎드리게 되었다.

손 위에 턱을 걸치고 시선은 태욱을 응시했다. 그가 잠든 모습을 볼 수 있는 기회는 흔하지 않을 테니까, 모두 눈 속에 담아 놓아야지.

다짐한 것이 무색하게 그녀도 곧장 잠에 빠져들었다. 맛있는 음식을 아주 많이 먹었고, 주말이었으며, 창으로 봄바람까지 솔솔 불어왔다. 한동안 서영의 집 안에는 잠든 두 사람의 숨소리만 고여 들었다.

꿈이었나. 서영은 화들짝 잠에서 깨어났다. 분명 태욱이 눈앞에 있었다. 그런데 정신을 차리고 소파 쪽을 보자 그가 없었다. 무엇이 현실이고 무엇이 꿈인지 헷갈렸다. 서영은 얼른 일어나 그가 잠들었던 소파로 다가갔다. 다행히 그의 겉옷이 놓여 있었다. 그렇다면 어디로 간 거지. 서영이 두리번거리며 주변을 살피는데, 베란다 쪽에서 인기척이 들렸다. 그곳은 지선이 들이닥친 후 눈치채지 못하게 커튼으로 막아 놨었다.

설마. 그녀는 달려가 닫혀 있던 커튼을 활짝 열어젖혔다. 그녀의 비밀 공간 안에 태욱이 서 있었다. 서영이 나타난 걸 눈치챈 그가 뒤돌아 그녀를 바라봤다.

"이 집…… 잠도 잘 오고, 뷰도 좋네요."

날리는 벚꽃 사이로 그가 또 한 번 활짝 웃었다.

8.

연극인 게 확실한데

　한눈에 봐도 고가의 옷들만 파는 명품 숍 앞에 태욱이 차를 세웠다. 그의 본가로 인사를 드리러 가기 두 시간 전이었다. 나름대로 격식 있는 옷으로 차려입고 나왔지만 차 안에서 대기하고 있던 태욱은 어쩐지 부족하다는 얼굴이었다. 서영은 마음이 불편했으나 그의 뜻대로 따라 주는 게 맞는다는 생각이 들었다.

　이런 곳에서 그녀의 자존심을 세워서 무엇 하랴. 지금은 그저 연극을 하는 것일 뿐인데. 그가 이끄는 대로 그녀는 적당한 옷을 사 입기 위해 명품 숍으로 들어섰다.

　"어서 오십시오, 고객님. 어머나, 강 팀장님!"

　두 사람이 들어서자 매니저로 보이는 직원이 태욱을 알아보고 얼른 문 앞까지 뛰어나와 인사를 건넸다. 그는 익숙하다는 듯 짧게 미소만 지어 보일 뿐이었다.

"여자 옷 좀 볼 수 있습니까?"

태욱의 말에 매니저는 얼른 시선을 옆의 서영에게로 옮겼다. 찰나 견적을 매기듯 여자의 눈동자가 재빠르게 돌아갔다. 곧장 미소를 머금은 매니저는 서영을 깍듯이 모시며 VIP 룸으로 안내했다.

"혹시 좋아하시는 스타일이 있으세요? 제가 볼 땐 피부가 희고 팔다리가 늘씬하셔서 어떤 옷이든 잘 어울리실 것 같은데."

매니저의 과도한 평가에 서영은 그저 어색한 웃음만 지어야 했다. 이런 곳에 와 본 적이 없기에 어떤 옷을 골라야 할지 머릿속에 그려지지 않았다. 남자조차 제대로 사귀어 본 적 없는데 그 가족을 만나러 가야 하는 일부터 생겼으니, 누군가의 도움이 필요한 건 맞았다.

"어려운 자리에 가야 해서……. 조용하고 차분한 디자인으로 골라 주세요."

매니저는 서영의 말을 단번에 알아듣고 곧장 고급지고 단정한 투피스와 원피스 몇 벌을 피팅 룸에 가져다주었다.

서영은 그 옷들 앞에서 크게 한숨을 내쉬었다. 의도치 않게 신데렐라 놀이의 주인공이 되어 버린 자신이 우습기도 했다. 하지만 생각이 많아 봤자 지금은 전혀 도움이 되지 않았다. 단순하게 넘겨야 했다.

서영은 매니저가 가져다준 옷들 중 가장 어두운 네이비 톤 투피스를 집어 얼른 갈아입었다. 밝은색은 어쩐지 그녀를 도드라져 보이게 하는 것 같아 잘 입지 않았다. 어릴 때부터 무채색 라인만 입다 보니 옷장엔 비슷한 색감의 옷들만 가득 차 있었다.

한번은 지선과 늦게까지 술을 마시고 그녀의 집에서 잠을 잔 적이 있었다. 갑자기 들르게 된 거라 갈아입을 옷이 없어 무엇이든 얻어 입어야만 했는데, 그때 지선이 건넨 건 밝은색 원피스였다. 그저 옷 스타일만 바뀌었을 뿐인데, 지선은 다른 사람 같다며 인증 샷까지 남기려 했다.

왜 우중충한 색들만 입느냐고, 뭐든 튀어야 사는 세상에서 옷이 얼마나 중요한 역할을 하는지 아느냐며 그녀는 또다시 설교를 시작했다.

어느 정도 수긍되는 말이었다. 이성에게 인기 있는 부류들 중엔 밝고 화려한 면이 많은 사람이 대부분이었다. 자신을 꾸미고 가꾸며 사랑해야 다른 이들에게도 사랑받을 수 있다는 거겠지.

하지만 서영은 언제나 그 자리에 있는 사람이었다. 변화보다는 안정적인 게 좋았다. 오래 신은 신발이 편했고, 집 앞 단골 미용실이 좋았고, 읽고 감동받았던 책을 다시 읽으면서 행복감을 느꼈다.

태욱에 대한 마음을 오랫동안 놓지 못한 것도 그런 성정 탓일 수도 있었다. 이제는 벗어나야지. 처음으로 오래 마음을 준 무엇에 대해 그녀가 먼저 돌아서려 시도했다가 지금의 상황에까지 이르고야 말았다. 사람이 안 하던 짓을 하면 큰일 난다고, 작년에 돌아가신 친할머니가 하셨던 말씀이 불쑥 떠오르기도 했다.

서영은 옷을 다 입은 후 거울 앞에 섰다. 평소 입지 않았던 스타일이라 어색하고 부담스러웠다. 그래도 오늘 하루는 다른 윤서영이 되어야 했다. 강태욱의 애인이라는 여자. 서영은 천천히 피팅 룸의 문을 열고 나섰다.

"어머나……. 제가 이럴 거라고 말씀드렸죠? 너무 우아하게 잘 어울리세요."

대기 의자에 앉은 태욱의 옆에 서 있던 매니저가 서영을 보고는 제 안목을 은근히 강조했다. 태욱은 핸드폰으로 전송된 업무 보고를 읽다가 무심하게 고개를 들었다.

서영은 전형적인 미인은 아니지만, 이목구비가 부드럽게 조화를 이루고 팔다리가 늘씬해 조금만 꾸며도 인상이 달라 보일 거라는 건 그도 이미 예상하고 있었다. 그런 자신의 장점을 조금이라도 더 드러내려는 부류가 있었고, 반대로 그렇지 않은 사람도 존재했다. 후자가 서영이었다.

"나쁘진 않은데, 좀 밝은…… 분위기의 옷은 없습니까?"

태욱은 마치 곧 론칭할 인테리어 공간을 미리 돌아보고 문제점을 지적하듯 매니저에게 부탁했다. 서영은 마음대로 하시라며 포기하듯 어깨를 늘어뜨렸다.

연극 놀이의 장난감이 되어 주기로 했으니 마음대로 꾸며 보라지. 입이 일자로 굳어지는 걸 가까스로 참으며 얼굴에 인내의 웃음을 만들었다.

매니저는 왜 없겠느냐며 곧장 그녀를 돌려세워 다시 피팅 룸으로 들여보냈다. 콕 집어 그녀가 가장 꺼려 하던 밝은 톤인 크림색 원피스를 두 손에 쥐여 주고는 바람같이 사라졌다.

반항해 봤자 소용없다는 걸 깨닫는 데는 얼마 걸리지 않았다. 서영은 얼른 그가 원하는 옷으로 갈아입고 밖으로 나왔다. 태욱은 미간을 잔뜩 찌푸린 채 업무 통화를 하고 있었다.

서영은 가만히 서서 그가 돌아보길 기다렸다. 매니저는 어디로 갔는지 보이지 않았다. 얼른 오케이를 받고 여기를 벗어나고 싶어서 그녀는 성큼 단상을 내려가 태욱에게 다가섰다.

"아닙니다. 그 문제는 저희 쪽에서 해결할 게 아니라 허가가 나면 그 이후에……."

"팀장님."

전화를 해도 눈은 이쪽을 보라고, 그를 불렀다. 태욱이 어느새 가지고 들어온 태블릿 PC로 허가 자료를 훑던 시선을 옮겼다. 서영과 정면으로 눈이 마주쳤다. 이건 마음에 드세요? 그녀는 눈빛으로 물으며 그 자리에서 한 바퀴 돌아보기도 했다. 어색하고 부끄럽다고 느낀 감정은 이미 저 멀리 날아가 버렸다.

"……제가 다시 전화하죠."

태욱은 전화를 끊고 잠시 서영을 올려다봤다. 그게 너무 노골적이고 한참이나 걸려서 서영은 민망해지려 했다. 싫으면 싫다 말을 하지. 하여튼 맞추기 힘든 스타일이었다.

"다른 걸로 갈아입어 볼게요."

서영이 돌아서려는데 태욱이 자리에서 일어섰다.

"그걸로 하죠."

그가 급한 일이 생긴 사람처럼 VIP 룸을 벗어나 계산대로 향했다. 서영은 황당해 가만히 서 있다 '오케이'란 생각에 홀가분한 기분으로 그를 따라나서려는데 뭔가 이상해 돌아봤다.

태욱이 앉아 있던 자리에 그의 태블릿 PC가 그대로 놓여 있었다. 뭘 놓고 다니는 남자였나. 서영이 이상해 밖을 내다보자 그는 이미 가게를 벗어나 자신의 차 쪽으로 향하는 중이었다. 어쩔 수 없이 서영이 그의 물건을 챙겨 들었다.

서영은 본인의 입었던 옷도 마저 챙겨 들고 뒤늦게 태욱의 차에 올랐다. 그는 조금 전 급하게 끊긴 전화를 다시 이어 가고 있는 중이었다.

태블릿 PC를 건넬 타이밍을 잡고 있던 서영은 뭔가 아래가 허전한 느낌이라 자신의 다리를 내려다봤다. 크림색 원피스가 생각했던 것보다 짧아 무릎 위까지 올라왔다.

평소에 치마를 잘 입지 않으니 이런 부분까지 계산하지 못했다. 쇼핑백에 담긴 그녀의 옷으로 대충 가리는 게 나을까 생각하고 있는데 그 행동 자체가 태욱을 의식하는 것 같아 좀 유난스럽게 느껴졌다. 그가 그녀의 다리를 보고 있을 남자도 아니고.

그러는 사이, 고개를 들자 태욱이 그녀를 빤히 바라보고 있었다. 언제 전화를 끊었는지 그의 손에는 핸드폰이 들려 있지 않았다. 서영이 얼른 챙겨 온 태블릿 PC를 건네려고 하는데 그보다 먼저 그녀의 무릎 위에 담요 하나가 올려졌다.

"덮어요. 신경 쓰이는 것 같은데."

언제 그것까지 보고 있었지. 하여튼 무서운 남자라 생각하며 서영은 담요로 무릎을 가린 후 태블릿 PC를 태욱에게 건넸다.

"이거, 테이블에 두고 가셨어요."

차를 출발시키려던 태욱이 그녀 손에 들린 물건을 보고 잠시 정지해 있었다.

"아……. 고마워요."

그는 아무 일 없던 것처럼 물건을 받았다.

"지금 가면 얼추 시간 맞을 겁니다."

"네."

태욱은 시선을 맞추지 않은 채 말했다. 어쩐지 그의 목소리가 딱딱했다. 뭐가 마음에 들지 않는 건가. 자꾸만 그의 눈치를 보게 되는 것 같아 서영은 기분이 좋지 않았다. 그녀 나름대로 최선을 다해 그가 원하는 걸 모두 따라 주고 있는데.

"이 옷 별로예요?"

그 이유밖에 없다는 생각이 들었다. 마음에 들지 않는 거면 조금 늦더라도 가서 바꾸는 게 맞았다. 매니저를 통해 옷 가격을 전해 들었을 때 서영은 잠시 숨이 멈추기도 했었다.

뭐, 그를 위한 연극에 사용되는 옷이니까. 옷값은 그가 지불하는 게 맞았고, 모든 일이 마무리되면 돌려주면 될 것이다. 그렇다고 의미 없는 과소비를 할 필요는 없었다. 그의 생각과 맞지 않다면 입지 않는 게 맞았다.

"윤 대리는…… 별롭니까?"

"네?"

그가 오히려 묻자 서영은 황당했다.

"아니, 팀장님이 맘에 안 드시는 것 같으니까 다른 걸……."

"내 마음엔 들어요."

태욱이 그제야 시선을 맞추며 말했다. 그런데 그녀를 바라보는 눈빛이 평소와는 조금 달랐다. 깊게 가라앉아 평온한 것 같으면서도 건드리면 금방이라도 위험하게 타오를 것 같은 이중성을 띠었다. 이 불씨의 매개체를 알 수가 없는 서영은 그저 그의 짙은 눈빛을 받아 낼 뿐이었다.

"그럼, 됐어요. ……출발해요."

서영이 앞을 보며 시선을 피하자 그제야 태욱에게서 피식, 웃음이 터졌다. 그 미소가 얼마나 반가운지 그는 모를 것이다. 서영은 그가 모르도록 조그맣게 낮은 숨을 내놓았다.

차가 출발하고 곧 태욱의 입에선 그와 말을 맞출 시나리오가 흘러 나왔다. 기본 바탕은 현실과 같았다. 서영이 먼저 짝사랑을 시작했고, 그걸 알게 된 태욱이 마음을 받아 주어 사귀게 된 것. 지금 한창 서로를 알아 가는 중이고, 진지하게 미래를 생각해 보기로 했다는 것까지.

그의 입에선 거침없이 거짓말이 흘러나왔다. 서영은 그저 태욱의 이야기를 듣고만 있었다. 지금 그녀가 입고 있는 크림색 원피스처럼 모든 게 서영을 불편하게 조여 왔다. 그중에 가장 힘든 것이 무엇이냐 고른다면, 신호가 걸릴 때마다 그녀를 가만히 바라보는 태욱의 눈빛이었다.

태욱이 본가 지하 주차장에 차를 세우는 사이, 대문 쪽으로 올라온 서영은 거대한 저택의 크기에 한 번 놀라고, 그 집 앞에 새겨진 문패의 이름을 보고 두 번 놀랐다. '손필성'이라니. 이런 이름이 흔할 리 없었다. 그녀는 현실감이 없어진 표정으로 멍해져 버렸다.

"일부러 감춘 건 아닙니다."

그녀의 옆에 다가선 태욱이 서영의 표정만으로 모든 걸 읽고서 덤덤히 변명했다.

"말 안 한 게…… 감춘 거죠."

서영이 어두워진 낯빛으로 읊조렸다.

"화내는 겁니까?"

그가 오히려 웃으며 물었다. 감정 표현이 자유로워진 서영의 모습이 이상하게도 반가웠다. 그에게 시선조차 맞추지 못할 때도 귀여웠지만 제 할 말은 하면서 표현하는 서영은 태욱이 정말 누군가와 만나고 있다는 생각이 들게 만들었다.

그가 동등한 관계에서 대화를 주고받는 상대는 친구 훈재 정도뿐이었다. 모두들 적군과 아군, 그 두 가지 논리로만 그에게 다가오고 멀어져 갔다. 연인을 사귄다면 이런 모습일까. 내 감정보다 이 사람의 표정을 더 많이 살피게 되고, 그러면서도 내 마음을 알아줬으면 하는 욕심이 드는 이해할 수 없는 이중성이 생겨났다.

"화난 게 아니라, 놀란 거예요. 진짜⋯⋯ 팀장님이 손 회장님 손자일 줄은 몰랐어요."

서영은 여전히 무거운 표정으로 태욱을 올려다봤다.

"뭐, 상관있습니까?"

태욱은 아무렇지 않게 대답하고 초인종을 눌렀다. 곧 관리인의 대답이 들리고 대문이 열렸다. 서영은 그를 따라 저택 안으로 걸어 들어가며 생각했다. 상관없다. 태욱의 물음은 어쩌면 맞는 말이었고, 아닐수도 있었다. 서영은 복잡해진 표정을 감추려 했지만 쉽지 않았다.

"오셨습니까, 도련님."

그때 그녀의 아버지뻘 되는 남자가 뛰듯이 걸어와 태욱을 반겼다.

그리고 그의 옆에 선 서영에게도 깍듯하게 인사를 건네 왔다.

"안녕하세요. 박희태라고 합니다."

"아, 네. 윤서영입니다."

서영은 어른의 인사에 허둥대며 같이 허리를 90도로 숙였다. 옆의 태욱이 그녀의 지나친 행동에 주의를 주듯 팔을 살짝 붙잡으며 박 비서를 소개했다.

"이 집 일을 오래 봐주신 분이야. 할아버지 비서 일도 하시고."

태욱은 표정 하나 바뀌지 않고 서영에게 친근한 반말을 썼다. 꼭 몇 년은 만난 사이처럼 구는 그의 행동에 그녀는 어색한 웃음을 내놓기도 민망했다. 무슨 말이라도 해야 하는데 입은 얼어 버려 좀처럼 열리지 않았다. 다행히도 비서분은 서영을 의심스럽게 보지 않고 돌아서 그들을 집 안으로 안내했다. 태욱이 그때를 놓치지 않고 서영의 귓가에 속삭였다.

"많이 긴장했어요? 걱정할 거 없습니다. 나만 믿고 따라와요."

그가 그녀를 이끌듯 손을 붙잡았다. 태욱의 손은 따뜻했다. 서영은 잠시 붙잡힌 손을 내려다보다 그러겠다며 미소를 지었다.

"몇 살이에요?"

"네?"

"본인 나이, 몰라요?"

"고모."

본무대에 오르기도 전에 리허설부터 꼬인 기분이었다. 저택 안으로 들어서자 큰 거실이 나왔고, 그녀가 대기 의자에 앉자마자 와인 잔을 든 젊은 여인이 그녀의 앞으로 다가왔다. 별채로 넘어가는 응접 공간에서 박 비서에게 손 회장의 위치를 묻던 태욱이 뒤늦게 예상치 못한 인물을 발견하고 표정이 굳은 채로 다가왔다.

"올해 서른이고, 윤서영이라고 합니다."

서영은 그녀의 질문에 뒤늦게 대답했다. 왠지 낯이 익은 그녀는 태욱이 고모라고 부르기엔 너무 젊어 보였지만 풍기는 분위기에서 그의 느낌이 묻어나는 걸 보니 피가 섞인 사이인 건 확실해 보였다.

"난 서른아홉. 태욱이 고모예요. 손은림. 유신아트센터 관장."

그녀를 본 적이 있었다. 어떤 잡지에서 마주한 그녀는 환하게 웃고 있었다. 잡지의 내용도 또렷이 기억났다. 손필성 회장이 두 번째 부인에게서 낳은 늦둥이 외동딸이라는 것. 그러면서 알게 된 손 회장의 가족 관계는 아들 둘, 딸 하나였다. 장남은 지금 유신전자의 오너인 손인국 사장이라고 했으며 둘째 아들에 대한 정보는 별달리 없었다. 어떤 이는 일찍 세상을 떠났기 때문이라고 전했다.

'아버지는 내가 일곱 살 때 돌아가셨어요. 어머니 혼자 날 키우셨고. 그렇다 보니 여러 사정상 할아버지가 계신 본가로 들어가게 됐어요.'

서영은 야근하던 그에게 초밥을 사다 준 날 밤 들었던 이야기가 떠올랐다. 퍼즐을 맞춰 보면 태욱은 지금 세상에 없는 손 회장의 둘째 아들이 낳은 핏줄인 게 되었다. 아니다. 그렇다고 하기엔 그의 성이 '강' 씨였다. 당연하게 서영은 그가 손 회장의 외손자가 아닐까 추측했는데 머릿속이 다시 꼬여 버린 기분이었다.

"우리 강 팀장이 처음으로 여자를 집에 데려온다기에, 내가 일부러 달려왔어요. 근데 기다리는 게 너무 지루해서 이 와인을 따 버렸더니, 요 모양이네. 이해해요, 서영 씨."

그의 고모는 비틀거리며 자리에서 일어나 2층 난간 쪽으로 사라졌다. 태욱은 그 모습을 잠시 못마땅하게 바라봤을 뿐, 더 이상의 말은 꺼내지 않았다. 원래 그런 사람이라는 것처럼 그의 시선은 평소와 다름이 없었다.

"고모는 신경 쓰지 말아요. 원래 자유로운 사람이에요."

태욱이 간단히 설명했다. 그가 서른넷이고, 고모가 서른아홉이니 어찌 보면 누나 같은 사람이었다. 하지만 재벌가의 실상은 여느 평범한 가족의 모습과는 다르니 서영은 그와 그녀의 관계가 어떨지 쉽게 예상되지 않았다. 와인 잔을 들고 자유롭게 저택을 누비는 여인이 어쩐지 안쓰러워 보이기도 했다. 그러다 현실을 자각하는 것처럼 정신이 들었다. 지금 누가 누굴 걱정하는 걸까. 서영은 쓸쓸한 웃음을 흘렸다.

"할아버지는 통화 중이셔서 부르면 오라시고, 어머니는 며칠 전 절에 가셨다네요."

그가 박 비서와 나눈 이야기를 그녀와 공유했다.

"아마도 할아버지가 일부러 보내신 것 같아요. 뭐든 본인 결정이 제일 중요하신 분이라. 나도 한편으로 다행이다 싶어요. 윤 대리가 어머니까지 상대하기엔 벅찰 테니까."

태욱의 말도 맞긴 했지만 그의 배려가 둘 사이의 거리를 확실하게 느끼도록 만들었다.

"네. 다행이에요."

서영이 수긍하듯 고개를 끄덕였다.

"근데, 우리 어머니 만나 보고 싶지 않아요?"

"만나면…… 괜히 더 죄송할 것 같아요."

서영이 차분해진 마음으로 입을 열었다. 태욱은 예상하지 못한 답인 것처럼 잠시 표정이 굳어지다 곧 그녀가 아는 편안한 얼굴로 되돌아왔다.

"그렇죠. 윤 대리는 이런 거짓말에 익숙한 사람이 아니니까."

그가 씁쓸하게 웃었다. 그러고는 박 비서의 호출을 받고서 자리에서 일어났다.

"갑시다. 한 10분, 그 안에 끝날 겁니다. 조금만 참아 줘요."

다정하게 부탁한 태욱이 서영을 붙잡아 일으켰다.

그를 따라 별채 쪽으로 걸어 들어가던 서영은 눈앞에 펼쳐진 공간에 저절로 눈이 커지고 입이 벌어지고 말았다. 태욱이 그런 서영을 옆에서 내려다보다 조그맣게 웃었다. 모두들 손 회장의 아방궁을 처음 볼 때면 똑같이 보이는 반응이었다.

특히나 이런 재벌가의 허상을 눈으로 직접 본 적이 없었을 그녀가 위압감을 느끼는 건 당연한 걸지도 몰랐다. 태욱도 처음엔 그랬다. 일곱 살, 처음 이 저택으로 들어왔을 때 느꼈던 감정들이 아직도 생생하고 또렷했다. 어렸던 그를 열패감에 휩싸이게 만들었으며 또한 그로 인해 명확한 승부욕을 가지게 했다. 그렇게 자라난 사람이 바로 지금의 강태욱이었다.

서영은 잠시 태욱과 손 회장의 공간을 번갈아 바라보았다. 손필성 회장을 직접 만나게 될 줄은 몰랐다. 그가 주요 뉴스 면에 등장할 때마다 거리감을 가지고 지켜봤을 뿐이었다. 그녀의 시선은 이제 태욱에게로 고정됐다.

꼭 그녀를 여기에 세워야 한다던 태욱의 저의가 궁금했다. 평범한 여자가 필요한 이유가 무엇일까. 당연하게 손 회장이 반대할 것을 알았기 때문에? 그렇다면 일이 더 커지고 속이 시끄러워질 것이 뻔한데. 일부러 자신의 할아버지를 자극하려는 그의 속마음을 알 수도 없었다. 서영이 가만히 그를 바라보고 있자 태욱은 그녀를 자신의 뒤쪽으로 세웠다.

"딱 내 뒤에만 서 있어요."

그가 등 뒤로 그녀의 손을 꼭 붙잡았다.

"팀장님."

"금방 끝나요."

똑똑. 태욱은 방문을 노크했고, 곧 문이 열렸다.

"저 왔습니다."

"……."

서영은 태욱의 등 뒤에서 벗어나지 못해 손 회장의 얼굴조차 보지 못했다. 태욱은 보디가드라도 된 것처럼 그녀의 앞에 단단하게 서 있었다.

"앉아라."

손 회장은 평소와 다르게 온화한 모습이었다. 세상의 눈을 의식하는 양반이니 당연한 걸지도 몰랐다. 태욱의 입가엔 잠시 허무한 미소가 스쳐 갔다.

"그래서, 신사업 팀에서 일한다고?"

서영이 태욱의 옆에 자리를 잡고 앉자마자 곧장 질문이 날아왔다.

"……아, 네."

"이 녀석이 내 손자인 줄 알고 만났나?"

물음은 거침이 없었고, 정확하게 상대를 찔렀다. 서영은 얼굴이 붉어지고 말았다. 마치 그가 이 집안의 핏줄인 걸 미리 알고 만난 것이냐는 의심 같기도 했다.

"이 사람은 몰랐습니다. 그런 질문 하실 거면 일어나겠습니다."

태욱은 지체하지 않고 서영의 손을 붙잡고 일어섰다. 그의 무례한 행동에 오히려 당황한 건 서영이었다. 손필성 회장이 어떤 사람인지는 뉴스 기사로도 쉽게 접할 수 있었다. 그저 그런 사람이라고 생각해 버리는 게 오히려 편했다. 태욱도 당연히 그럴 것이라 여겼는데 아니었다. 이토록 손 회장에게 날카롭게 구는 이유는 뭘까. 그녀는 태욱의 마음을 자꾸만 살피게 되었다.

"어디서 배운 버르장머리야! 얼굴도 제대로 안 보일 거면 왜 데려왔어?"

손 회장이 일어선 둘을 향해 일갈했다.

"이미 얼굴은 사진으로 다 보셨지 않습니까?"

그는 한마디도 지지 않았다.

"그래서, 결혼이라도 하겠다는 거야?"

"못 할 것도 없죠."

그 순간이었다. 무언가 날아와 서영은 눈을 질끈 감아 버렸다. 퍽, 소리를 내고 바닥으로 떨어진 물건이 옆의 태욱을 쳤다는 것만 알 수 있었다. 서영은 놀라서 다시 눈을 뜨고 그의 상태를 살폈다. 눈가 아래에 길게 베인 상처가 생긴 게 보였다. 그때였다. 또다시 물건이 날아왔고 급하게 등을 돌린 태욱이 서영의 몸을 감싸며 끌어안았다.

"얼씨구."

손 회장은 둘의 모습에 헛웃음을 터뜨렸다. 그가 던진 것은 소파에 장식된 쿠션 하나와 태욱의 파파라치 사진이 담긴 종이봉투였다. 늘 겁도 먹지 않고 날렵하게 피하던 놈이 오늘은 멍청하게 모두 맞아 주고 있었다.

그의 뜻대로 날카로운 봉투 끝이 태욱의 얼굴에 상처를 입혔는데도 필성은 이상하게 분이 풀리지 않았다. 연극인 게 확실한데, 쇼가 쇼가 아닌 것만 같았다. 그의 눈이 여전히 여자를 보호하고 있는 손자 태욱에게 꽂혀 떨어지지 못했다.

"그렇게 불쌍하다는 표정, 별로 안 좋아하는데."

별채를 빠져나와 차에 오르고, 아무런 대화 없이 서영의 집 앞까지 도착했다. 태욱은 그녀가 한 번씩 자신을 돌아보며 어떤 얼굴을 하는지 눈치챘지만 앞만 보고 운전에 집중했다. 아무렇지 않은 척 웃어넘길 수 있었다. 이제껏 그렇게 살아왔고, 그랬기에 손 회장 밑에서 버틸 수 있었다.

그런데 어째선지 지금은 가면을 쓰고 싶지 않았다. 무엇이든 집어던지는 사람. 그런 할아버지 밑에서 자라 온 남자라는 걸 서영에게 들키는 순간, 그는 전혀 다른 감정에 휩싸였다. 처음부터 이런 시나리오를 예상하고 본가에 데려온 것이지만 날아오는 물건들로부터 서영을 보호하며 그가 느낀 감정은 수치심이었다.

부끄럽다는 생각을 언제 해 봤던가. 유신이란 울타리로 들어서기 위해 손 회장의 방 문 앞에 무릎을 꿇고 비는 어머니의 모습을 훔쳐 보았을 때였나. 전학 간 학교의 담임선생님이 왜 아버지와 성이 다르냐며 물었을 때였나. 평범하지 않은 인생을 원망하던 그가 할 수 있는 거라곤 고작 부모를 탓하는 것뿐이라는 걸 깨달은 순간이었나.

그래서 태욱은 뻔뻔해지기로 했다. 그 어떤 것도 부끄러워하지 않는 사람이 되려고 노력하며 살았다. 감정을 느끼지 않기 위해선 감정 없이 살아야 했고, 덕분에 지금의 위치에 오를 수 있었다. 손 회장이 던진 물건 따윈 두렵지 않았다. 얼굴의 상처는 시간이 지나면 아물 테다. 하지만 서영이 그를 이리도 안타깝게 보는 건 어째선지 참을 수가 없었다.

"그럼, 통쾌하다고 웃어…… 드릴까요?"

서영의 한마디에 태욱이 웃어 버렸다. 그가 웃자 서영은 그제야 마음이 조금 편해졌다.

"어쨌든, 오늘 고마웠어요. 들어가서 쉬어요."

그녀에게 오늘 하루가 얼마나 길게 느껴졌을지 그가 더 잘 알았다. 더 이상의 감정 노동은 시키고 싶지 않아 끝인사를 건넸다. 그런데 서영이 내리지 않고, 그의 얼굴을 빤히 바라보기만 했다.

"더 할 말이 있어요?"

태욱이 물었다.

"안 바쁘시면…… 얼굴 상처, 치료하고 가세요. 밴드라도 붙이시는 게……."

무슨 얘기인가 싶어 서영에게 눈을 맞춘 태욱이 그 뜻을 알고 작게 웃었다.

"살짝 스친 겁니다. 괜찮아요."

태욱은 자연스럽게 거절했다. 서영도 이런 말을 하는 자신이 우스웠다. 정말로 그를 동정이라도 하는 걸까. 그의 불행이, 직접 본 손필성의 모습이 그녀의 감정을 복잡하게 얽혀 들게 만들었다. 그럼에도 그녀는 그의 상처를 그냥 지나칠 수가 없었다.

"……네. 그럼, 조심해서 가세요."

서영이 인사를 건네고 차에서 내렸다. 큰일을 치른 건 맞는지 그제야 다리가 후들거렸다. 서영은 천천히 원룸 건물 안으로 걸어 들어갔다. 그러고는 입구의 계단에 앉아 버렸다. 가방을 옆쪽에 내려놓고선 무릎 사이에 무거운 머리를 묻었다. 무슨 일이 어떻게 벌어지고 있는지 제대로 정리가 되지 않았다. 이 모든 걸 태욱에게 설명할 수조차 없었다.

후. 큰 한숨을 내쉰 서영은 한참 후에야 가까스로 5층에 도착했다. 천천히 현관문의 비밀번호를 누르고 집으로 들어섰다. 어두운 현관에 잠시 우두커니 서 있다가 신발을 벗고 안으로 들어갔다. 불을 켜는 것조차 잊은 채 냉장고 문부터 열었다. 생수병을 꺼내 물 한 잔을 마시고 식탁 의자에 앉았다.

저절로 낮의 일이 떠올랐다. 태욱이 이 집에서 잠을 자고 있었다.

그녀의 소파에 기댄 채 잠들어 버린 그를 바라보며 그녀 또한 단잠에 빠졌었다. 그게 모두 꿈이었던 것처럼 집 안은 어둡고 고요하기만 했다. 이게 청승인 걸까. 서영은 곧 정신을 차리고 몸을 일으켰다.

우선 불편한 원피스부터 갈아입고 싶었다. 편안 잠옷을 꺼내 놓고 손으로 더듬거리며 등 뒤의 지퍼를 내리려는데 현관 쪽에서 초인종 소리가 들려왔다. 누구지. 올 사람이 없었다. 그리고 시간이 너무 늦었다.

덜컥 겁이 난 서영은 살금살금 현관 쪽으로 걸어가 우산 하나를 붙잡았다. 그러곤 문에 달린 도어 렌즈로 밖을 내다보았지만 아무것도 보이지 않았다. 그 순간 다시 초인종이 울렸다. 심장이 벌렁벌렁 뛰기 시작했다.

"누, 누구세요?"

"나예요."

분명 태욱의 목소리였다. 서영이 놀라 현관문을 열자 그가 서 있었다.

"티, 팀장님……."

"그 치료, 아직 유효합니까?"

그가 평소처럼 장난스럽게 웃어 보였다.

구급상자를 사이에 두고 두 사람은 소파 아래에 마주 앉았다. 여전히 크림색 원피스를 입고 있는 서영은 불조차 켜지 않은 채 연고를 꺼내려 하는 중이었다.

"불은 켜야 하지 않겠어요?"

"아."

태욱의 지적에 서영이 벌떡 자리에서 일어나 거실의 불을 켰다. 그제야 세상이 환해진 기분이었다. 평상시에도 밝게 지내는 편이 아니라 작은 조명만 켤 때가 많았다. 그게 습관이 된 그녀는 어두운 공간에서도 행동하는 데 불편함을 느끼지 못했다.

"무슨 일 생긴 줄 알았습니다."

"네?"

구급상자에서 연고를 꺼내던 서영이 태욱의 말에 고개를 들었다.

"슈퍼 앞에 차 세우고 담배 사서 나오는데 5층 여기만 어두워서……."

그래서 걱정이 되어 찾아왔다는 말처럼 들렸다. 서영은 어떤 대답을 해야 할지 몰라 시선을 내리고 연고를 짜는 데 집중했다. 면봉에 약을 묻힌 뒤 다시 고개를 들어 태욱과 눈을 맞췄다. 상처가 눈 쪽에 나 있으니 어쩔 수 없는 노릇이었다. 서영은 애써 상처에만 집중하며 약을 살살 발랐다.

"아."

"아파요?"

그럴 리가. 그가 또 장난스럽게 웃었다.

"웃지…… 마세요."

서영이 심통 난 목소리로 경고했다.

"왜?"

태욱이 되물었다. 그와의 거리가 너무 가까웠다. 서영은 태욱의 눈빛을 감당하기 힘들었다. 이러면서 잘도 치료해 주겠단 소리를 했다.

"그냥, 이상해요. 팀장님, 웃는 거."

심장이 두근거린다고 말할 순 없으니까.

"인상 팍팍 쓰는 게 윤 대리 스타일인가?"

그가 눈썹을 꿈틀거렸다. 그 모습도 멋지긴 했다. 태욱은 무언가에 열중할 때 미간을 좁히고 인상을 썼다. 저러다 주름질 텐데. 별걱정을 다 하며 그 모습을 넋 놓고 감상한 적도 여러 번이었다.

인상을 쓴 채 부서장들에게 서류 뭉치를 던질 때는 어쩐지 통쾌함마저 느껴졌다. 그녀라면 할 수 없는 일이었다. 상대를 꿰뚫어 보며 옴짝달싹하지 못하게 만드는 날카롭고 예리한 힘은 태욱만이 가진 매력이라고 생각했다.

그런데 그가 그녀의 앞에서 자꾸만 웃었다. 웃는 방법조차 모르는 남자인 줄 알았는데 웃는 게 세상에서 제일 쉬운 것처럼 그녀 앞에선 표정이 풀렸다. 마치 자신이 그를 웃게 한다는 착각이 들도록.

그가 전에 만났던 여자에게도 이랬을까. 진심은 아니어도 평소의 모습은 나타나게 될 테니까. 어쩔 수 없이 생각의 끝에는 그와 만났을 여자들을 질투하고 말았다.

"……다 됐어요."

그의 시선을 피해 밴드까지 꼼꼼하게 붙여 준 서영은 자리에서 일어나려 했다. 그 순간 태욱이 단단한 손길로 팔을 붙잡아 그녀를 다시 앉혔다. 놀라 바라본 그의 눈빛엔 못마땅함이 새겨져 있었다.

"왜 대답 안 해요?"

뭘. 아슬아슬한 그의 장난은 여전히 감당하기가 버거웠다.

"무슨…… 대답이요?"

"윤 대리 스타일."

오늘 낮 자신의 어디가 좋으냐는 물음에 대한 대답을 듣지 못했던 태욱은 이번만큼은 꼭 듣겠다는 얼굴이었다. 그것이 중요한가. 어떤 점 때문에 그를 좋아하게 됐는지 콕 집어 말하기는 어려웠다.

'그냥 당신이 안 아팠으면 했어요. 마음이 갔어요. 그러다 보니…….'

시시한 말이 나올 게 뻔해 서영은 그 질문을 피했던 것이다.

"이렇게…… 끈질긴 스타일은 싫어해요."

또 태욱에게서 어이없다는 듯한 웃음이 터졌다. 전혀 예상 못 한 답이었지만 싫진 않은지 그는 여전히 미소를 머금은 채 서영을 바라보고 있었다. 도대체 무슨 생각을 하는지 읽을 수가 없다고 생각할 즈음, 그는 그녀의 팔을 놓고 자리에서 일어났다.

"더 싫어하기 전에 사라져야겠군요."

그가 간단하게 웃으며 겉옷을 챙겼다. 서영도 원했던 행동이지만 어쩐지 섭섭한 기분이 들기도 했다. 태욱이 계속 이 집에 있기를 바란 다는 것처럼. 감정의 파고를 더 감당하기 어려워지기 전에 그를 보내 는 게 맞았다. 서영은 더 말을 붙이지 않고 태욱을 현관까지 배웅했다.

"조심해서 가세요."

그가 신발을 신고 돌아서자 그녀는 고개를 숙였다. 곧 현관문이 열 리는 소리가 들릴 줄 알았는데 아무런 소리도 들리지 않았다. 고개를 들어 올리자 태욱이 가만히 현관에 서 있었다. 서영은 멀뚱히 그를 바 라봤다. 움직임이 없자 곧 현관 등이 꺼져 버렸다. 무슨 할 말이 남았 느냐고 물으려는데 태욱이 바깥쪽이 아니라 안쪽으로 한 걸음 움직였 다. 다시 불이 켜지고, 눈앞엔 그가 서 있었다.

"사귀는 사이에 하는 거."

"……."

"오늘은 없습니까?"

화라락. 여지없이 서영의 얼굴이 붉어지고 말았다. 끝까지 장난을 치고 싶은 건가. 서영은 복잡해진 머릿속에 계속해서 물음표를 던지 는 게 힘겨워 짧게 웃고는 그에게로 다가섰다.

"원하신다면요."

깊게 생각할 건 없었다. 거절하는 것도 이젠 지쳤다. 오히려 행동

은 과감해졌다. 예전처럼 쪽, 하고 그의 볼에 입을 맞췄다. 두 번째라
그런가. 그때처럼 심장이 터질 것 같지는 않았다. 할 일을 마친 서영
이 올렸던 발뒤꿈치를 내리는데 곧 허리가 단단한 팔에 붙잡히며 두
발이 공중에 떠 버렸다.

"시시한 거 말고."

태욱이 고개를 숙여 입술을 맞췄다. 천천히, 가볍게. 그게 끝인 줄
만 알았다. 그래야 맞았다. 짧게 입술만 닿고 떨어지던 순간, 그는 더
욱 가까이 그녀를 당겨 안으며 갈급하게 입술을 머금었다.

그의 혀가 일방적으로 파고들어 그녀의 입 안을 열었다. 휘젓듯 뜨
겁고 사나운 감각이 서영을 뒤흔들었다. 혀가 이리저리 얽히고 입술
이 거칠게 빨렸다. 끈적한 숨이 오가고 뱃속이 울리자 서영은 정신이
아득해졌다. 더 이상은 견딜 수가 없었다.

"하아…… 팀장님."

그를 가까스로 밀어 내고 그녀는 억눌린 신음을 터뜨렸다.

서영의 입술만이 아니라 숨조차 삼켜 버린 태욱이, 태연하게 서영
을 내려다보았다. 그는 전혀 웃지 않았다.

9.

내가 왜 이러는지

"진짜야?"

태욱과 훈재는 늦은 점심을 먹으며 남은 업무를 처리하고 있었다. 법무 팀 선에서 해결이 가능한 문제들은 훈재에게 맡겼고 태욱은 자신이 꼭 확인해야 할 것부터 체크하며 밥을 먹었다. 그러니 밥이 제대로 넘어갈 리 없었다. 씹는 둥 마는 둥 하며 밀린 서류들에 눈을 박은 채 집중하고 있는데 맞은편의 훈재가 불쑥 앞도 뒤도 없는 말을 물었다.

고개를 들어 친구를 바라본 태욱은 곧 무슨 뜻인지 눈치챘다. 그 덕에 그는 잠시 숨을 고르고 물잔을 들었다. 훈재는 태욱에게서 어떤 대답이 나올지 긴장하며 기다리는 눈치였다. 그걸 저 녀석이 왜 그렇게 궁금해하는지는 모르겠지만 말이다.

"가짜 같아 보여?"

태욱이 오히려 되물었다.

그럼 그렇지. 한 번 만에 대답할 녀석이 아니라고 생각하며 훈재는 주말 동안 와이프 지선과 함께 머리를 굴려 추리한 내용들을 꺼내 놓았다.

"너야 능구렁이 백 단인데 그럴 수 있지. 근데 윤 대리는 절대 그럴 사람이 아니니까. 그래서 우리도 좀 헷갈려. 진짠지 가짠지."

"윤서영이 거짓말 못한다고 누가 그래?"

태욱은 다시 한번 그녀의 깜찍한 행동을 떠올렸다. 어수룩한 말투와 착해 보이는 눈이 상대를 방심하게 만들어 더 뒤흔든다는 걸 아무도 모를 것이다. 상처를 치료해 주겠다고 불러 놓고는 눈조차 맞추지 못했다. 그를 바라보게 만들고 싶도록.

왜 좋은지 물어도 겉도는 말뿐이었다. 당신이 알아서 뭘 하느냐고. 안다고 달라질 게 있느냐고. 모든 걸 체념한 듯 가라앉은 눈가가 그의 죄책감을 들쑤시고, 급기야 그녀에게 벌을 주고 싶다는 생각까지 하도록 만들었다.

겁 없이, 아무렇지 않게 입술을 가져다 대는 행동에 대한 앙갚음이었다. 몰캉한 입술을 물고 도망치는 혀를 붙잡아 거칠게 빨아 대면 반성하지 않을까 하고. 그 달콤한 얽힘이 결국엔 그의 발등을 찍는 행동인 줄도 모르고. 아랫도리가 단단하게 일어서며 뱃속이 뜨겁게 달아오르는 걸 느꼈다. 명백한 욕망이었다. 서영이 막지 않았다면 어떻게 됐을까. 그도 그때는 다음을 알 수 없었다. 태욱은 어떻게 오피스텔로 되돌아갔는지 기억조차 나지 않는 그날을 떠올리며 작은 헛웃음을 터뜨렸다.

"그래. 남녀 사이 문제야 당사자만이 아는 거지만."

훈재가 잠시 뜸을 들이더니 말을 이었다.

"우리 마누라가 윤 대리 갖고 노는 거면 네 용안이 온전치 못할 거래."

"뭐?"

하하. 태욱에게서 어이없는 실소가 터졌다. 그래도 나름 왕들에게나 붙이는 '용안'이라는 말을 쓰며 그의 얼굴을 높여 이른 것에 고마움을 느껴야 하는 건지. 태욱은 자신과 서영을 날카로운 눈빛으로 살피던 지선이 불쑥 떠올랐다.

"너는, 그걸 바라는 눈빛인데?"

훈재는 들켰다는 것처럼 어깨를 으쓱였다.

"이지선이 얼마나 독종인지 너도 잘 알 거야. 우리 결혼 발표하고 본인 책상이 테러당했을 때 눈 하나 깜짝 안 하고 그 사람들 다 잡아다가 똑같이 복수한 여자야. 피 묻은 면도날도 있었는데, 그게 사실은 토마토케첩이고 어디 회사 제품인지까지 알아냈을 땐 나…… 조금 무서웠다."

"지금은 안 무섭다는 걸로 들리네."

"야."

가볍게 웃은 태욱은 자료를 정리해 일어났다. 느긋하게 점심을 먹을 여유도 토마토케첩의 브랜드까지 알아내는 사람들에게나 있는 것이었다. 오늘도 지방 출장이 두 건이었다. 부지 시찰까지 겹치면 밤이 되어서야 겨우 서울에 도착할 것이다. 지금부터 서둘러야 한다는 소리였다.

"간다. 넌 천천히 먹고 와라."

"인마, 그래서 오늘이 며칠짼데? 어? 설마, 진도부터 뽑은 건 아니지? 야!"

뒤에서 들려오는 훈재의 목소리를 무시하고 태욱은 고급 한정식집을 빠져나왔다. 차에 올라 시간을 확인한 뒤 재킷 안에 숨어 있던 핸드폰을 꺼냈다. 일에 관한 연락들을 이리저리 피하며 한 여자에게서 와 있을지도 모를 흔적을 찾았지만 깨끗했다.

"후⋯⋯."

이런 여잔데 갖고 노는 게 가당키나 하겠나. 태욱은 점심을 먹었느냐는 문자를 썼다가 그대로 지워 버렸다.

점점 시간이 지날수록 중심을 잡고 있는 사람은 오히려 서영 쪽이었다. 왜 그렇게 입을 맞췄는지 이유조차 묻지 않았다. 아무렇지 않게 출근을 하고, 그에게 고개 숙여 인사를 건네고, 부서 사람들과 농담을 주고받았다. 그리고 서지훈 차장과도 여전히 다정한 모습으로 차를 마시고 업무 이야기를 나눴다.

도리어 변한 건 태욱이었다. 집무실 밖으로 시선을 던지는 횟수가 점점 늘어났다. 열 번을 바라보면 한 번 정도 눈이 마주칠까. 아홉 번은 다른 곳을 보고 있을 때가 많았다. 그게 못마땅할 일인가. 태욱은 더 이상 사무실에 앉아 있기가 싫어 훈재에게 연락해 점심 약속을 잡았다.

그리고 곧장 외근 현장으로 가면 오늘 하루는 그녀와 마주치지 못할 것이다. 더 티를 내고 가까이 다가가야 소문이 퍼지고 손 회장의 복장이 터질 텐데. 그러려고 이 일을 꾸몄는데, 우습게도 그는 반대로 행동하고 있었다.

태욱은 그런 자신이 마음에 들지 않아 핸드폰을 던지듯 옆자리에 놓았다. 그걸 알기라도 하는 것처럼 진동이 울렸고, 그는 다시 핸드폰을 손에 쥐었다.

[지유린]

화면에 떠 있는 세 글자가 그를 더 짜증스럽게 만들었다. 핸드폰을 무음으로 돌린 그는 통화 목록으로 들어가 그녀의 번호를 차단했다. 다시는 말을 섞고 싶지 않은 여자였다. 제발 눈치라도 있으면 좋으련만.

그는 끈질긴 사람이 싫다던 서영의 말을 떠올렸다. 또다시 웃음이 나오려는 걸 막으며 내비게이션에 목적지를 찍었다. 어마어마한 주행 시간을 보고도 그는 동요 없이 차를 출발시켰다. 벚꽃이 날리던 계절이 언제였냐는 듯 열린 창으로 뜨거운 바람이 밀려들어 왔다.

● ◇ ●

잠깐 숨을 돌리자 어느새 퇴근 시간이 가까워져 있었다. 서영은 오늘 누구보다 더 열심히 일했다. 그러지 않고선 견딜 수 없는 날이었다. 그 원인이 어젯밤 태욱이 밀어붙인 키스 때문이란 걸 인정할 수밖에 없었다.

그가 유신그룹의 숨겨진 손자라는 사실보다 그것이 더 서영을 뒤흔들 줄은 몰랐다. 출근길 지하철을 기다리면서도, 회사에 도착해 엘리베이터에 올라타서도, 그녀는 자꾸만 멍하게 넋을 놓았다. 잠을 제대로 자지 못해서일까. 몸은 살짝 나른하게 붕 떠 있었고, 마음은 싱숭생숭했으며, 동료들의 말이 한 귀로 들어왔다가 머리에 입력조차 되지 못하고 반대쪽 귀로 흘러 나가 버렸다. 아무 의미도 없는 웃음만 헤프게 쏟아 냈다.

키스가 대체 뭐라고. 일상생활이 불가능하다니. 서영은 마음을 다잡고 평소보다 더 바쁘게 움직였다. 태욱이 있는 집무실 쪽으로 시선을 옮기지 않기 위한 그녀 나름의 발악이었다.

사실은, 무서웠다. 그녀의 허리를 휘감은 채 놓아주지 않던 태욱의 눈빛이 아직도 잊히지 않았다. 그를 만나고 처음 보는 얼굴이었다. 무언가를 강렬히 원하는 것처럼 허기진 눈동자. 모든 걸 집어삼켜야만 완전해질 수 있다고 설득하는 듯한 검은 눈 안엔 뜨거운 불꽃이 일었다.

그만. 여기서 멈춰야 한다. 더 가서는 안 된다. 서영의 머릿속에서 빨간불이 켜졌다. 그래야만 하는 이유들은 확실했다. 그는 장난일 게 뻔했고, 그녀는 분명 그 수렁에서 빠져나오지 못할 것이었다. 제정신을 차리자. 휘말리지 말자. 마음을 다잡았다.

다행히 점심시간 이후 태욱의 스케줄은 모두 외근이었다. 잠깐씩 핸드폰을 주시했지만 연락은 없었다. 그에겐 별일이 아닐 것이다. 가족을 속이기 위해 가짜 애인까지 만들어 뻔뻔하게 연극을 펼치는 사람인데.

서영도 일부러 그의 행동을 되짚고 싶지는 않았다. 이렇게 모른 척 지나가면 될 일이었다. 빨리 시간이 흘러갔으면. 스톱을 외칠 수 없다면, 그 이유를 설명하는 것도 두렵다면, 끝을 보고 나아가기만 하면 되는 것이다.

"오늘은 데이트 안 해?"

언제 다가왔는지 지선이 서영의 귓가에 조용히 속삭였다.

"아……. 바, 바쁘시잖아요."

서영이 일부러 더 과장되게 웃었다.

태욱의 폭탄선언 이후 지선은 어째선지 서영에게 더 이상 두 사람의 사이를 캐묻지 않았다. 분명히 그녀의 유도심문 몇 번이면 이 계약 연애가 들통날 게 뻔한데 마치 일부러 두 사람의 비밀을 알고 싶지 않은 것처럼 행동이 조심스러웠다.

"그래. 오늘 대전 갔다며? 출장 많은 사람이라 이래저래 서로 고생이다."

거기에 간 줄은 몰랐다. 태욱이 그녀에게 자신의 일상을 보고하지 않으니 남들에게 전해 듣지 않으면 그의 스케줄을 속속들이 알지 못했다. 사귀는 사이라고 했는데 그런 것조차 모른다고 할 수 없어 그녀는 또 흐린 웃음으로 대처할 수밖에 없었다.

"근데 또 너무 자주 만나는 것도 비추."

지선이 뒷말을 이으려다 주변의 눈치를 보고는 서영의 귀에만 들리게 속삭였다.

"사내 연애라는 게…… 그렇잖아. 맨날 지겹도록 얼굴 보는 사인데 데이트까지 매일 해 봐. 일찍 질려 버린다고. 그러니까 자기가 좀 튕겨. 그 얼굴로 골 부리면 어떤 표정인지 좀 보게. 크크크."

지선은 그게 얼마나 통쾌할지 벌써부터 신이 난다는 표정이었다. 서영은 그녀를 따라 웃으며 생각했다. 태욱에게 그럴 일이 있을까. 상상조차 되지 않았다.

지금도 아무런 연락이 없었다. 또 어찌 생각해 보면 그게 당연한 것일지도 몰랐다. 그와 그녀는 정식으로 사귀는 사이가 아니니까. 이성적으로 바라보는 게 맞았다. 서영은 얼른 자리를 정리하고 퇴근 준비를 했다.

"그냥 집에 갈 거면 간단하게 한잔할래?"

지선이 제안했다. 서영은 나쁘지 않을 것 같아 고개를 끄덕였다.

그때 서영의 핸드폰이 울렸고, 지선은 당연히 태욱일 것이라 예상했는지 작은 야유를 보내왔다. 어쩐지 얼굴이 붉어지고 심장이 뛰기 시작한 서영은 가방에서 핸드폰을 꺼내 화면을 확인했다.

태욱이 아니었다. 모르는 번호였다. 실망한 마음을 감추기가 힘들어 서영은 급하게 말을 만들었다.

"오픈 하우스 이벤트 담당자한테서 연락 오기로 했거든요."

그렇구나. 지선은 얼른 통화를 하라며 자리를 비켜 주었다. 서영은 자리에 앉으며 작은 숨을 내쉬었다. 정말 이벤트 회사 담당자에게 연락이 올 일이 있긴 했다. 얼른 가방을 책상 위에 올려 두고 습관적으로 메모할 수첩과 볼펜을 잡았다.

"네. 윤서영입니다."

전화가 끊어지기 전에 통화 버튼을 눌렀다.

— 윤서영…… 씨?

젊은 여자의 목소리였다. 그녀가 소개받은 담당자는 남자였기에 조금 의아했다.

"네. 제가 윤서영입니다만. 누구시죠?"

— 지유린이라고 해요.

서영은 잠시 숨이 멈췄다.

— 강태욱 팀장 약혼자.

당당한 말투엔 파혼의 흔적 따윈 없었다.

지유린과 통화를 마친 서영은 태욱에게 상황을 전할 생각으로 핸드폰을 들었지만 끝내 통화 버튼을 누르지 못했다. 대전까지 내려가 일하고 있는 사람이었다. 지유린에 대해서 말한들, 지금 그가 해 줄 수 있는 건 없었다. 어차피 그 여자를 떼어 내기 위해서 서영이 애인 역할을 맡게 된 것이니 한 번쯤은 만나는 게 맞다는 생각도 들었다.

목소리만 들었음에도 쉽지 않은 상대라는 걸 눈치챘지만 어째선지 피하고 싶진 않았다. 지선에게는 갑자기 약속이 생겼다는 말로 둘러대었다. 마치 전쟁터에 나가기 직전의 용사처럼 보이는 서영의 표정에 지선이 괜찮냐고 묻기도 했다. 괜찮지 않을 이유가 없지 않은가. 그녀는 걱정 말라며 크게 심호흡을 하고 지유린과 만나기로 한 장소로 향했다.

— 호텔 라운지 괜찮아요? 내가 거기 게 아니면 잘 못 마셔서.

기선 제압이라도 하고 싶었던 걸까. 커피 한 잔에 하루 밥값을 지불하는 곳으로 기어이 불러낸 데에는 이유가 있을 것이다. 서영의 전화번호까지 알아냈다면 그녀가 어떤 위치의 사람인지는 이미 파악하고도 남았겠지.

서영은 흔들리지 않는 눈빛으로 로비에 들어섰다. 오늘따라 편안한 청바지 차림인 게 왠지 거슬렸지만 일부러 차려입는 건 더 우습다는 생각이 들었다. 태욱이 그녀를 연극 상대로 지목한 이유가 이런 평범함 때문이란 걸 알았다. 그러니 더 꾸밈없이 자신을 보여 주는 게 태욱의 파혼녀에게 그녀가 취해야 할 행동이었다.

"어서 오세요, 고객님. 찾으시는 분이 계신가요?"

라운지 안으로 들어서자 깔끔하게 차려입은 매니저가 그녀를 반겼다. 서영은 지유린의 얼굴을 알았기에 매니저의 도움을 받을 필요가 없다고 생각하며 괜찮다는 말을 건넸다. 하지만 곧 매니저는 웃는 얼굴로 서영의 앞을 막아섰다.

"죄송합니다, 고객님. 저희 라운지는 회원제로 운영되는 곳이라서요. 찾으시는 분이 계셔야만 입장하실 수 있다는 점, 양해 부탁드립니다."

깍듯하게 고개를 숙여 미안함을 표현했지만 그건 완곡한 무시에 가까웠다. 얼굴이 뜨거워진 서영이 찾는 사람의 이름을 말하려는 순간, 뒤쪽에서 전화로 들었던 목소리가 날아왔다.

"내 일행이에요."

서영은 고개를 돌려 상대를 바라봤다. 그녀가 기사를 통해 보았던 여자가 맞았다. 아니, 사진으로 봤을 때보다 더 도도하게 빛이 난다고 느껴졌다. 여자가 머리끝부터 발끝까지 휘감고 있는 부의 아우라가 그걸 증명하고 있었다.

"죄송합니다, 대표님. 제가 실수를 했습니다."

매니저는 곧 머리가 바닥에 닿을 듯 여자에게 고개를 숙였다. 좀 전까지 그녀를 대하던 태도와는 사뭇 달랐다. 서영은 기분이 나쁘기보단 씁쓸했다. 그녀가 이 매니저의 자리에 있은들 그러지 않으리란 법은 없었으니까. 돈이 권력이 된 순간부터 세상은 언제나 갑이 원하는 대로 돌아갔다. 그걸 서영도 사회생활 하며 깨닫게 되었고, 어쩔 수 없이 순응하기도 했다.

"앞으론 조심해 줘요."

고개 숙인 매니저에게 유린은 아량을 베푸는 것처럼 한마디를 더 했다. 그러고는 서영에게 시선을 맞춘 후 창가 쪽을 가리켰다.

"우린 좀 앉을까요?"

유린은 서영보다 먼저 걸음을 옮겼다. 그녀의 빛나는 힐이 라운지 바닥을 디딜 때마다 박자를 맞추듯 또각또각, 경쾌한 소리가 울렸다. 그 발걸음은 빠르지도 느리지도 않았다.

다시 말하자면 여유였다. 서영에게 전화를 걸어 만나자는 약속을 잡고, 그녀보다 뒤늦게 나타나 이곳의 주인이라도 되는 양 매니저를 훈계하고, 본인이 원하는 자리에 다가가 앉았다. 이 모든 게 스물여섯 여자가 한 행동이었다.

서영은 그녀를 뒤따르며 잠시 웃어 버렸다. 재벌 집 막내딸이라고 했던가. 세상에 무서운 게 있을까 싶었다.

"갑자기 연락해서 놀랐나요?"

서영이 자리에 앉자 유린이 물었다.

"……아뇨. 괜찮습니다."

무례하다고 따질 성격도 아니었기에 서영은 으레 남들에게 하듯 웃어 주었다.

"그래요, 뭐. 강태욱이 고른 사람이니 뭔가 다르긴 하겠죠."

유린의 입에서 흘러나온 태욱의 이름이 낯설었다. 그녀는 자신보다 여덟 살이나 많은 남자의 이름을 당연한 것처럼 함부로 입에 올렸다.

서영은 단 한 번도 제대로 불러 본 적 없는 이름이었다. 왜 태욱이 이 여자와 결혼하지 않으려 했는지 조금은 알 것 같기도 했다. 어른 대접을 바라는 꼰대 마인드를 가진 사람은 아니었지만 예의에 어긋나는 행동은 절대 받아들이지 않는 편이었다. 서영이 그와 업무를 함께 하게 되면서 가장 먼저 깨달은 점이었다.

"하실 말씀이라는 게 뭐죠?"

서영 역시 이런 여자에게 더 이상 시간을 쓰고 싶지 않았다.

"뭘 것 같아요?"

입꼬리를 올린 유린이 다리를 반대쪽으로 꼬았다.

"뭐든…… 제가 할 말은 없습니다."

"얼마 받고 하는 거예요?"

다짜고짜 날아온 질문은 그녀의 미모와는 다르게 저급했다.

"……"

"아니면 몸인가. 그 남자가 몇 번 자 줄 테니 애인 행세 해 달라고
했어요?"

서영은 휩쓸리지 않기 위해 테이블 아래에서 두 손을 움켜잡았지
만 표정까지 숨기지는 못했다. 수치심으로 하얗게 변해 가는 그녀의
얼굴을 재미난 구경거리처럼 바라보던 유린은 명품 가방 안에서 봉투
하나를 꺼냈다.

"이거, 그쪽이 상상도 못 할 액수의 돈이에요. 나도 남자 때문에 빡
쳐서 돈 쓰는 건 처음이니까, 재미있는 경험 했다고 칠게요."

유린이 테이블 위에 봉투를 올리고 서영 쪽으로 밀었다. 그리고 속
삭였다.

"그러니까…… 이거 받고, 조용히 꺼져 줘요."

서영은 유린의 무례함에 오히려 더 이성을 찾을 수 있었다.

"상상도 못 할 돈이 얼만지는 모르겠지만……."

돈 봉투를 내려다보던 서영이 천천히 말을 이었다.

"돈 때문에 그 사람 만나고 있진 않아요. 그리고…… 우리가 몸을 섞든 말든 그쪽한테 말할 이유는 없다고 생각하는데요?"

차분하고 정확한 시선이 유린에게 꽂혔다.

하. 하하. 유린의 입에선 어이없는 웃음이 끊기듯 이어지며 터져 나왔다. 생긴 것답지 않게 담력이 강한 편인 건가. 아니면 강태욱을 등에 업어 겁을 상실하고 시건방을 떠는 것인가. 유린은 서영이 우습게만 느껴졌다.

자신에게 대적할 여자를 데려올 것이었다면 조건이 어느 정도는 맞아야 할 것 아닌가. 사람들 틈에 섞여 있으면 눈에 띄지 않을 만큼 무색무취의 타입이었다. 평범하다 못해 내세울 것이 단 한 하나도 보이지 않는 평균 이하였다. 유린은 이런 여자들의 습성을 너무나 잘 알았다. 가장 약한 지점이 무엇인지까지도.

"아버지는 초등학교 교사로 일하다 퇴직했고, 어머니는 어린이집 원장. 장녀로 태어났고, 여동생이 한 명 있었는데 어릴 때 사고로 죽었음. 그것 때문에 일찍 철이 들었는지 부모 걱정시키지 않으려고 항상 품행 바르게 살았고. 그리고 이성 교제 경험은 전혀 없다는데, 맞나요?"

유린이 방금 전 보고받은 내용을 나열하듯 읊자, 눈빛이 흔들리던 서영이 입술을 깨물었다. 너무 쉬워. 그래서 재미가 없을 정도였다.

고작 이런 여자를 옆에 끼고서 건양의 딸을 무시한 채 전화까지 차단 시킨 건가.

유린은 어느새 매니저가 가져다 놓은 에스프레소 잔을 들어 한 번에 마셨다. 쓰고 깊은 맛이 언제나 그녀의 심장을 떨리게 했다. 이런 기분을 느끼게 만든 남자가 강태욱이었다. 그녀를 거부하며 가져다 붙인 핑계가 색달라서였다.

사랑하는 사람과의 결혼. 그래서 앞으로 이 여자를 사랑하겠다는 것인가. 그러기엔 그가 가진 배경과 욕망이 너무나도 크고 높았다. 괜한 시간 낭비라는 걸 확실하게 보여 주려면 앞의 여자를 괴롭히는 수밖에 없었다.

"재벌들 결혼이라는 게 이래요. 한없이 더럽고 구려요. 근데 나나 강태욱이나 별반 다를 바가 없을걸요. 당신이 아직 모를 뿐이지. 그 남자가 어떤 인간인지."

"……."

무표정의 서영은 더 이상 입을 열지 않았다.

"내 언니 같아서 충고하는 거예요. 더 진창으로 빠지기 전에 그만두고 빠져요."

서영은 여전히 말이 없었지만 유린은 그녀가 어느 정도 알아들었다고 생각했다.

"어차피 조연이잖아요, 그쪽."

유린은 마지막 한 방을 날리고 돈 봉투를 챙겨 일어났다. 처음부터 이 여자가 돈을 받아 갈 것이란 계산은 하지 않았다. 그런 여자였다면 강태욱이 옆에 두지 않았을 것이다. 두 사람 모두 '돈'이란 것의 생리를 잘 알 수밖에 없는 환경에서 자라 왔으니 그 부분에서만큼은 통하는 게 있을지도 모른다.

유린이 또다시 자신만의 구두 소리를 내며 여유롭게 라운지를 벗어났다. 서영은 그녀가 사라진 이후에도 자리에서 일어나지 않고 창밖만 바라봤다. 서울 하늘엔 어느새 붉은 노을이 내려앉았다.

● ◇ ●

텅 빈 부지 앞엔 바다가 펼쳐져 있었다. 아직도 이런 곳이 남아 있다니. 태욱은 자신이 이런 쪽으론 운을 타고난 사람일 것이라 생각했다. 적어도 사업 문제만큼은 그랬다.

모두가 포기하고 돌아선 일도 그가 나서기만 하면 언제 그랬냐는 것처럼 행운이 찾아들고 명쾌하게 해결점이 나왔다. 건설 일을 시작하면서 가장 먼저 깨달은 게 완성되지 않은 집에선 어느 누구도 살지 못한다는 것이었다. 포기하면 결국 모든 것이 무의미했다.

사업은 과정보다 결과였고, 그 완성품을 가장 그럴싸하게 선보이는 자가 최고의 자리에 오르기 마련이었다. 태욱은 눈을 감고 자신이 서 있는 곳에 세워질 프라이빗 타운 하우스를 머릿속에 그려 보았다. 그가 일을 하면서 가장 짜릿하게 성취감을 느끼는 순간이었다.

그리고 이 시간을 꼭 방해해야만 직성이 풀리는 인간들이 존재했다. 주머니에서 울리는 핸드폰을 꺼내 들자 익숙한 이름이 찍혀 있었다. 시간을 확인하자 어느덧 퇴근 시간이 지나 있었다. 무슨 용건이든 일과는 관련이 없을 거라고 100프로 확신했다.

태욱은 훈재의 전화를 거절하고 통화 목록에서 다른 이름을 찾았다. 서영에게 전화를 걸었다. 지금 대전에서 출발한다면 잠시 얼굴 정도 볼 시간밖에 안 되겠지만, 그럼에도 그래야만 오늘 하루가 제대로 마무리될 것 같은 기분이었다.

통화음이 이어졌지만 서영은 전화를 받지 않았다. 어제의 뜨거운 키스가 모두 거짓말처럼 느껴지는 순간이기도 했다. 태욱은 핸드폰을 다시 주머니에 넣고 부지를 좀 더 돌아봤다. 잠시 후, 주머니에서 다시 진동이 울렸다. 혹시나 싶었지만 역시나 박훈재였다. 태욱은 그렇게 원하니 화풀이나 할 생각으로 통화 버튼을 눌렀다.

"왜?"

— 인마, 왜 전화를 자꾸 씹어!

"업무 용건 아니면 끊는다."

또 이 녀석은 무슨 죄인가 싶어 태욱은 맘을 한 번 접었다.

— 윤 대리가 지유린 만나러 간 거 같다는데, 너 알고 있어?

귀에서 핸드폰을 떼어 내리던 순간이었다. 태욱은 잘못 들은 줄 알았다. 둘의 이름이 한 문장에 같이 나타날 이유가 없었다. 그는 싸늘한 목소리로 되물었다.

"누가…… 누굴, 만나?"

말을 하면서도 태욱의 발은 이미 자신의 차 쪽으로 향하고 있었다. 운전석에 올라 급하게 액셀을 밟으며 욕을 뇌까렸지만 화가 가라앉지 않았다. 그는 세게 핸들을 내리쳤다.

서영과 유린이 만난다는 사실을 훈재가 알게 되고, 태욱의 귀에까지 들어가게 된 사연은 이러했다. 아무래도 사무실을 빠져나가는 서영의 표정이 심상치 않다는 걸 감지한 지선은 다시 그녀의 책상으로 다가갔고, 수첩에 적혀 있는 이름 하나를 발견했다.

지유린. 어쩐지 낯설지 않은 이름이었다. 조금만 더 생각하면 떠오를 것 같는데 그때 남편 훈재에게 전화가 걸려 왔고 지선은 자신이 괜한 걱정을 하는 것이라 여기며 사무실을 빠져나왔다.

주말에 다툰 게 마음에 쓰였는지 꽃까지 들고 서 있는 남편을 보고 지선은 언제 화가 났냐는 듯 마음이 풀렸다. 미소를 감추지 못하고 훈재에게 다가서려던 그때였다.

"생각났어!"

"뭐가?"

"지유린이 누군지."

그 이름을 듣는 순간 훈재는 표정이 굳었다. 그는 이미 알고 있는 이름이었다. 태욱과 결혼할 뻔한 여자. 유신건설과 여러 가지 사업으로 얽혀 있는 건양물산의 막내딸이었다. 그 여자의 이름이 자신의 와이프 입에서 흘러나오자 그는 의아했다.

"무슨 플라워 페스티벌인가. 거기서 대표랍시고 꽃 들고 서 있는 사진을 내가 쫙쫙 찢었지. 그 여자일 줄이야……."

그다음 퍼즐이 맞춰지는 순간, 지선의 입이 더 크게 벌어졌다.

"큰일 났어, 여보!"

지선은 훈재를 보며 호들갑을 떨었다. 지유린이 누군지 알아 버린 게 그렇게 큰일 날 일인가. 그는 도통 이해가 되지 않았다. 그러나 곧장 상황을 설명하는 아내의 말을 듣고 나자 그조차도 입이 바짝바짝 말랐다.

더군다나 태욱은 전화를 받지 않았다. 대전으로 내려가 신사업 부지를 돌아보느라 정신이 없는 것 같았다. 그래도 이 사실을 알려야만 할 것 같았다. 파혼하는 것으로 제대로 정리한 줄 알았더니 아니었던가. 그 여자와 서영이 만나서 할 얘기란 게 무엇일지는 뻔했다.

그도 여기저기서 얻어들은 게 있어 지유린이 어떤 여자인지는 대충 알고 있었다. 재벌 집 막내딸들 중에서도 소문이 나쁘기로 유명했다. 소문이 그저 소문이 아니란 걸 그는 확실히 알았다. 친한 연수원

동기 중 재벌가 자제들의 사건 사고를 처리하는 일로 골치 아파하던 녀석이 있었는데, 그때 그의 입에서 가장 자주 등장한 게 그 여자였다.

그렇게 온전치 못한 사람을 태욱의 짝으로 갖다 붙인 손 회장의 의중은 알 길이 없었지만, 녀석의 가정사를 모르지 않는 그로선 핏줄이 더 고약하다는 생각이 들었다. 결국 여자의 뻔뻔한 사생활이 들통나 태욱이 파혼했을 땐, 누구보다 그가 제일 기뻐했다. 일을 위해서, 유신을 가지기 위해서, 태욱이 지유린과 결혼식장에 들어갔다면 그는 더 이상 태욱의 친구로 옆에 있지 못했을지도 모른다는 생각이 들었다.

그런 녀석에게 구세주가 등장했다. 능구렁이 강태욱의 말을 들으면 거짓말 같으면서도 표정에서는 감출 수 없는 진심이 드러났다. 사랑이라는 게, 감정이란 것이 그랬다. 나도 모르게. 세상없을 영업 팀 싸가지 대리가 평생 그의 옆자리를 지킬 동반자가 된 순간부터 훈재는 인생에 운명이라는 게 있다는 걸 믿게 되었다.

"이 자식아…… 전화 좀 받아라!"

훈재는 입술을 깨물며 연이어 통화 버튼을 눌렀다. 표정이 좋지 않은 건 지선도 마찬가지였다. 서영이 말렸어도 그녀가 따라갔어야 할 자리였다.

훈재에게 태욱의 파혼 사유를 전해 듣던 날 그녀는 팬클럽 회원들을 모두 소집할 뻔했다. 어떻게 강태욱과 결혼 약속을 하고도 그런 짓을. 그 머리에 피도 안 마른 어린것의 머리끄덩이를 붙잡고 뒤흔들어 놓아야 직성이 풀릴 것 같았으나, 그랬다가는 상황을 더욱 악화시킬 것이란 남편의 차갑고 이성적인 저지에 말 잘 듣는 강아지처럼 깨갱하며 조용히 울분을 다스렸다.

"우리 윤 대리 눈에 눈물 나게 하면 강태욱이라도 가만 안 둬!"

지선은 두 주먹을 불끈 쥐었다. 그때 훈재의 핸드폰에서 태욱의 목소리가 흘러나왔다.

● ◇ ●

머리는 차갑게 식어 갔지만 가슴이 뜨겁게 달아올랐다. 화가 날 때 태욱은 늘 반대였다. 심장은 죽은 것처럼 가라앉았고, 머리는 그 이유를 향해 집요해졌다. 이겨야 했고, 해결해야 했고, 어느 누구에게도 약점을 보여선 안 되었다. 자신이 그것을 용납하지 못했다.

무서운 속도로 달려온 태욱은 서울의 초입에서 차를 세웠다. 차단했던 번호를 다시 해제하고 통화 버튼을 눌렀다. 마치 기다리고 있었다는 것처럼 전화는 곧장 연결되었다.

"더럽게 구는 게 취민가."

예의를 차릴 것도 없이 태욱이 일갈했다.

— 어떻게 알았어요? 내 취미, 훗.

유린이 깜찍하게도 웃었다. 역겨움에 태욱의 미간이 뒤틀렸다.

"이런다고 달라질 거 없다는 거, 그쪽이 더 잘 알지 않나?"

그의 목소리가 더없이 싸늘하고 냉정해졌다. 어떤 방식으로 서영을 괴롭혔을지 뻔했다. 그게 너무 손쉽게 읽혔다. 구역질 나는 재벌 판에서 꼭 나쁜 것만 골라 배운 것처럼 그녀는 그의 예상에서 하나도 어긋남이 없이 행동했다. 손 회장의 안목이 탁월하다고 볼 수밖에 없었다.

— 그 언니 세상 착한 척은 다 하더니 벌써 당신한테 일러바쳤구나. 나 막 혼내 주래요? 나이도 어린 미친년이 돈인지, 몸인지, 뭘 팔았든 간에 봉투 하나 받고 조용히 꺼지라고 해서 무서웠다고 그랬나. 그러니까 왜 멍청하게 이 진흙탕에 끼어들어선.

"……."

태욱은 한순간 온몸의 모든 피가 바닥으로 빠져나가는 것 같았다. 입이 열리지 않았다.

— 근데 골라도 꼭 그런 여자여야 했어요? 나 자존심 상하게. 상대가 되어야 싸우기라도 하죠. 당신 할아버지는 이 쇼에 대충 백기 들고 받아들일지 몰라도 난 아니에요. 벌써 너무 재미있어지려고 하잖아. 나를 개무시하고 전화까지 차단하던 남자가 알아서 먼저 목소리도 들려주는데 어떻게 가만히 있어요? 나랑 결혼 안 하려고 밑에서 일하

는 여자들 중에 대충 한 명 골랐는데 벌써 빠졌어요? 당신, 그렇게 쉬운…….

태욱은 더 듣지 않고 통화를 종료했다. 속이 울렁거려 참을 수가 없었다. 허허허. 웃음밖에 나오지 않았다. 돈 좀 가진 인간들은 모두 이 모양인가. 자신이 뭐 그렇게 대단한 사람이라고. 손 회장의 핏줄들과 하나도 다를 바가 없었다. 더할 수 없는 더러운 짓을 서슴없이 벌이면서도 세상에서 가장 고고한 존재처럼 당당하게 고개를 쳐들었다.

어디서부터 박살을 내 줘야 할까. 태욱은 그 타이밍만 노리며 살아왔다. 정말 잘못 걸려든 것은 지유린이었다. 그를 이 정도로 적의에 가득 차도록 만드는 인물은 흔하지 않았다. 태욱은 다시 차를 출발시키며 표정을 지웠다. 고요하게 가라앉은 눈동자 속에 깊은 우물이 패었다.

마지막 담배를 입에 물었을 때였다. 언덕을 천천히 걸어 올라오는 한 여자가 보였다. 태욱은 그제야 차체에 기댔던 몸을 일으켜 세웠으나 그가 기다린 사람은 아니었다. 서영의 전화는 전원이 꺼져 버린 상태였고, 그가 그녀를 만날 수 있는 방법은 집 앞에서 마주치는 것뿐이었다.

올려다본 원룸 건물의 5층에선 불빛 하나 새어 나오지 않았다. 혹시 지난번처럼 불을 꺼 놓은 채 잠든 것은 아닐까 싶어 여러 차례 문을 두드려 보았지만 아무런 기척이 없었다. 그가 시끄럽게 서영의 이름을 부르자 아래층 사람이 참지 못하고 올라와 경고를 날렸다.

그길로 계단을 내려와 차에 몸을 기댄 채 담배만 피워 댔다. 혹시 몰라 훈재에게 전화해 서영이 갈 만한 곳을 지선에게 물어봐 달라 했지만, 그녀도 이미 추측되는 곳엔 모두 전화를 돌렸다는 답이 돌아왔다. 감쪽같이 사라진 여자는 도대체 어디서 방황하고 있는 걸까.

태욱은 다시 담배를 찾다가 빈 갑만 남았다는 것을 깨닫고 그것을 일그러뜨렸다. 유린이 쏟아 낸 말들이 귓가에 되풀이되어 머릿속을 어지럽혔다. 그가 아니었다면 절대 당하지 않았을 모욕이었다. 그를 짝사랑한다는 이유 하나만으로 억지스럽게 밀어붙인 계약 만남이었다.

자신에게로 던져진 돈 봉투를 보며 그녀는 무슨 생각을 했을까. 태욱은 마른세수를 하며 낮은 한숨을 뱉었다. 누구를 탓할 필요조차 없었다. 모두 그가 벌인 쇼로 인해 돌려받은 대가였다. 차라리 서영이 그에게 전화를 걸어 따지기라도 했다면 조금이나마 죄책감을 덜 수 있었을까. 아무 말도 없이 사라진 여자가 그를 더 큰 고통 속으로 몰아넣었다.

더 이상은 가만히 기다리기만 할 수 없어 태욱은 차에 올라탔다. 그사이 지유린이 더한 짓을 벌였을 수도 있었다. 모든 방법을 동원해서라도 그녀가 있는 곳을 알아내야겠다고 생각한 순간, 천천히 언덕을 걸어 올라오는 여자가 눈에 들어왔다.

태욱에게서 안도의 탄식이 터져 나왔다. 그의 눈앞에 서영이 나타난 것만으로도 그저 감사한 마음이었다. 급하게 차 문을 열고 내린 태욱은 그 자리에 굳어 버린 채 서 있어야만 했다.

서영의 손에는 장바구니가 들려 있었다. 태욱은 허무한 동시에 어이없는 웃음이 샜다. 이 와중에 장을 본 건가. 어제와 하나도 다를 바가 없는 그녀의 얼굴을 마주하자 그는 혼란스러웠다.

"윤서영."

좀 더 다가선 태욱의 부름에 그제야 서영이 고개를 들었다.

"어? 팀장님……."

태욱이 여기에 있을 거라곤 예상하지 못한 표정이었다. 그제야 가방 안의 핸드폰이 꺼져 있었다는 사실을 확인한 그녀가 흐릿하게 웃었다. 태욱은 신기했다. 어떻게 웃을 수 있는지. 왜 그 모든 걸 웃음으로 넘기려 하는지.

"죄송해요. 핸드폰 꺼진 줄 몰랐어요."

그녀는 미안하다는 표정이었다. 태욱은 대답 없이 그 자리에 서 있었다. 그의 눈빛에서 상황을 이해한 서영이 태욱의 앞으로 다가와 뒤늦은 보고를 했다.

"지유린 씨……, 만났어요."

그녀는 작게 한숨을 쉬고는 민망하다며 웃었다.

"이기고 싶었는데…… 아무래도 진 것 같아요."

마치 경쟁 PT에서 미끄러져 아쉬워하는 듯한 모습이었다. 태욱은 그녀를 따라 웃을 수가 없었다. 그는 웃는 서영을 더 이상 보지 못하고 와락 끌어안았다. 영문을 몰라 서영이 그의 품 안에서 푸덕거렸다.

"묻지 말아요."

"……팀장님."

"내가 왜 이러는지."

"……."

"나도 모르겠으니까."

그녀를 안고 나서야 태욱은 편안해질 수 있었다. 잠시나마 죄책감에서 벗어났다. 이것 또한 그의 이기심이겠지. 서영이 그에게서 벗어나려 움직이는 순간에도 그는 그녀의 따뜻한 품을 놓지 못했다.

당연하게, 그리고 뻔뻔하게도 태욱은 서영에게 차 한 잔을 요구했다. 그는 이대로 돌아가고 싶지 않았다. 아니, 그녀와 조금이라도 더 함께 있고 싶었다. 제정신이 아닌 상태로 대전에서 달려와 이제껏 마음을 바짝바짝 태우며 서영을 기다렸다.

그 시간들 동안 수많은 감정들이 그의 가슴속을 스쳐 지나갔다. 가장 확실한 건 그녀와 함께 있고 싶다는 것이었다. 다른 감정들은 이해도 계산도 되지 않았지만 이 마음만은 틀림없이 알 수 있었다.

"저녁을 못 먹었거든요. 그래서 간단하게 해 먹을 수 있는 재료들 좀 샀어요."

서영은 태욱보다 앞서 5층에 도착한 후 익숙하게 현관문을 열었다. 신발을 벗고 곧장 부엌으로 들어가려다 뒤늦게 생각난 듯 거실 불부터 켰다.

환해진 집 안으로 태욱이 들어서는 걸 본 후에야 그녀는 부엌으로 향했다. 음식 재료가 담긴 장바구니를 식탁 위에 올려 두며 태욱에게 끓여 줄 차의 물을 올렸다. 그러곤 장바구니 안에 들어 있는 재료들을 꺼내며 먼저 입을 열었다.

"아, 팀장님은 저녁 드셨어요?"

지금 상황에서 밥까지 내놓으라는 건 염치없는 짓이란 걸 알았지만, 태욱은 배가 고팠다. 음식 재료들을 보자 눈치 빠른 배 속이 꼬르륵 소리를 내 버렸다. 그걸 또 서영이 듣고 말았으니 그는 핑계를 댈 수 없었다.

"저랑 같이 먹어요. 일부러 좀 많이 샀거든요."

그녀가 꺼낸 재료들에 시선을 주며 태욱도 식탁에 앉았다.

"이게…… 간단히 먹는 거군요?"

삼겹살이 두둑하게 담긴 봉투를 본 그가 또 웃음을 터뜨렸다. 서영은 그가 웃자 부끄러움에 얼굴이 붉어져 버렸다. 솔직하게 말하면 그녀는 남들보다 잘 먹는 편이었다. 그에 비해서 살이 찌지 않는 체질이라 다행이었지만 지선도 그녀와 밥을 먹다가 한 번씩 놀라곤 했다. 그 모습을 태욱에게만큼은 들키고 싶지 않았는데 영원히 감출 수 있는 비밀은 없는 것 같았다. 서영은 포기하듯 태욱을 따라 웃어 버렸다.

"스트레스 쌓였을 땐 잘 먹는 게 최고란 말이에요. 이 삼겹살 노릇하게 구워서 비빔면이랑 같이 먹으면…… 오늘 있었던 일 다 잊고 꿀잠 자게 될걸요?"

이렇게 말을 예쁘게, 귀엽게 하는 여자였나. 태욱은 또 한 번 서영에게 반한 것처럼 그저 멍하니 그녀를 지켜보고 있었다. 말하고 나니 더 배가 고프다며 서영은 어디서 신문지를 가져와 소파 밑에 깔았다. 그러곤 그 위에 버너를 가져다 놓은 뒤 태욱을 바라봤다.

"굽는 건 팀장님께 부탁드려도 되죠? 닭발집에서 보니까 저보다 더 잘하시던데."

저녁을 얻어먹으려면 밥값을 하라는 듯 그녀가 의미심장한 표정으로 웃었다. 태욱은 졸지에 삼겹살을 굽게 되었지만 오늘만은 서영이 하자는 대로 따라 주고 싶었다.

알겠다고 답한 그는 답답했던 재킷부터 벗었다. 와이셔츠 단추를 풀어 소매를 접어 올리고는 버너 앞에 자리를 잡고 앉았다. 그에게 삼겹살 봉투와 집게, 접시를 가져다준 서영은 잠깐 태욱을 살피더니 흔들리는 그의 넥타이를 불안한 듯 바라봤다.

"혹시 버너 쪽에 닿을지도 모르잖아요. 이 집, 불나면 큰일 나요."

그녀는 넥타이를 돌돌 말아 그의 와이셔츠 주머니에 꼼꼼하게 넣어 주었다. 단순한 행동일 뿐이었으나 태욱은 순간 심장이 두근거리고 말았다. 눈앞까지 다가온 서영의 얼굴과 그녀의 몸에서 나는 은은한 향이 잠재웠던 무언가를 또다시 일깨우는 것 같기도 했다.

일방적으로 키스까지 퍼부어 놓고선 넥타이 하나에 이리도 흔들리다니. 태욱은 그런 스스로가 낯설 정도였다. 그래서 서영을 자꾸만 괴롭히고 싶은 것일지도 몰랐다.

태욱이 일어서려는 그녀를 붙잡아 다시 앉혔다.

"넥타이 타면 나도 타 버리는데. 이 집이 나보다 더 중요한가?"

서운함이 가득한 그의 되물음에 서영은 또 미안한 웃음이 터지고 말았다. 그의 말이 맞았다. 넥타이가 타면 태욱도 다칠 텐데. 그걸 가장 원하지 않는 사람은 누구보다 그녀 자신이었다.

"일단 삼겹살부터 안 타게 해 주세요."

당신이 다치는 건 상상조차 하지 않았다고 말하려 했지만, 결국은 부끄러운 마음 때문에 가벼운 농담으로 변질되어 튀어나와 버렸다.

서영의 작은 경고에 태욱은 본전조차 찾지 못한 기분이었다. 그녀가 도망치듯 부엌으로 들어가는 걸 지켜보는데 이상하게 가슴은 뜨끈하게 달아올랐다. 일곱 살 이전의 기억이 떠오르는 것 같기도 했다. 그때를 추억한다는 것 자체가 그의 갈망에서 비롯된 망상일지도 모르나, 그는 이 장면이 분명 존재했다고 믿었다.

어머니가 부엌에서 분주하게 움직였고, 아버지는 그의 옆에서 맛있는 고기를 호호 불어 가며 입에 넣어 주었던 완전한 순간들. 다시는 돌아가지 못할 순간이란 걸 알고 나서는 생각하는 것조차 버거워 지워 버린 아프고 행복했던 단상. 그게 지금 떠오를 줄은 몰랐다.

"비빔면 두 개 하면 적으려나. 팀장님 많이 드실 거예요?"

찬장에서 라면을 꺼내던 서영이 뒤돌아서 태욱에게 물었다.

"응. 아주 많이."

그가 대답하자 서영도 원하던 바였다며 라면 세 개를 꺼내 흔들어 보였다. 팀장님 그거 아세요? 비빔면의 비밀이요. 이게, 그냥 라면은 하나만 먹어도 배부르거든요. 근데 비빔면은 꼭 모자라요. 그래서 제가 함량까지 체크해 봤는데 똑같더라니까요. 라면은 국물이 있어서 그런가. 정말 미스터리하지 않아요? 서영은 별것 아닌 것에 심각해졌고, 또 쉬지 않고 재잘거렸다.

그와 처음 마주 앉았을 땐 지퍼를 채운 것처럼 입을 다물고 있더니. 그만큼 태욱이 편해진 것일 테다. 그녀는 어느새 뚝딱 맛있게 비빈 비빔면을 맛보여 준다고 그의 앞으로 쪼르르 다가왔다. 태욱은 놀려 주겠다 생각하며 집게 든 손을 흔들었다. 넣어 달라 입을 벌리자 그녀는 스스럼없이 면을 한 움큼 집어 넣어 그의 볼을 터지도록 만들어 버렸다. 복수입니다. 작게 속삭이는 목소리에 가슴이 간지러울 수밖에. 씹어 삼킨 비빔면은 또 너무너무 맛있어 눈물이 핑, 돌 뻔했다.

훈재 녀석이 알면 일주일 내내 허리를 꺾으며 웃을 일이었다. 비빔면을 먹다가 울다니. 천하의 강태욱이 여자 때문에 눈물을 보이다니. 언제부터 눈물이 말랐는지 기억나지 않았다. 그저 눈물이란 게 그의 인생에 도움이 되지 않는다는 것을 알게 된 순간부터 감정이란 것에도 동요하지 않게 되었다.

"어? 팀장님, 눈에……."

서영이 태욱을 바라봤다.

"고추 넣었습니까?"

그는 뻔뻔하게 모른 척했다.

"진짜 조금인데. 매운 거 못 드시는구나. 어, 아닌데. 닭발 엄청 잘 드신 것 같은데. 팀장님…… 으앗, 잠, 우읍."

태욱이 서영의 입 속에 구운 삼겹살을 집어 넣어 버렸다.

"맛이 기가 막히지?"

"드거어요."

서영이 그를 노려보자 태욱은 또 웃음이 터졌다. 뜨거움에 서영의 눈가에도 눈물이 맺혔다.

"울 정도로 그렇게 맛있나?"

그가 서영의 눈가를 자신의 손으로 훔쳐 주었다. 그리고 손을 내려 그녀의 뺨을 다정하게 어루만졌다. 이게 무슨 고기 굽다가 벌어질 분위기인가. 서영이 얼굴을 빼내려 하자 그는 두 손에 힘을 주어 자신

쪽으로 당겼다. 그가 뭘 할지 눈치채기라도 한 것처럼 그녀가 두 손으로 급하게 자신의 입을 막았다.

"고기 냄새 난단 말이에요."

"난 비빔면 먹었거든."

푸핫. 둘은 동시에 웃음을 터뜨렸다.

배가 터져 버릴 것 같다는 기분을 느낀 건 처음이었다. 그녀와 함께 비빔면 세 개에 한 근이 넘는 삼겹살까지 해치운 태욱은 재빨리 뒷정리를 마쳤다. 서영이 준 새 칫솔로 그녀와 나란히 욕실에 서서 양치까지 마친 후 퍼지듯 소파에 기대앉았다.

그도 식사량이 적은 편은 아니었는데 서영도 다른 여자들보다는 많이 먹는 게 확실했다. 처음 식사 자리에선 밥을 반 공기도 못 비우던 게 생각나자 태욱은 또 작은 웃음이 새어 나왔다.

서영은 베란다 문을 활짝 열고 고기 냄새를 없앨 캔들을 켜고 있었다. 그녀의 작은 뒷모습을 지켜보고 있던 태욱은 또 졸음이 몰려왔다. 분명 이 집 안에 사람의 기운을 빼내는 무언가가 존재하는 것이 확실했다. 아니면 이토록 쉽게 잠이 몰려올 수 있단 말인가.

어릴 적부터 잠을 잘 자지 못하는 태욱 때문에 어머니 정애가 안 다녀 본 병원이 없었다. 하지만 양방과 한방 모두 효과가 없기는 마찬가지였다. 결국엔 이렇게 살 운명인가 보다 생각하며 체념했다. 죽으

면 평생 잘 잠인데. 잠이 없으면 더 많은 시간을 쓸 수 있으니 좋은 게
아니겠냐며 태욱은 어머니를 다독였다.

"팀장님……?"

목소리만 들리는 걸 보니 또 눈을 감아 버린 것 같았다.

"여기서 주무시면 안 되는데……."

휘휘, 눈앞에서 작은 손이 왔다 갔다 하는 게 느껴졌다. 태욱은 눈
을 감은 채로 그 손을 잡아채 버렸다. 서영은 무방비 상태에서 그의
옆에 바짝 붙어 앉게 됐다.

"팀장님."

서영은 태욱이 깼다고 생각해 얼굴을 바라봤지만, 그의 눈은 여전
히 감긴 채였다. 눈도 못 뜰 정도로 피곤한가. 서영의 가슴은 또 사르
르, 먹먹해지고 말았다. 잠 안 자기로 유명한 독종 팀장이 그녀의 집
에만 오면 잠이 들었다. 이 순간만이라도 그를 쉬게 해 주고픈 마음이
드는 건 당연했다. 하지만 이렇게 손이 꽉 붙잡힌 채론 그녀는 아무것
도 할 수가 없었다. 태욱을 그저 바라보는 것 말고는.

"조금만……."

"……."

"조금만, 이렇게 있어 줘요……."

잠에 취한 그의 목소리가 낮게 흘러나왔다. 그럼 손은 좀 놔 주세
요. 그 말이 입 끝까지 차올랐지만 서영은 포기해 버렸다. 오늘 속상

했던 마음을 이렇게 보상받는 것이다. 그녀는 아예 태욱의 얼굴이 잘 보이게 돌아앉았다. 그는 한동안 감은 눈을 뜨지 않을 테니 들킬 걱정도 없었다. 서영은 잠자코 태욱의 이목구비를 차근차근 감상했다.

그녀에게 있어서 그의 얼굴은 신이 존재한다고 믿게 될 만큼 완벽했다. 분위기 있게 자리 잡은 눈매와 깎아 놓은 듯 쭉 뻗은 코, 도톰하고 날렵하게 올라선 입술. 늘 길게 다물어진 채 사람들을 긴장하게 만드는 입가가 한 번씩 올라갈 때면 가슴이 설레는 게 당연했다.

태욱이 잘 웃는 남자라는 걸 어느 누가 알까. 서영은 자신이 그 사실을 안다는 것만으로도 행복하고, 만족했다. 유린을 만난 후, 복잡하던 생각이 오히려 간단하고 명확해졌다. 그가 유신의 손자라는 것을 의식하는 것도 우스웠다. 어차피 그녀와 그의 관계는 연극이었다. 그녀는 자신이 얻을 것만 생각하면 됐다. 지금 이 모든 게 환상이라면 그녀는 아주 달콤한 꿈을 꾸고 싶었다. 서영은 슬그머니 태욱의 쪽으로 얼굴을 가져갔다.

쪽.

서영의 입술이 짧게 태욱의 입술에 닿았다. 그걸 기다린 것처럼 그의 입가가 슬그머니 올라섰다. 태욱이 서영의 손을 잡은 채로 그녀의 허리를 감싸 안았다. 그리고 깊이 맞물린 입술은 금세 진한 키스가 되고, 그녀의 몸은 태욱의 상체 위에 안긴 꼴이 되었다. 심장이 뛰었고, 몸이 뜨거워졌다. 태욱은 어느새 눈을 떠 그녀를 바라보고 있었다.

흔들리지 않는 눈동자가 점점 더 위험하게 짙어졌다. 서영이 놀라 몸을 빼려 했지만 곧 다시 입술이 맞물렸다. 물러나지 못하도록 뒤통수를 붙잡은 채 몰아붙이는 키스는 처음처럼 정신을 아찔하게 만들었다. 묵직한 혀가 입 안을 휘저었고, 그의 두 손은 그녀를 단단하게 껴안은 채 놓아주지 않았다.

벌어진 입술 사이로 가까스로 호흡을 뱉어 냈지만 태욱은 그것마저 허락하지 않겠다는 것처럼 더 깊게 파고들었다. 키스가 이토록 야한 행위였나. 서영은 뒤늦게 그걸 깨달은 사람처럼 온몸을 들썩여야 했다. 멋대로 입을 맞춘 대가라는 듯 태욱의 태도는 이전과 확연히 달랐다.

맞닿은 입술에 정신이 팔린 사이, 그의 손이 서영의 블라우스 안으로 불쑥 들어섰다. 뜨겁고 낯선 감각에 서영은 전율하며 몸서리쳐야만 했다. 온몸에 전기가 흘렀다. 이러다 정말 무슨 큰일이 일어나지는 않을까. 이제껏 한 번도 경험해 보지 못한 접촉과 뜨겁고 진득한 손길에 그녀는 잔뜩 겁을 먹었다.

그러나 그녀의 반응에도 태욱의 행동은 거침이 없었다. 아랫배를 훑어 올라간 그는 목표점을 찾듯 서영의 가슴 쪽으로 손을 뻗었다. 서영은 비명을 내지를 것만 같았다. 그의 손이 브래지어 안으로 파고드는 순간 다급하게 그를 밀칠 수밖에 없었다.

"하아……."

"......"

잠시 휴전이라도 한 것처럼 두 사람의 입술이 떼어졌다. 그럼에도 태욱은 여전히 그녀를 결박하듯 한 손으로 끌어안은 채 앉아 있었다. 하나에 꽂힌 듯 오롯이 그녀에게만 시선을 두었다.

서영은 욕망을 숨기지 않는 젖은 눈동자에 한참을 붙잡혀 있어야 했다. 이것 역시 능숙한 술수일까. 그녀의 눈과 코, 입술을 지나 목을 타고 내려온 그의 손길이 어느새 블라우스 단추를 풀고 있었다. 서영은 어쩔 줄 몰라 하며 그 블라우스의 끝자락을 꼭 붙잡았다.

"윤서영."

그가 그녀의 이름을 불렀다. 서영은 대답하지 못했다.

"대답해야지."

"......응."

모든 걸 생략한 그의 반말에 그녀도 작은 반항심이 일었다. 또 웃음이 터진 태욱은 그에 반응하듯 서영의 블라우스를 단번에 거칠게 벗겨 냈다. 금세 웃음기를 지운 그의 검은 눈동자가 그녀를 집어삼키려 했다. 서영은 그의 손을 붙잡았다.

"팀장님."

태욱은 못마땅한 눈빛이었다.

"왜? 겁나요?"

서영이 작게 고개를 끄덕였다.

"먼저 입을 가져다 댔을 땐 어떤 각오든 한 거 아닌가?"

그가 또다시 물음을 던졌다.

"자는 줄…… 알았단 말이에요."

참 그녀다운 변명이었다.

"나 가져 보고 싶다고 당당하게 말하던 여자는 어디 갔어?"

"그건……."

서영은 뒤늦게 어느 날 그가 한 말을 떠올렸다.

"팀장님도 저 겪어 보셨으니 아실 거 아니에요. 그리고 전에 제가
원하는 거 뭐든 들어주겠다고 하셨죠? 딱 세 가지만 말할게요."

서영의 표정이 진지했다. 태욱은 잠자코 지켜보았다.

"우리…… 잠자리까진, 하지 말아요."

허. 태욱에게선 어이없는 웃음이 터졌다.

"그러면…… 안 될 것 같아요."

확고한 의지. 왜 그런 마음이 생겼는지는 모르겠지만 태욱은 물러
날 수밖에 없었다.

"복수야?"

누구를 탓할까. 태욱은 서영에게 잡히지 않은 손으로 얼굴을 쓸어
내렸다. 그가 파 놓은 함정에 그가 빠져 버렸다. 여기서 더 나가면 자
신이 진짜 염치없는 개새끼라는 걸 증명하는 꼴이었다. 태욱은 큰 한
숨을 몰아쉰 뒤 표정을 바꿨다.

애써 벗겨 놓은 그녀의 블라우스를 다시 입혀 주었다. 그러고는 서영을 사뿐히 안아 소파 위에 앉혔다. 서영은 그가 해 주는 대로 가만히 있었다.

"이 집, 진짜 위험한 곳이란 거 알아요?"

태욱은 재킷을 집어 들었다. 방금 전까지 욕망으로 들끓던 남자는 존재하지 않았던 것처럼 그는 단정하고 차가운 강태욱으로 되돌아와 있었다.

서영은 태욱을 가지고 싶었지만 그 마음이 강해질수록 겁이 났다. 그 이후가 상상되지 않았다. 키스가 잠자리로 이어지고, 그녀의 몸에 그가 새겨져 버리면 다시는 그 누구도 사랑하지 못할 것만 같았다. 어쩌면 비겁한 사람은 태욱이 아닌 그녀일지도 몰랐다.

"⋯⋯죄송해요."

서영이 사과하자 태욱은 그녀의 앞에 무릎을 꿇고 앉았다. 그는 그녀를 올려다보고 그녀는 그를 내려다보는 꼴이 되었다.

"뭐가?"

"아⋯⋯ 그냥. 이것저것이요."

서영은 아직도 태욱과 눈을 똑바로 맞추는 게 어려웠다. 그게 못마땅하다는 것처럼 태욱이 그녀의 뺨을 감싸 얼굴을 고정시키고 그를 바라보게 만들었다.

"하여튼, 밀당이 뭔지도 모르면서."

그가 부풀어 오른 서영의 입술을 매만지며 말을 이었다.

"밀당을 아주 잘하는 것 같단 말이지."

"누가요?"

서영이 모른 척하자 태욱이 눈을 가늘게 접으며 웃었다. 서영도 자신이 얌체 같아서 웃어 버렸다. 그 순간 쪽, 하고 그의 입술이 그녀의 입술에 와 닿았다 떨어졌다.

"시키는 대로 할게. 원하는 건, 언제든지 바뀔 수 있는 거니까."

태욱이 다정히 눈을 맞추며 말했다.

"난 항상 대기 중입니다."

말을 마친 그가 몸을 일으켰다. 서영도 그를 배웅하기 위해 일어섰다. 이제라도 가지 말라고 말할까. 소원을 하나 더 써 버릴까. 그러고 나면 이 아쉬움이 가실까. 쏟아 낼 수 없는 생각들이 머릿속을 복잡하게 만들었다.

"오늘 고생했어요. 쉬어요."

그가 짧게 끝인사를 하고 돌아섰다. 현관문을 열고 밖으로 나선 그는 뒤돌아보지 않았다. 문이 닫히고 한순간에 집 안이 조용해졌다.

서영은 그 자리에 우뚝 서서 갑자기 사라진 태욱의 빈자리를 느껴야만 했다. 고작 몇 시간이었는데. 웃으며 밥을 먹고 키스를 나눴을 뿐인데. 가슴속에서 찌르르 통증이 일었다. 눈물을 흘리지 않은 게 그나마 다행이었다.

늦은 샤워를 하고 잠옷으로 갈아입은 후 침대에 누울 때까지 그녀는 절대 베란다 쪽을 바라보지 않았다. 지금쯤이면 갔겠지. 아니, 갔어도 벌써 갔을 것이다. 계단을 내려가는 그의 발소리가 점점 멀어지자, 곧장 베란다로 달려가 태욱의 모습을 한 번 더 보고 싶었지만 서영은 참아 냈다. 오늘은 더 이상 감당할 자신이 없어서였다. 하루가 이리도 길 수 있을까. 지유린을 만난 게 아주 오래된 일인 것처럼 힘들었던 기억 따윈 모두 잊어버리고 태욱과 함께한 시간만 가슴에 남아 있었다.

서영은 침대 위에서 뒤척이다 몸을 일으켰다. 불 꺼진 거실을 가로질러 베란다로 향했다. 문을 열자마자 초여름의 공기가 방 안으로 밀려들어 왔다.

서영은 이미 여름을 맞이한 벚꽃나무를 바라봤다. 꽃잎을 날려 대며 화려한 잔치를 벌였던 날들을 잊은 것만 같았다. 그래. 이렇게 모두 맞는 때가 있고, 철이 있는 법이지. 서영이 조용히 마음을 다독이고 돌아서려 하는 순간이었다. 베란다 난간에 붙어 있는 무언가가 시선에 걸렸다. 가까이 다가가 자세히 들여다보자 작은 메모지가 붙어 있었다.

벚꽃 보는 만큼 나도 좀 봐 주길.

쿵. 심장이 아래로 떨어질 듯 쿵쾅댔다. 분명히 그녀가 아는 글씨체였다. 언제 이걸 붙여 놓은 거지. 얼른 종이를 떼어 낸 서영은 핸드폰을 찾았다. 태욱에게 전화를 걸자 곧장 그의 목소리가 들렸다.

—응. 나예요.

그가 다정하게 전화를 받았다.

"……이거, 언제 붙여 두신 거예요?"

서영이 무엇을 묻는지 단번에 알아차린 듯 그가 작게 웃었다.

—집주인이 겁도 없이 자고 있을 때? 거기가 윤서영이 가장 좋아하는 장소 같아서 내 흔적을 남기고 싶기도 했고. 어때요? 점수 좀 땄습니까?

이렇게 심장을 자주 간질거리게 만드는 남자인 줄은 몰랐다. 서영은 자신에게 이러는 태욱의 마음이 궁금해져 버렸다. 그와는 상관없이 그녀만의 추억을 쌓을 생각이었지만 이젠 그게 가능하지 않다는 걸 누구보다 잘 알게 되었다.

"저한테…… 왜 이렇게, 잘해 주세요?"

그녀의 진지한 질문에 태욱이 웃음을 터뜨렸다.

—몰라. 언제 베란다로 나오나, 지금까지 기다리고 있는 놈한테 뭘 물어?

"네?"

서영은 놀라서 얼른 베란다 밖을 내려다봤다. 정말이었다. 태욱이 아직도 거기에 서 있었다. 현관을 나서고 벌써 한 시간도 더 지났는데. 서영은 끝내 눈물이 핑, 돌고 말았다.

— 담배 한 대만 피우고 가야지, 그랬는데…… 발이 안 떨어지네. 아쉬워서 그런가.

"……."

서영은 아무 말도 할 수가 없었다.

— 내가 이러는 거…… 우습고 뻔뻔해 보인다는 거 알아요. 내가 생각해도 얄미운걸, 뭐. 훈재나 이 대리가 알면 날 죽이려고 들겠지. 사람 마음 가지고 이용해 먹으면서 하고 싶은 건 다 하는 놈이라고.

"……."

— 왜 이런 놈한테 걸렸어? 왜 그렇게 착해서는…….

태욱도 더 이상 말을 잇지 않았다. 서영은 그저 핸드폰을 들고 있을 뿐이었다. 아래에 서 있는 그가 보였고, 귓가에 그의 숨소리가 들렸다. 우리는 지금 뭘 하고 있는지, 뭘 해야 하는지, 순서조차 헷갈려 서로를 애태우는 일밖에 할 수 없는가.

— 이제, 진짜 갑니다. 쉬어요.

아슬아슬하게 당겨진 줄을 먼저 놓은 건 태욱이었다.

"팀장님."

그걸 다시 붙잡게 만든 건 서영이었다.

"팀장님, 제가 좋으세요?"

쿵쿵쿵. 심장이 또다시 터질 것 같았지만 서영은 물어야 했다. 이 모든 걸 설명하는 명제가 존재해야만 살 수 있을 것 같았다. 헷갈리기 싫었다.

— 솔직히 말하면…… 좋아하는 게 어떤 건지 몰라요, 난.

기대감으로 부풀어 올랐던 서영의 마음이 어쩔 수 없이 가라앉아
버렸다.

— 그냥 자꾸 어떤 여자가 생각나. 그 여자랑 있으면 자주 웃어요.
원룸 5층에 살아서 만나려면 다리 힘이 필요한데 삼겹살에 비빔면만
먹게 해 주면 다 용서될 것 같기도 하고.

서영은 그저 웃을 수밖에 없었다.

— 지금 그 여자가 날 내려다봐요.

“…….”

— 계속 나만 봤으면 좋겠어.

“…….”

— 그게 좋아하는 거면…….

“…….”

— 내가 그 여자를 좋아합니다.

10.

행복이라는 감정

 아침 염불을 끝마칠 즈음이었다. 정애는 빠르게 계단을 올라오는 발걸음 소리를 듣고 입가에 엷은 미소를 올렸다. 걸음 속도만으로도 누구인지 단번에 알아챌 수 있었다. 이 집 안에서 저렇게 걷는 사람은 한 명뿐이었다. 그녀는 염주를 움켜쥐고선 다시 한번 기도하는 자세를 취했다.

 곧 벌컥 문이 열리고 방 안의 분위기를 파악한 은림이 걸음을 멈춰 세웠다. 정애가 여전히 기도에 빠져 있자 그녀는 방해하지 않으려는 듯 조심스러운 동작으로 창가 쪽 협탁에 걸터앉았다.

 "아가씨."

 정애가 몸을 돌리고 은림에게 눈인사를 했다.

"어? 언니 알고 있었어요?"

어떻게 모를 수 있냐는 표정을 짓던 정애는 은림이 앉아 있는 협탁 쪽으로 시선을 보냈다. 곧 미안해하는 얼굴이 된 은림이 얼른 협탁 앞 의자로 몸을 옮겼다. 평소 못 배운 사람처럼 아무 데나 턱턱 걸터앉는 습관을 아버지인 필성이 아주 싫어한다는 걸 알고 있었지만 쉽게 고쳐지지 않았다.

그런 그녀의 날것 같고 어수선한 태도를 다소곳하며 예의 바르게 바로잡아 줄 임무를 맡은 게 정애였다. 태어난 순간부터 지금까지 어머니란 말을 해 본 적 없는 은림에겐 정애가 유일한 마음의 안식처였다. 작은오빠의 부인이 이곳에 들어와 살기 시작하면서 그녀는 조금 사람다워졌다.

하지만 태생은 속일 수 없었다. 은림 스스로 내린 결론이었다. 아버지의 서재에서 어머니가 어떤 사람인지 엿듣게 된 날, 그녀는 두렵고 무서웠다. 차라리 죽고 싶었다. 밥도 잠도 거부했다. 하지만 박 비서는 간단하게 그녀의 팔에 링거를 꽂았고 그녀는 죽는 것조차 쉽지 않다는 걸 아주 어린 나이에 깨달아 버렸다.

'작정하고 달려든 계집년.'

아버지의 말은 돌림노래가 되어 그녀의 귓가에 환청처럼 울렸다. 은림의 어머니는 아버지의 내연녀였고, 필성을 속여 은림을 품었으며, 아무도 알지 못하는 시골 산촌에서 늙은 산파의 도움을 받아 그녀

274

를 낳았다고 했다.

그리고 은림은 거래되었다. 그녀가 유신에 들어가 사는 대가로 어머니가 어마어마한 액수의 돈을 요구했다는 걸 뒤늦게 알게 되었다. 병을 앓다가 일찍 죽었다는 아버지의 하얀 거짓말은 오래가지 못했다. 그는 철저하게 회사와 가족을 지켜 낸 것 같았지만 그렇지 않을 때가 많았다. 은림의 존재가 그것을 증명했다.

그 당시 필성의 나이는 마흔아홉이었고, 아내를 지병으로 떠나보낸 지 1년도 지나지 않았을 때였다. 장성한 두 아들은 스물다섯, 스물셋이었다. 그러니 아버지의 더러운 욕망으로 태어난 은림이 유신으로 들어와 받게 될 대우는 뻔했다. 상처는 당연했다. 외로움을 친구처럼 안고 지냈다.

단 한 사람, 작은오빠 인주만이 때때로 그녀의 손을 말없이 붙잡아 주었다. 인주는 필성과 인연을 끊은 뒤로도 은림만은 모른 척하지 않았다. 그가 몰래 그녀를 찾아와 말없이 머리를 쓰다듬어 줄 때면 멍청하게도 다시 희망이란 걸 품곤 했다.

하지만 현실은 그대로였다. 그녀는 여전히 손필성이 더럽게 낳아 데려온 딸, 손은림이었다. 그것은 불변했다. 그런 결과를 만든 사람이 자신이면서 필성은 한동안 삐뚤어지는 은림을 받아들이지 못했다.

이후 결단을 내리듯 그녀를 감옥 같은 시골 별장으로 보내 버렸다. 세상에서 가장 무서운 게 버려진 외로움이라는 것을 은림은 그때 처절하게 느꼈다. 그리고 현실을 받아들였다. 고분해지고 아버지가 보낸 어른들의 말을 따랐다.

온 힘을 다해 살았다. 꾸역꾸역 밥을 먹고, 억지로라도 잠을 잤다. 그렇게 시간이 흘러 열두 살이 된 어느 날, 정애와 태욱을 만났다. 작은오빠가 사랑한 여자. 그리고 자신의 모든 걸 버리고 얻은 아들. 두 사람의 등장은 은림에게 희망의 빛으로 가득한 새로운 세상이 펼쳐지는 것과도 같았다.

"그 버릇 다 고친 줄 알았더니."

정애는 정말 그런 줄 알았다. 은림이 어엿한 성인으로서 제 역할을 하는 중이라 여겼다. 필성이 그녀에게 던져 준 아트센터 관장 일도 제법 알차게 해내고 있다고 들었다. 한 번의 실패를 겪긴 했지만 좋은 밑거름이 될 거라 생각했다. 이제 은림이 인생의 동반자를 만나 사랑받으며 살아간다면 정애는 더 바랄 것이 없었다.

"언니, 사람이 쉽게 변하면 죽는다고 했어요."

은림은 유쾌하게 받아쳤다. 그러곤 손뼉까지 치며 말을 이었다.

"아, 이게 중요한 게 아니고. 언니 절에 가 있는 동안 무슨 일이 벌어졌는지 알아요?"

그 말을 하고 싶어 은림은 정애가 오는 날만 손꼽아 기다렸다. 절에 들어갈 때는 핸드폰을 가져가지 않는 정애였기에 그녀가 본가로 돌아왔다는 소식을 듣자마자 자신의 집에서 달려온 길이었다. 이럴 땐 고집을 부려 독립한 게 후회되기도 했다. 하지만 아버지 필성을 매일 아침마다 마주하는 것보다 더 힘든 고행은 없었기에 아쉬워도 몸이 고생하는 수밖에 없었다.

"태욱이가 여자 데려온 거요?"

정애는 아무렇지 않게 답하고, 염주를 정리해 보관함에 넣었다.

"아, 뭐야. 벌써 알고 있었어요?"

이렇게 김새는 일이 또 있을까. 은림의 얼굴에 실망하는 표정이 역력했다.

"근데 누가 말해 줬어요? 강태욱이 전화했어요?"

"그럴 리가 있겠어요?"

정애가 당연한 걸 왜 묻냐는 듯 답하며 자리에서 일어났다. 아침 루틴에 맞춰 따뜻한 차 한 잔을 마셔야 할 시간이었다. 오늘은 반가운 말동무도 왔으니 더더욱 좋은 차가 필요했다. 그녀는 방 한쪽에 마련된 다도 공간으로 들어섰다. 은림이 냉큼 뒤따라오며 다시 물었다.

"그럼, 누가? 혹시…… 설마, 주미연 씨?"

은림의 호칭에 정애가 또다시 눈빛으로 야단을 쳤다.

"네네, 큰 새언니요."

"오늘 아침에 전화해서 그러시더라고요. 알고 있냐고. 몰랐지만 알고 있다고 해야지, 뭐. 하하."

정애가 속없이 웃자 은림은 답답함에 가슴을 쳤다. 아들 일에 이리도 태평할 수 있을까. 그 아들인 태욱 역시 그랬다. 그저 서로가 잘 있으면 그걸로 된다는 것처럼 모자 사이엔 대화가 없는 편이었다.

상대를 너무나도 믿기 때문일까. 결국 애달파 이리저리 소식을 전하는 건 고모인 은림이었다. 그리고 제 아들의 앞길을 막을지도 모르는 경쟁자를 예의 주시 하는 이 집안의 큰며느리 미연도 한몫 거들었다.

"어디서 들었지. 맞다, 춘천댁이랑 친하시지. 그 아줌마 정말 마음에 안 들어요. 같이 사는 사람은 언닌데 왜 거기다가 입을 털어 대는지 몰라."

"진짜 주인을 알아보는 거겠죠."

정애는 남 일처럼 말하고는 찻잔을 들었다. 마치 순서가 정해진 것처럼 향을 맡고, 한 모금 입에 머금었다. 민들레 꽃잎으로 우린 차는 은은하면서도 쓴맛을 내었다. 마음을 편안하게 가라앉혀 준다기에 가깝게 지내는 스님에게 받아 온 것이었다. 차를 권하자 은림은 표정부터 변하며 고개를 흔들었다.

"맛도 없는 거, 싫어요. 언니나 많이 마셔요."

은림이 돌아앉았다가 다시 정애에게 시선을 맞췄다.

"근데 진짜 안 궁금해요? 태욱이가 여자를 데려왔는데."

찻잔을 조용히 내려놓은 정애가 창밖에서 흔들리고 있는 나무를 바라봤다. 오늘부터 정원 정리가 시작된 것 같았다. 박 비서는 부여받은 임무를 철저히 수행하는 사람이었다. 땅에 뿌리 박힌 나무처럼 이 울타리 밖의 삶은 상상조차 하지 않았다.

정애는 한 번씩 그런 상상을 한다. 남편 인주가 희태와 같은 인생을 살았다면 어땠을까. 지금 필성의 옆을 지키는 사람이 희태가 아니라 인주였다면 그녀는 편안한 인생을 살았을까.

빌고 또 빌며 덜어 내려 했던 마음이 조금도 씻겨 나가지 못하고 남아 있다는 걸 받아들이는 데 걸린 시간만 몇십 년이었다. 태욱이 올해 서른넷이었고, 인주는 그 나이에 죽었다. 필성과 약속한 날짜가 곧 다가온다는 소리였다. 정애는 답답함에 잠시 눈을 감았다.

"언니. 언니, 내 말 듣고 있어요?"

은림은 정애를 어머니처럼 따랐지만 한 번씩 그녀가 누구보다도 멀게 느껴질 때가 있었다. 바로 지금 같은 순간이었다. 도무지 이해할 수 없는 눈빛과 깊은 눈동자 안에 가득 찬 상처는 은림이 받아들일 수 있는 종류의 감정이 아니었다. 정애가 내일 당장이라도 짐을 싸 집을 나가 버린다고 해도 이상하지 않다는 사실에 은림은 초조했다.

"태욱이가 데려온 아가씨, 어때 보였어요?"

도인같이 눈을 감고 있다가도 정애는 언제 그랬냐는 것처럼 제자리로 돌아왔다. 마치 떠나는 방법조차 모르는 사람처럼, 편안한 얼굴이었다. 이 집안 핏줄 중 유일하게 은림에게 완전한 사랑을 주었던 작은오빠 인주 또한 이렇게 웃어 주었다. 그리고 그 웃음이 어쩐지 아주

슬프게 느껴지던 어느 날, 그는 하늘로 떠났다.

"언니…… 보는 것 같았어요."

은림은 정말 그랬다. 윤서영이라고 했던가. 태욱이 데려온 여자를 보자마자 자신의 열두 살 시절이 떠올렸다. 살다 보니 묻지 않아도 진짜와 가짜를 가려낼 수 있는 눈이 그녀에게도 생겼다.

허울뿐인 재벌 집 막내딸이었지만 그 타이틀만이라도 가지고 싶어 하는 이들이 숫자를 셀 수 없을 만큼 주변에 많았다. 마음을 주지 말아야 할 사람은 한눈에 보였다. 눈동자 안에 모든 답이 있었으니까. 눈칫밥을 먹으며 미운 오리 새끼처럼 자라 온 세월이 그저 무의미하게 흘려보낸 시간들은 아니었다.

아트센터 일도 그랬다. 진짜를 주려는 사람들과 가짜를 팔고자 하는 이들은 그녀에게 건네는 인사부터 달랐다. 그래서 그녀는 그들이 원하는 만큼 주고 자신이 필요한 것을 받았다. 그리고 그녀는 어느 누구에게도 마음을 주지 못하는 사람이 되어 버렸다.

태어날 때부터 지금까지 그녀와 함께 자라 온 외로움은 은림이 혼자서 해결할 수 없는 부분이었다. 마음을 붙이기 위해 아버지가 정해 준 남자와 결혼도 해 봤지만 결국 서로를 받아들이지 못해 더 큰 상처만 남기고 헤어졌다. 혼자 살아야 할 운명인 것이겠지.

그 사실을 받아들이며 살아갔지만 한 번씩 견디기 어려운 순간이 찾아왔다. 태욱이 여자를 데려온 날이었다. 그날 은림은 여자를 보며 웃는 태욱에게서 작은오빠 인주를 보았다. 그 말까진 정애에게 할 수 없었다. 은림은 조용히 생각을 지우고 정애가 바라보고 있는 창밖으로 시선을 돌렸다.

똑똑.

두 사람 사이의 고요를 깨는 노크 소리가 들렸다. 곧 춘천댁이 들어서고, 정애의 앞으로 다가왔다. 방 안까지 들어올 정도로 그녀를 바쁘게 찾는 이유는 하나뿐이었다.

"사모님, 회장님이 찾으세요."

정애는 필성의 부름을 기다린 사람처럼 자리에서 일어섰다. 오히려 불안한 마음이 드는 건 은림 쪽이었다. 아버지가 호출한 이유가 별거 아니길. 그녀는 마음속으로 빌며 소란스러운 창가를 다시 한번 바라봤다. 나뭇잎이 너무 싱그러웠다. 그래서 가슴이 아플 정도였다.

● ◇ ●

스르르 눈이 떠졌다. 서영은 습관적으로 침대 위에서 뒹굴고 있을 핸드폰으로 손을 뻗으려 했다. 그런데 이상하게 손을 움직일 수가 없었다. 시선을 내리자 그녀의 손 위에 포개진 큼지막한 다른 손이 보였다.

엄마야. 호러 영화를 볼 때처럼 서영은 전신에 소름이 돋았다. 그리고 자신의 몸이 누군가에게 안겨 결박되어 있다는 것을 뒤늦게 깨달았다.

"아⋯⋯."

어찌 이걸 잊고 잠들 수 있었을까. 그녀가 생각해도 대단했다. 태욱과 만날 약속만으로도 설레 잠들지 못한 날들이 우습게도 그와 나란히 침대에 누워 평상시보다 더 단잠을 자 버렸다.

서영은 어제를 떠올렸다. 태욱의 고백을 듣고 그녀는 더 고민할 것도 없이 잠옷을 입은 채로 5층 계단을 뛰어 내려가 그에게 안겼다.

서영은 태욱에게 고맙다는 마음을 전했고, 그렇다면 하룻밤 재워 달라는 그의 뻔뻔한 제안을 들었다. 그녀가 망설이자 태욱이 덧붙이듯 그저 손만 잡고 자겠다고 말했다. 둘은 동시에 웃음을 터뜨렸다.

그런데 정말 그런 일이 벌어졌다. 서영은 침대에, 태욱은 소파에, 각자 자리를 잡고 누웠지만 쉽게 잠이 오지 않았다. 도란도란 말장난을 하다가 태욱이 먼저 조용해져 버렸다. 그가 잠이 든 게 다행스러우면서도 한편으론 아쉽기도 했다. 화장실을 핑계 삼아 그에게 조용히 다가갔다. 어둠 속에서도 태욱은 잘생겨 보였다. 아주 단단히 빠졌다고 생각하며 몸을 일으키는 순간, 그에게 손이 잡히고 그녀의 몸이 소파로 넘어졌다.

더 정확하게 말하면 태욱의 몸 위로 그녀의 몸이 겹쳐지게 되었다. 잠결에 그녀를 안아 좁은 공간에 눕힌 그가 다정하게 입술을 머금고 키스를 시작했다. 어느새 잠이 달아난 것인지 그의 행동은 거침없고 때론 사납기까지 했다. 어쩌면 더 이상 거부할 수 없는 상황이 벌어질지도 모른다는 생각을 하면서 서영은 잠에 빠져들었다. 어찌 그럴 수 있냐고 물으면 따뜻한 태욱의 체온 때문이라고 변명할 수밖에 없었다.

키스를 하다가 잠들어 버린 서영을 안아 침대에 눕힌 태욱이 아쉬움에 그녀의 뺨만 쓰다듬다 몸을 일으켰을 때, 서영은 태욱이 했던 것처럼 똑같이 그를 자신의 옆에 눕혔다. 악마인가. 심각하게 한숨짓던 그의 표정이 다시 떠올라 웃음이 났다.

"본인이 생각해도 너무했지?"

서영을 더 깊숙이 품에 당겨 안으며 태욱이 귓가에 속삭였다. 혼내는 목소리엔 아직 잠기운이 묻어 있었다. 무서운 팀장 강태욱은 없었다. 다정하고 잘 웃는, 그녀만 아는 태욱이 곁에 있었다.

일어날 생각이 없는지 손장난을 치며 태평하게 구는 그의 행동에 서영은 웃음이 나오면서도 한편으로 가슴이 먹먹했다. 요즘 태욱을 생각하면 자꾸 그런 마음이 들었다. 들여다보고 마주할수록 구해 주고 싶다는 충동이 일었다.

어디에서. 무엇으로부터. 형체도, 이유도 없는 동정일 수도 있었다. 그래, 그의 말대로 불쌍하게 보는 것 자체가 잘못된 감정일지도 몰랐다. 누가 누굴 안타깝게 본단 말인가. 지금 위로받고 있는 건 그녀 자신이었다.

서영은 태욱 쪽으로 돌아누웠다.

"곤란한데."

어느새 잠이 깬 그가 심각하게 서영을 바라봤다.

"왜요?"

"남자는…… 아침이 더 위험해."

그의 말에 서영은 당연한 것처럼 얼굴이 달아올랐다. 꼭 놀려야 하
는 남자와, 거기에 한 번도 어긋남 없이 반응하는 여자였다. 서영이
그를 노려보며 몸을 살짝 떨어뜨리려 했다.

"멀어지라는 소리 아니었는데."

그는 도망가려는 서영을 용납할 수 없다는 듯 한 팔로 그녀의 몸을
휘감아 끌어안았다. 그 바람에 서영의 얼굴은 태욱의 가슴에 밀착되
었다. 쿵쿵쿵. 그의 심장 소리가 들렸다. 평온한 줄만 알았던 그의 가
슴에서도 참지 못할 흥분이 느껴졌다. 정말 혼자만의 감정은 아니구
나. 서영은 안심했다. 하지만 한편으론 아랫배를 괴롭히는 단단하고
뜨거운 살덩이가 두렵기도 했다.

아무리 이제껏 제대로 만난 남자가 없다고 해도 인간의 욕망을 모
를 나이는 아니었다. 주변에서 가십처럼 떠들던 야한 농담을 주워들은
세월도 무시할 순 없었다. 이 정도 크기라면 아픔이 얼마나 클지 상상
이 되지 않았다. 그런 생각을 하는 그녀 자신이 부끄러워지기도 했다.

"무슨 생각 합니까?"

그녀를 빤히 내려다보던 태욱이 물었다.

"아, 아침이요. 뭐 먹지. 뭐 드실래요? 냉장고에 뭐가 있었더라."

서영이 눈조차 맞추지 못하고 횡설수설하자 태욱은 웃을 수밖에 없었다. 고생하는 아랫도리에 대해선 유감이었지만 그 역시 서두르고 싶지 않았다. 모든 걸 느리게, 천천히, 하나씩 순서대로 맞춰 가고 싶었다. 서영이 그런 그의 마음을 알아주었으면 좋겠다는 욕심도 부려 보았다.

"나랑 몇 개만 약속하면 풀어 줄게요."

"……."

서영이 대답 없이 그를 바라봤다.

"아침에 일어나면 전화하기."

멍한 표정을 짓던 서영이 곧 작게 웃으며 알았다 대답했다.

"점심 메뉴 알려 주기."

정말 이런 것들이 궁금한 걸까. 서영은 동의하면서도 의아했다.

"특별한 일이 없으면 저녁은 같이 먹읍시다."

"팀장님이 저보다 더 바쁘시잖아요."

서영이 진지하게 물었다. 태욱이 심각한 그녀의 뺨을 어루만지며 웃었다.

"내가 1순위였으면 한단 소리."

"아……. 그럴게요."

"그리고 마지막. 아주 중요한 거."

"뭔데요?"

"윤서영이 좋아하는 거, 자기 전에 문자로 하나씩 적어 보내기. 뭐
든 상관없어. 삼겹살에 비빔면을 먹는 거라도. 당신이 좋아하는 걸,
내가 좀 많이 알아야겠어."

분명, 이 남자는 선수일 것이다. 서영은 그 생각을 할 수밖에 없었
다. 가슴이 콩닥거리고 먹먹하게 만드는 재주가 탁월했다. 이런 남자
를 두고 어떻게 벗어나려고 했는지. 서영은 이제 뒷일은 생각조차 할
엄두가 나지 않았다.

"그건…… 저도 받고 싶어요. 팀장님이 좋아하는 거."

"지금도 말할 수 있는데?"

태욱이 능글맞게 웃었다.

"뭐…… 아."

"윤서영."

"……."

"내일도 윤서영일걸."

진짜 말로는 못 당하는 남자였다.

"그런 게 어디 있어요?"

"여기. 싫으면 오늘 이 침대에서 하루 종일……."

"알았어요! 팀장님은 마음대로 하세요."

서영은 얼른 합의하고 태욱에게서 벗어났다. 출근이라도 해야 제정신을 차릴 수 있을 것 같았다. 오늘은 아침부터 설렘 지수가 최고치였다.

언제나 아침 지하철에서 바닥을 치는 기분은 집무실에서 업무를 하고 있는 태욱을 마주할 때면 조금씩 회복세를 보였다. 그에게 외근이 없는 날은 더 행복했다. 밥을 먹지 않아도 배가 부른 느낌이랄까. 그런 순간마다 그녀는 윤서영이 아니었다. 그저 태욱을 마음에 품은 여자였다.

"아침은 뭘로……."

"윤 대리 먼저 씻어요."

냉장고를 연 서영이 메뉴를 생각하는데 태욱은 벌써 옷을 갖춰 입고선 침대 정리까지 하는 중이었다. 머리는 산발인 채로 여전히 잠옷 차림인 그녀는 순간 민망해졌다. 똑같이 삼겹살에 비빔면을 비벼 먹고 잠들었는데 얼굴이 부은 사람은 서영 혼자였다. 냉장고 유리에 비친 자신의 모습을 확인하며 서영은 우유라도 먹어 둘걸, 뒤늦은 후회를 했다.

"그럼, 저부터 씻을게요."

얼른 제대로 된 몰골로 돌아가기 위해 서영은 욕실로 들어섰다. 거울을 본 순간 놀라 입을 다물 수가 없었다. 당분간 삼겹살과 비빔면은 쳐다보지 않을 것이라 다짐하며 샤워기의 물줄기를 강하게 틀었다. 차가운 물이 그녀의 얼굴 붓기를 조금이라도 가라앉혀 주길 빌었다.

"이걸…… 언제……."

서영은 자신이 씻은 시간이 5분도 채 되지 않았다고 생각했다. 하지만 벽시계를 바라보자 30분이 훌쩍 지나 있었다. 짧지는 않은 시간이었지만 이런 요리를 만들어 낼 만큼 긴 편은 아니었다. 그녀의 식탁 위에는 금방 요리한 오믈렛 두 그릇이 놓여 있었다. 재료를 어떻게 찾았는지가 더 궁금했다.

"빨리 앉아서 먼저 먹고 있어요. 난 금방 나오니까."

서영을 식탁 의자에 앉힌 태욱이 욕실로 향했다. 그를 먼저 씻게 했어야 했나. 서영은 미안한 마음이 들었다. 딱 한 입만 먹겠다며 숟가락을 들었다. 전문 레스토랑에서 파는 것처럼 모양까지 반듯하고 예쁜 오믈렛을 수저로 떠 입 안에 넣고 씹자 엔돌핀이 마구 솟구치는 기분이었다.

맛까지 이리 좋을 줄이야. 도대체 못하는 게 무엇일까. 정말 태욱에 대한 미스터리한 궁금증만 늘어난 서영이었다. 혼자 살면 끼니 때우기도 힘든 게 모든 직장인들의 설움이 아니었나. 태욱은 단순히 시간이 없어 밥을 먹지 못했던 것 같았다.

"맛있어요?"

자꾸만 손이 가 오믈렛을 반이나 먹어 치운 서영은 뒤쪽에서 들리는 목소리에 고개를 돌렸다. 태욱은 간단히 씻기만 했는지 금방 욕실을 나왔다. 아직 물기가 남은 그의 머리카락에서 물방울이 똑똑 떨어지고 있었다. 늘 반듯하게 이마를 드러내 이지적이고 차가운 느낌을 받았는데, 앞머리가 차분하게 내려져 있는 걸 보니 색다르기도 하고, 묘하게 야해 보이기도 했다.

도대체 무슨 생각인 거야. 서영은 도리도리 고개를 흔들었다.

"맛, 없어요?"

"아, 아뇨. 엄청, 진짜 맛있어요."

서영은 엄지까지 들어 보였다.

"엄청, 진짜 맛있다니 다행."

태욱은 그녀의 대답에 만족하며 자신의 핸드폰을 확인했다. 잠시 미간을 찌푸린 그는 곧 재킷을 집어 들었다. 서영은 그 순간 그가 아침을 못 먹게 되었다는 것을 알아차렸다.

"일이 생겼네요. 먼저 가도 괜찮겠어요?"

"네네. 그럼요. 얼른 출근하세요."

서영은 자리에서 일어나 태욱을 배웅했다. 신발을 신고 현관문을 나서려던 그가 갑자기 돌아섰다. 서영은 무언가 놓고 간 게 있나 싶어 고개를 돌려 집 안을 살폈다. 그런데 그 고개가 태욱의 손에 의해서 다시 돌려졌다.

"내가 찾는 건, 여기."

태욱이 쪽, 하고 서영에게 모닝 키스를 했다.

"아……."

서영에게선 또 바보 같은 목소리가 흘러나왔다.

"회사에서 봅시다."

태욱이 돌아서는데 서영이 급하게 그의 팔을 붙잡았다.

"운전 조심하세요."

또다시 쪽. 입술이 맞부딪쳤다. 이러면 곤란하다는 표정으로 작게 한숨을 내쉰 태욱이 서영의 허리를 감아 안고서 깊게 키스하기 시작했다. 그녀의 입술에서 달콤한 오믈렛 향이 은은하게 풍겼다. 맛보지 못한 음식을 이렇게 대신 먹는 기분이었다. 태욱은 키스하는 내내 행복이라는 감정을 떠올렸다.

아침부터 문자를 보내 그를 호텔 VIP 룸에 앉힌 사람은 손철민 상무이사였다. 그러니까 가족 관계로 따지자면 사촌 형. 하지만 가족끼리 할 이야기라면 그를 불러내진 않았을 테니, 분명 그가 지시한 중국 신사업 진행 상황에 대한 문제 때문일 것이다.

당연히 출장을 같이 간 법무 팀장도 있어야 할 자리였다. 태욱은 손 이사에게 의사도 묻지 않고 조식 자리에 훈재를 깍두기로 끼워 넣었다. 어색한 분위기는 딱 질색이었다. 숨통을 틔워 줄 역할을 할 사람으론 친구이자 동료인 훈재가 제격이었다.

"박 팀장 신혼 아닌가?"

게살수프를 한 수저 떠 들어 올리던 철민이 딱하다는 표정으로 훈재를 바라봤다.

"네. 맞습니다."

그러니까 반성 좀 하라고 큰 목소리로 대답했지만 옆자리에 앉은 태욱에게선 반성의 기미조차 보이지 않았다. 잔소리를 시작하면 보너스 얘기부터 던지는 녀석에게 무슨 말을 할까 싶었다. 기브 앤 테이크. 훈재 역시 싫다고 거절할 이유는 없었다.

"와이프가 신사업 팀이라고 하지 않았나?"

꺼내려는 이야기의 주제가 아무래도 중국 출장에 관한 건 아닌 것 같았다. 태욱은 미끈거리는 게살을 숟가락으로 이리저리 휘젓다 고개를 들어 철민을 바라봤다. 두 사람의 시선이 마주쳤고, 눈싸움이라도 하는 것처럼 한동안 팽팽하게 날이 선 채 서로를 바라보았다.

차라리 대놓고 싸우면 말리기라도 하지. 분위기가 점점 더 살벌해지자 난처해지는 건 훈재뿐이었다. 무슨 말이라도 꺼내야 하는데 철민의 물음에 답하지 않고선 그 어떤 말도 할 수가 없었다. 어떤 의도를 가지고 묻는지 그도 모르지 않았다. 사내 연애와 결혼. 그 뒤로 이어질 이야기는 현재 사내에서 떠도는 태욱의 소문에 관한 것일 게 확실했기 때문이다.

마치 누가 뿌려 놓은 것처럼 유신건설 강태욱 팀장의 연애는 하루 만에 수면 위로 올랐다. 어제 오후만 해도 상대 여자의 이름까지는 거론되지 않았지만, 그 사람이 서영이라는 게 알려지는 건 시간문제였다. 지선은 오늘 아침 출근길에 안티 세력에 대한 대처 방안을 훈재에게 진지하게 상의했다. 당사자는 가만히 있는데 어째 그녀가 더 전투력이 상승한 것 같았다.

그도 그럴 것이 어젯밤 지유린이 벌인 소동이 그녀의 걱정을 한껏 끌어 올렸다. 뒤늦게 괜찮다는 서영의 문자를 받긴 했지만 앞으로 이 같은 일이 또 벌어지지 않으리란 법은 없었다.

지금도 그랬다. 손철민 이사가 태욱의 여자에 대해서 관심을 가지는 건 당연했다. 태욱은 철민 다음으로 강력한 유신의 후계자였다. 자신의 경쟁자가 만나는 여자라면 손 이사도 주시해야 할 필요성이 있었다.

재벌들의 세력 다툼은 변호사들의 세계에선 가장 큰 돈줄이었다. 어느 라인에 붙느냐에 따라서 인생이 뒤바뀌기도 했다. 그다지 야욕이 없는 편에 속하는 그조차도 종종 태욱의 미래를 그려 보곤 했다. 농담처럼 네 시다 노릇 하면 내 노후가 보장되느냐고 물었던 적도 있었다. 태욱은 그렇다, 아니다, 어떤 말도 하지 않고 웃을 뿐이었다.

어쩌면 녀석도 자신의 앞날을 알 수 없기 때문일지도 모른다. 이 거대한 유신을 집어삼키는 자가 승리자일 뿐, 어떤 과정으로 어느 누구가 차지하게 될지는 점칠 수 없었다. 아무리 손필성 회장의 첫 손자인 손철민 이사라고 해도 마음 놓고 여유를 부리지 못한다는 소리였다.

"법무 팀장 가정사가 궁금해서 불러내진 않았을 테고."

침묵을 깬 건 예상과 달리 태욱이었다. 훈재가 철민의 의중을 눈치챌 정도면 능구렁이 강태욱이 모를 리 없었다. 녀석의 고개가 반쯤 기울어지고 입가가 얄밉게 올라섰다. 상대가 자신이 던진 미끼를 겁도 없이 덥석 물었을 때 나오는 그만의 건방진 행동이었다.

"본론만 말하시죠. 여기, 한가한 사람 있습니까?"

태욱은 깍듯이 존대했지만 말속에 벼려져 있는 칼날은 손 이사의 심사를 뒤틀리게 만들기 충분했다. 사촌지간이라 해도 그들은 태생부터 친해질 수 없는 관계였다. 가진 자들의 업이라면 업이었다. 왕의 자리는 하나였으니 누군가는 포기해야 한다는 소리였다. 누가 얼마를 가져가고 자신이 얼마를 가질 수 있는지부터 따지며 자랐다.

"그래. 윤서영이라고 하던가."

수저를 내려놓으며 철민이 운을 뗐다. 돌려 말하지 않고 이름 하나를 입에 올렸다. 태욱은 웃었다. 그러다 갑자기 차갑고 서늘하게 눈빛이 돌변했다.

훈재는 그 모습을 보며 소름이 돋고 말았다. 친구이긴 했지만 태욱은 평범한 인물이 아니었다. 그가 자라 온 환경이 평범하지 않았기에 그럴 수밖에 없다는 것을 이해하긴 했지만 모두가 자신처럼 그를 이해하진 않았다.

재벌가의 자제들 중 제대로 쓸 만한 인물이 몇이나 될까, 변호사 동기들과 한탄한 적도 있었다. 그만큼 쓰레기들이 많았고, 선대에게 나쁘고 악한 습성들만 배워 회사든 가족이든 모든 걸 말아먹는 경우가 허다했다.

철민은 어떨까. 훈재는 손 이사 쪽을 바라봤다. 그는 재벌가의 자식들 중에서 튀지도 모나지도 않는 평범한 편에 속했다. 어쩌면 그것이 그의 약점이 될 수도 있었다.

유신그룹의 손필성 회장이 어떤 사람인가. 마음에 들지 않으면 주변에 있는 물건을 집어 던진다는 양반이었다. 그런 독사에게 흐리멍덩하고 칼조차 제대로 휘두르지 못하는 후계자가 눈에 찰 리가 있을까.

기업은 돈의 논리에 따라 움직일 수밖에 없는 구조였다. 피바람이 불 때 살아남으려면 피바람의 칼날에도 무너지지 않고 이겨 내는 담력 또한 필요했다. 그런 면에서 손 이사는 아버지 손인국 사장의 그늘에서 벗어난 행동을 한 적이 없었다. 그 점이 손필성 회장에겐 마이너스가 될 것이 확실하다고 평가되었다.

"작은어머님이랑 여러 가지로 닮았다던데?"

위험한 선을 함부로 건드리는 철민의 눈동자엔 상대를 파고들려는 계산적이고 치밀한 고약함보다는 열등감만이 만연했다. 자신이 모든 걸 차지할 줄 알았던 철민은 뒤늦게 계산기를 두드려야 했을지도 모른다. 애써 무시했던 태욱이 바닥에서부터 한 단계씩 올라설 때마다 철민의 책상 서랍엔 녀석에 대한 보고서가 차곡차곡 쌓이기 시작했을 것이다. 급기야 손 회장이 자신을 제쳐 두고 태욱의 혼사부터 주선하려 했다는 말을 들었을 땐 질투심마저 들지 않았을까.

형식적인 손주 장사라는 걸 알았지만 그 라운드 위에 자신이 아닌 태욱을 올려놓은 것만으로도 그는 자존심이 상한 듯 보였다. 지금까지도 '손'이 아닌 '강'으로 살고 있는 태욱이기에 그는 어느 정도 손 회장을 믿고 있었을 것이다. 하지만 그것 역시 머리 좋은 영감의 또 다른 트릭일지도 모른다는 생각이 들자 무슨 행동이든 취해야겠다는 조급함이 생겼을지도.

"그 피가 어디 가겠습니까?"

태욱은 여유롭게 철민의 말을 받았다. 두 사람의 감정싸움에 머리가 어질어질한 것은 훈재였다. 괜히 아침부터 불려 나와 이쪽저쪽 눈치를 보느라 출근도 하기 전에 모든 기가 빨리는 기분이었다.

"그래서, 할아버지는 마음에 들어 하시고?"

철민이 묻자 태욱이 어이없다는 듯한 웃음으로 받아쳤다.

"무슨 일곱 살 어린애도 아니고. 오케이 사인이 떨어져야 만납니까? 손 이사님은 그러시나 보죠?"

태욱은 상대의 약점을 담대하게 비꼬는 능력이 탁월했다.

"아, 회장님께 데려간 건 신경 쓰실 거 없습니다. 제가 좀 바르게 커서 만나는 사람이 생기면 어른들께 인사부터 드려야 한다고 배웠거든요. 괜히 여러 사람 긴장하게 만들었네요. 죄송합니다."

철민의 얼굴이 굳은 채 펴지지 못하자 태욱은 진정하라며 그의 쪽으로 친절히 물잔을 밀어 주었다. 끝내 흐릿한 웃음을 보인 손 이사는 더 이상 상대를 자극하지 않았다. 때마침 걸려 온 전화를 받기 위해 그가 잠시 자리를 비우자, 훈재는 태욱을 향해 기어코 한마디를 던졌다.

"적당히 좀 해라."

태욱은 피식, 웃으며 자신 앞에 놓인 식은 게살수프를 흡입하듯 먹어 치웠다. 어차피 싸움이 되지 못하는 게임일지도 몰랐다. 울타리 안에서 주는 밥만 받아먹은 사자와 찢기고 구르면서도 살아남기 위해 온갖 산들을 돌아다니며 먹이를 씹어 삼켰던 호랑이가 어찌 같을 수 있을까. 훈재는 제 친구지만 태욱이 한 번씩은 무섭기도 했다.

"식당 고르는 센스부터 꽝인데 뭘 기대하는지."

물잔을 들어 입을 헹군 태욱은 재킷을 챙겨 들었다. 그를 따라 자리에서 일어나던 훈재는 어쩐지 녀석의 분위기가 어제와 비슷하다는 생각을 했다. 그런 것에 민감한 편이 아니었지만 어제는 아침 보고부터 사람을 짜증 나게 만들어 그의 슈트만 뚫어지게 쳐다본 기억이 떠올랐다.

"근데 너 어제 집에 안 들어갔어?"

"뭐?"

태욱이 놀란 눈으로 훈재를 바라봤다.

"옷이 왜 그대로냐고. 윤 대리한테 그 수모를 당하게 해 놓고 다시 야근하러 간 거야? 진짜 너도 참 독종이긴 하다."

하여간 헛다리 짚는 건 한결같았다. 태욱은 생각난 김에 입을 열었다.

"알면 일 하나 부탁하자."

녀석이 부탁이라는 말을 쓰자 훈재는 슬슬 겁이 나기도 했다. 또 어떤 일에 발을 담그게 하려고 이러나. 중식당 밖으로 걸어 나가는 발걸음이 빨라질 수밖에 없었다.

"건양, 지유린, 다 먼지 나도록 털어 봐. 네가 하기 찜찜하면 저번에 지유린 담당이라던 네 변호사 친구 전화번호만 넘겨. 내가 만날 테니까."

"태욱아."

그를 이해하지 못하는 건 아니었지만 건양의 지유린을 건드려 봐야 그에게 좋을 게 없었다. 같이 흙탕물로 빠질 게 분명했다. 그런 재주는 타고난 여자라고 들었다.

그저 무시로 일관하는 게 더 좋은 방법이 아닐까 생각했지만 태욱의 눈동자는 이미 결심을 굳힌 듯 보였다. 훈재는 녀석이 서영에게 얼마나 빠져 있는지 가늠되지 않았다. 얼마 전까지만 해도 정말 사귀는 사이인지 궁금했었는데, 이젠 자연스럽게 그의 마음의 크기가 어느 정도인지 알고 싶어졌다.

사내 연애가 위험하고도 씁쓸한 뒷맛을 가진다는 걸 훈재는 잘 알고 있었다. 어느 쪽이든 피해를 보게 되어 있었고, 그것은 대부분 여자 쪽이었다. 지선 역시 그 피해자로 영업 팀에서 제대로 된 역할을 부여받지 못하고 있었다. 서영 또한 그러지 않으리라는 보장은 없었다.

"서영 씨가 더 다치면?"

훈재가 물었다.

"그건 네가 걱정할 게 아니고."

태욱은 웃으며 그의 어깨를 간단히 두드렸다.

"뭘 그렇게 열심히 보내?"

"아니에요."

지선의 물음에 서영은 얼른 핸드폰을 주머니에 넣었다.

그제야 와글와글 시끄러운 구내식당의 소음이 귓속으로 들어왔다. 이게 꿈은 아니란 걸 증명하는 것 같기도 했다. 서영은 자신 앞에 놓인 반찬들의 이름을 하나하나 태욱에게 문자로 적어 보내면서 손가락이 간지러워 혼이 났다.

　다른 사람들이 하는 연애도 이런 걸까. 그녀는 자신이 태욱과 진짜 연애란 것을 하고 있는 게 맞는지 아직도 실감이 나지 않았다. 그가 그녀를 좋아한다고 고백까지 했지만 서영은 그것마저 태욱이 큰 의미를 두지 않는 장난에 불과하지 않을까 한 번씩 의심이 들기도 했다.

　누구든 너무 잘 믿어서 문제였던 그녀인데 왜 태욱에게만 이러는 것인지 알 길이 없었다. 이유를 만들자면 잘못 끼운 첫 단추 때문일지도 모른다. 평범하게 고백하고 만나는 사이는 아니니까. 욕심을 부리지 말자고 했지만 어느새 서영은 태욱을 그 전보다 더 좋아해 버리고 말았다. 이럴 줄 몰랐을까. 앞날이 어떨지 훤히 보이는데도, 그 길을 선택한 자신을 책망해 봐야 점심시간이나 줄어들 뿐이었다. 서영은 얼른 수저를 들고 식사를 시작했다.

　"뭐야? 왜 이쪽으로 와? 저 인간들."

　서영은 무슨 소린가 싶어 지선을 바라봤다. 오늘은 점심까지 밀린 일을 처리하느라 평소와 달리 혼자 점심을 먹어야 했다. 식당으로 향하느냐, 간단히 편의점 음식을 사 먹나 고민하고 있는데, 엘리베이터 앞에서 지선을 만났다. 외근을 나갔다가 지금 막 들어오는 길이라고 했다. 망할 부서장이 개인 약속이 있다며 점심도 사 주지 않고 튀어 버려 밥도 먹지 못했다고 투덜거렸다. 서영은 잘됐다며 그녀와 함께 곧장 식당으로 내려온 길이었다.

"합석해도 괜찮습니까?"

두근. 뒤쪽에서 목소리가 들려온 순간, 서영의 심장이 반응했다. 태욱은 당연한 듯이 서영의 옆자리를 차지하고 앉았다. 그리고 지선의 옆엔 난처한 표정의 훈재가 자리를 잡았다.

지선은 당연히 훈재에게 눈치를 주었다. 회사에서 티 나는 행동은 절대 하지 말자고 합의장에 도장까지 찍어 가며 한 결혼이었다. 그랬기에 둘은 회사에선 누구보다 철저히 남남처럼 지내 왔다. 그 룰을 깰 수밖에 없게 된 건 훈재의 탓이 아니라 그의 앞자리에 앉은 강태욱 때문이었다.

"이미 앉으셨으면서 묻긴 왜 물……."

지선의 입에서 날카롭게 나오던 말이 훈재의 손가락에 의해 저지되었다. 허리를 찔린 그녀는 남편을 살벌하게 쳐다봤다. 나란히 붙어 앉은 것도 모자라 터치까지. 오늘 반성문을 얼마나 많이 쓰려고 이러나 싶어 이를 갈고 있는데, 다른 곳에서 변명이 흘러나왔다.

"박 변은 나가서 먹자고 했는데 내가 이리로 오자고 했어요."

태욱은 지선에게 자초지종을 설명했다. 그것도 나긋나긋하고 다정한 목소리로 말이다. 촌철살인에 냉혈 인간인 강태욱은 어디로 간 거지. 지선은 태욱을 모르는 사람 보듯 의아하게 바라봤다.

"내가 꼭 이 자리에서 먹고 싶어서."

뒷말을 덧붙인 태욱이 서영을 바라보며 웃었다.

헐. 오소소 소름이 돋은 건 지선만이 아니었다. 훈재도, 서영도, 태욱의 닭살스러운 말을 감당하기가 힘들었다. 이미 구내식당 안의 모든 시선이 네 사람에게 꽂혀 있었다. 박훈재와 이지선은 그렇다고 해도 강태욱과 윤서영은 무슨 조합이냐고. 모두들 태욱이 사귄다는 여자가 혹시나 서영이 아닐까 추측하기 시작했다. 그러나 금세 그럴 일은 없다며 고개를 흔드는 게 보일 정도였다. 지선은 태욱의 행동이 못마땅할 수밖에 없었다.

"팀장님은 연애를 엄청 티 내면서 하시나 봐요."

"여, 아니, 이 대리."

훈재가 지선을 말렸지만 그녀의 입은 계속해서 움직였다. 하고 싶은 말은 해야만 직성이 풀리는 성격이니 누가 말려도 소용이 없었다.

"이 대리는 좋아하는 걸 숨기는 편인가 보죠?"

지선은 그대로 입을 벌린 채 태욱을 바라봤다. 어차피 말로는 이길 수 있는 상대가 아니었다. 그런데 좋아한다니. 이렇게 미친 듯이 티를 내는 게 강태욱의 연애 스타일이란 말인가. 짝사랑했던 쪽은 오히려 서영이 아니었나. 지선은 더욱더 헷갈릴 수밖에 없었다.

서영에게 그간의 일들을 알아내려고 하면 알아낼 수 있었다. 추측되는 부분도 있었지만 일부러 모른 척하기도 했다. 진실이 어찌 되었든 간에 둘은 지금 연인으로 묶인 상태였다. 그러다 보면 없던 정도 생기는 게 남자와 여자였다. 서영의 짝사랑을 가장 안타까워한 사람이 지선이었기에 한 번의 기회라도 있길 바랐다. 그렇다고 강태욱을 경계하지 않은 건 아니었다. 조금이라도 서영에게 상처를 내는 일이 생기면 지선이 나설 생각이었다.

공식적으로 강태욱 팀장의 팬클럽 회장을 맡고 있기는 하지만 그건 어디까지나 팬심이었다. 지선이 인간적으로 마음을 준 사람은 서영이었다. 무던하고 조용한 성격이었지만 서영이 누구보다 강한 매력을 지닌 여자라는 걸 지선은 알고 있었다. 남들이 보기엔 그녀가 항상 서영에게 충고하고 도움을 주는 것 같아 보이겠지만, 정작 위로받고 힘을 얻은 건 지선이었다.

서영은 상대에게 어떤 것도 강요하지 않았다. 항상 곁에서 이야기를 들어 주었고, 힘들어할 때면 말없이 안아 주며 시시한 농담으로 웃음 짓게 만들었다. 이런 서영이 그 누구보다 행복했으면 좋겠다고 바랐기에 지선은 태욱의 진심이 더 궁금했고, 한편으로는 걱정을 떨칠 수가 없었다.

"저도 좋아하는 거 다 티 내면서 살았고, 그렇게 살아서 이 남자 만날 수 있었어요."

지선은 옆자리의 훈재를 슬쩍 바라봤다. 와이프의 뜬금없는 고백에 얼굴이 붉어진 건 남편 쪽이었다. 당장이라도 비상구로 끌고 가 왜 옆자리에 앉았느냐고 따질 줄 알았는데, 이번엔 채찍 대신 당근이었다. 정말 알다가도 모를 여자였다.

"근데 내키는 대로 살았더니 주변이 다 적이고, 날아오는 건 욕밖에 없더라고요. 특히나 이 대단한 회사에서는 연애를 하면 피해는 전부 여자가 보더라고요. 윤 대리는 저처럼 만들고 싶지 않아서요. 그러니까, 팀장님이 조심 좀 해 주세요."

오늘만 살자는 마인드로 살았던 여자라 뒷감당에 대한 걱정은 없는 것 같았다. 훈재는 이제 슬금슬금 태욱의 눈치를 보게 되었다.

이 회사에 불만을 가진다는 건 강태욱에 대한 도전이기도 했다. 잠시 생각에 잠겨 있던 태욱은 지선에게 날카로운 시선 대신 미소를 지어 보였다.

그러고는 수북하게 떠 온 제육볶음을 모조리 서영의 식판에 덜어 주었다. 테이블에 앉은 세 사람은 숨을 죽인 채 그의 행동을 지켜보기만 했다.

"내 생각이 짧았네요. 반성하겠습니다. 그럼."

태욱은 한 술도 뜨지 않은 식판을 들고 일어섰다. 그러고는 훈재를 내려다봤다. 안 일어나고 뭐 하느냐는 눈빛이었다. 하여튼 사람 괴롭히는 방법도 가지가지였다. 훈재는 어쩔 수 없이 식판을 들고 일어섰다.

두 사람이 구내식당을 빠져나가는 동안에도 지선은 여전히 얼음이 되어 있었다. 오히려 표정 변화가 자유로운 쪽은 서영이었다. 그 와중에도 그녀의 식판에 수북이 제육볶음을 덜어 주고 간 태욱의 행동이 그답다 생각하면서 또 멋대로 가슴이 따뜻해지고 말았다.

"배 터져 죽으라는 경고인가."

지선이 서영의 식판을 바라보며 그제야 입을 열었다.

"이거 제 식판이에요."

서영은 혹시나 제육볶음을 뺏길까 봐 한 손으로 식판을 가리는 시늉을 해 보였다. 지선은 잠시 어이없는 웃음을 터뜨렸다. 누굴 위해서 싸워 주었는데. 고작 제육 한 점 나눠 주지 못한단 말인가. 생각할수록 억울했다.

"그러는 거 아니다, 자기."

섭섭하다는 말투에 서영이 웃음을 터뜨렸다.

"소문나도 괜찮아요. 마음대로 떠들라고 해요. 그런 거 신경 안 써요, 저."

"오오. 윤서영이 언제 이지선이 됐나요?"

둘은 웃음을 터뜨리며 다시 아무 일 없었던 것처럼 식사를 시작했다. 구내식당 안의 사람들은 여전히 날카로운 시선으로 두 사람을 바라보며 수군거리고 있었다. 앞으로 더 심해질지도 모른다. 지선이 이미 겪은 일이었고, 서영도 예상한 부분이었다. 그래서 어쩔 건가. 서영은 정말 아무렇지 않았다. 태욱이 그럴 것이라 미리 말했기에 무던해진 건가. 아니면 그의 연인으로 기억되고 싶은 욕심 때문인가. 그건 서영 자신도 헷갈렸다.

"근데, 나……. 강 팀장한테 찍힌 거지?"

일을 치고 난 뒤에야 앞으로가 걱정되었다. 지선은 제육볶음이 목구멍으로 내려가지 못하고 중간에 탁 걸려 있는 것만 같았다. 훈재가 옆구리를 찔렀을 때 정신 차렸어야 했다. 변호사 남편 말을 들으면 회사 생활이 편할 텐데. 불같은 제 성격이 문제였다.

"설마요."

"마지막에 막, 이렇게 웃었는데?"

지선은 태욱의 서늘한 웃음을 따라 했다. 눈을 부라린 채, 입꼬리만 얄밉게 올렸다. 중요 포인트만 강조해 어쩐지 우스꽝스러웠다. 서영은 지선이 꼭 개그맨 같아 웃음을 참기가 힘들었다.

"어쨌든 웃은 거니까 괜찮겠지?"

지선은 혼자서 정신 승리를 했다.

"아까 당당하시던 이 대리님은 어디 가셨어요?"

서영이 차분한 목소리로 확실하게 뼈를 때렸다. 지선은 한 방 맞은 표정으로 작게 속삭였다.

"사실은……, 웃을 때 오줌 지릴 뻔. 소름 돋아서 죽는 줄 알았어."

다시 그 웃음이 생각난다는 것처럼 지선은 고개를 절레절레 흔들었다.

"난 강 팀장이 웃을 때 젤 무서워. 뭐, 노려봐도 무서운데, 암튼, 그냥 날 쳐다만 봐도 기가 죽는달까. 자주 안 보니까 다행이지. 저런 남자랑 만나는 여자는…… 그래, 자기랑 있을 땐 어때? 같이 있을 때도 눈빛 하나로 사람 막 후려치고 그래?"

지선은 진짜 궁금했다. 강태욱은 연애를 할 때 어떤 모습일지.

"그렇진…… 않아요."

서영은 모호하게 대답하고 웃기만 할 뿐이었다.

"그래. 회사에서처럼 그러지만 않으면 땡큐지. 강 팀장한테 뭘 바라냐고. 나는 예전부터 남자들 웃는 모습에 대한 로망이 있었어. 있잖아, 막 대형견처럼 반달 모양으로 눈꼬리가 휘는 거. 사람 녹게 만드는 그런 거. 근데 훈재 씬 딱 진돗개과야. 막 달려들…… 그래, 여기까지만 하자."

지선은 처녀의 환상을 깨뜨리고 싶지 않아 말을 멈췄다.

대형견이라. 서영은 저절로 누군가가 떠올랐다. 식사를 하는 내내 그 얼굴만 생각이 나 버렸다. 그걸 아는 것처럼 그녀의 주머니에서 핸드폰이 울렸다. 태욱에게서 온 문자였다. 지선의 눈치를 살피며 확인해 본 화면엔 다급한 네 글자가 적혀 있었다.

[큰일 났음.]

"아, 저 다 먹었는데…… 일이 생겨서 먼저 일어날게요."

"그래. 먼저 가."

지선은 괜찮다며 손을 흔들어 주었다. 서영은 급하게 식판을 정리하고 식당을 빠져나왔다. 태욱에게 전화를 걸었지만 받질 않았다. 엘리베이터를 기다리는 동안 문자를 보내려고 하는데 벌컥 비상계단 쪽의 문이 열렸다. 곧 검은 팔이 튀어나와 그녀를 끌고 갔다. 놀라 서영이 고개를 들자 눈앞에 태욱이 서 있었다.

"지금 나가야 해서."

태욱이 환하게 웃으며 다급하게 입을 맞췄다.

11.

여름이 시작되는 밤

계절은 완연한 여름으로 접어들었다. 아침이라도 에어컨을 틀지 않으면 머리카락을 말리는 동안 땀을 흘려 공들여 한 화장이 지워지는 불상사가 발생했다. 서영은 늘 5분이면 끝이 났던 메이크업 시간이 점점 더 길어지고, 화장대에 놓인 화장품이 하나둘 늘어 가는 걸 문득 깨달았다.

연애는 그녀의 일상을 바꿨다. 알람 대신 태욱의 전화를 받으며 일어났고, 그의 목소리를 들으며 칫솔질을 시작했다. 일어나면 전화해 주기로 한 그와의 약속은 서영이 계속 늦잠을 자는 바람에 태욱의 모닝콜로 바뀌어 버렸다.

'누구를 탓하겠어. 잠이 없는 내가 잘못이지.'

불만을 표현하는 태욱의 눈과 입이 웃고 있었다. 그가 그녀의 귓가에 속삭였다.

'윤서영 잠에 취한 목소리 듣는 것도 나쁘지 않아.'

분위기를 야릇하게 만드는 것도 재주였다. 키스 이상은 하지 말자는 그녀의 부탁을 들어주기 위해서 그는 아침부터 뒷산을 오른다고 했다. 등산을 마친 후 그녀에게 전화해 거친 숨소리로 죽을 것 같다는 앞이 잘린 말을 내뱉을 때면 서영은 약간의 죄책감이 들기도 했지만 이것도 나쁘지 않았다.

지선이 말했던 모습이 이건가 싶기도 했다. 강태욱이 애가 닳아 하는 모습을 보고 싶다고 했었다. 천하의 강태욱이 욕구를 참지 못해 아침마다 산을 오른다고 하면 다들 지어낸 얘기라고 생각하겠지. 늘 눈빛으로 누군가를 찔러 죽일 것 같은 그가 대형견처럼 눈을 풀고 웃으며 그녀를 바라본다는 걸 믿지 않아도 상관없었다. 아니, 아무도 몰랐으면 좋겠다. 서영은 태욱이 웃을 때마다 행복했고, 또 그만큼 때때로 불안하기도 했다.

하지만 다른 생각은 하지 않기로 마음먹었다. 하루만 살자. 그럼 앞으로의 걱정 같은 건 할 필요가 없었다. 그 완전한 하루들이 모이면 후회 없는 삶이 될 테고, 그것이면 되었다.

오늘은 어제보다 좀 더 공들여 화장을 하고 마지막으로 립스틱 색깔을 고민하고 있는데 화장대 위에 놓아둔 핸드폰이 부르르 진동했다. 평소 같았으면 아침 알람을 확인한 뒤 내팽개쳐진 채 침대 어딘가에 뒹굴고 있을 물건이었다. 그러나 사랑하는 누군가가 생겼을 땐 무조건 챙겨야 하는 존재였다.

[아침부터 천안행.]

태욱은 문자에 내비게이션 인증 샷을 첨부했다.

[저녁에나 보겠군.]

그리고 굳은 표정으로 셀카를 찍어 보냈다. 서영은 저도 모르게 입가에 미소를 지으며 태욱의 얼굴을 확대했다. 그러곤 당연한 일처럼 저장 버튼을 눌렀다. 그렇게 저장한 사진들이 앨범 폴더에 하나둘 쌓이기 시작했다.

처음부터 이랬던 건 아니었다. 서영이 좋아하는 게 뭔지 매일 밤마다 문자로 알려 달라던 태욱에게 그녀는 '사진'이라는 두 글자만 적어 보냈다. 무슨 사진? 그가 되물었고, 그녀는 그가 보내 주는 건 어떤 것이든 좋다고 말했다. 그냥 '셀카'라고 말하는 게 어떠냐는 짓궂은 물음에는 대답하지 않고 말을 돌렸다.

그때부터 태욱은 틈나는 대로 그녀에게 사진들을 전송했다. 자기 얼굴을 찍는 게 익숙하지 않은지 처음에 보내온 사진은 얼굴이 절반 정도 잘려 있었다.

'모를까 봐 말하는데 내 손으로 내 사진 찍은 건 처음입니다.'

그가 입을 일자로 그리며 말했을 땐 강태욱이란 남자가 조금 귀엽다는 생각도 해 버렸다. 그게 진심이든 거짓이든 중요하지 않았다. 서영이 믿는다면 그것이 진실이 되었다. 그도 서영도 더 이상 계약이란 말을 입에 올리지 않았다. 모두에게 연인처럼 보이는 것은 당연했으며, 더 이상 연극을 할 필요도 없었다.

[난 이제 출근해요.]

답장을 보낸 서영이 구두를 신고 현관문을 여는 순간, 전화가 들어왔다. 태욱은 요새 틈이 나는 대로 그녀에게 전화를 걸었다. 문자보다는 전화가 편하다고 했다. 이유를 묻기도 전에 '목소리가 듣고 싶으니까'란 말이 날아와 또 서영의 얼굴을 당근처럼 만들었다.

연애에는 조금씩 익숙해져 갔지만 태욱은 늘 새롭게 그녀를 떨리게 하며 긴장하도록 만들었다. 엉뚱하지만 무슨 학원이라도 다니는 것인지 묻고 싶을 정도였다. 머리 좋은 남자는 연애도 잘하나요? 지선에게 물을 뻔했지만 훈재가 항상 아내의 마음을 제대로 읽지 못해 헛발질을 하는 모습에서 자연스럽게 해답을 찾아냈다. 강태욱이니까 가능한 것이군.

— 내가 곰곰이 생각을 해 봤는데.

통화 버튼을 누르자마자 태욱이 불쑥 본론부터 꺼냈다.

"네?"

— 왜 사진은 나만 보내지?

아……. 그도 불만을 가질 줄은 몰랐다. 서영은 뒤늦게 안도하는 마음이 들었다. 그가 따로 원하지 않았기에 그녀의 사진은 보내지 않았다. 그리고 태욱이 서영처럼 한가하게 사진을 확인하고 저장하지는 않을 것 같다는 생각도 들었다. 모두 그녀의 소심병이 만든 혼자만의 결론이었다.

"회사에서…… 얼굴 보잖아요."

나름 핑계를 가져다 댔다.

— 나는 안 봐?

그걸 모를 남자도 아니었다.

"……알았어요."

서영이 작게 대답했다.

— 뭘 요구할 줄 알고 알았다고 말해?

그의 웃음소리가 얄밉게 흘러나왔다.

"요구하시는 건 안 됩니다. 저도 그냥 사진이라고만 했잖아요."

하하하. 태욱에게선 어이없는 웃음이 터져 나왔다.

— 그래서, 뭐 찍어 보낼 건데?

"음…… 발 사진."

서영이 고심 끝에 대답했다. 평소에도 자주 발 사진을 찍었다. 남들처럼 핸드폰 카메라를 바라보며 웃는 표정을 남길 자신이 없어 늘 걸어가는 발이나 찻잔을 쥐고 있는 손을 찍는 게 전부였다.

서영 자신이 그렇다고 생각하니 태욱의 셀카가 얼마나 큰 용기였는지 새삼 깨닫게 되었다. 무언가 남기고 보여 주기 위해서 사는 사람은 아니었으니. 태욱 역시 그런 자신이 어색했을지도 모른다는 생각이 들자 그의 서투른 사진이 더 소중해지고 말았다.

— 오늘부터 여자 발 사진만 모으는 변태가 되겠군.

그의 농담에 웃음이 번졌다. 서영은 그 순간 용기 내 셀카를 찍었다. 보정 앱도 활용하지 않은 어색하게 웃는 사진이었지만 이게 진짜 자신이라는 생각이 들었다. 전송 버튼을 누르자 핸드폰 너머의 태욱에게서 작은 한숨이 새어 나왔다.

— 하여튼 밀당을 잘해.

"……."

— 더 보고 싶잖아.

그의 목소리가 달았다. 서영은 그가 한 말을 똑같이 되돌려주었다. 그러고는 지하철을 타려면 시간이 촉박하다며 전화를 끊어 버렸다. 심장이 뛰었고, 입술 사이로 자꾸만 웃음이 새어 나왔다.

태욱도 그랬으면 좋겠다고 바랐다. 그가 보낸 아침 사진을 지하철 기다리는 내내 내려다보며 서영은 한 남자의 하루가 조금 덜 힘들길 응원했다.

그는 마치 끝없이 달리는 말 같았다. 옆도 뒤도 돌아보지 않은 채 오로지 앞의 목표만을 향해서 뛰어갔다. 하지만 그 목표조차 그에겐 큰 의미가 없을지도 모른다는 생각이 들었다. 그저 뛰지 않고서는 견딜 수 없는 이유가 존재하는 것처럼. 그 비밀을 누구에게도 들키지 않으려 더 뛰고 있는 것일지도 모른다고.

태욱을 오랫동안 지켜봐 온 서영은 그를 잠시만이라도 쉬게 해 주고 싶다는 바람을 가져 보기도 했다. 그게 그저 욕심으로 끝날 줄 알았는데 어느새 희망이 생겨 버렸다. 그가 그녀와 있을 때, 눈을 풀고 웃을 때, 그녀를 꼭 안을 때, 조금이라도 쉬었으면.

지하철이 도착하고, 서영은 운 좋게 자리를 잡고 앉았다. 태욱에게 보내 줄 힘나는 문자를 생각하며 그녀의 입가에도 행복한 미소가 번졌다.

● ◇ ●

결국 태욱은 하루 종일 외근이었다. 그의 빈 집무실을 바라보다 서영은 책상 위에 놓인 시계를 확인했다. 벌써 퇴근 시간이 다가와 버렸다. 6시가 땡 하자 팀원들은 불이라도 난 것처럼 사무실을 빠져나갔고, 부서장인 지훈만이 자리를 지키고 있었다.

서영이 태욱을 좋아한다고 고백한 이후 둘 사이엔 어쩔 수 없는 거리감이 생겼다. 서영이 원하던 것이었다. 지훈은 더 이상 그녀를 부담스럽게 하지 않았다.

거기다 타이밍이 절묘하게 강 팀장의 연애 소식이 회사 전체로 퍼지고 나자 지훈은 서영 쪽으로 고개조차 돌리는 일이 없었다.

어쩌다 업무적으로 알려야 할 사항이 있으면, 다른 팀원을 통해 내용만 간단히 전달했다. 그게 이상했는지 몇몇 동료들은 차장님께 무슨 잘못을 했느냐고 묻기도 했다. 서영은 대충 얼버무렸고, 굳이 지금의 거리감을 깨기 위한 노력은 하지 않았다.

그녀의 시선을 느꼈는지 지훈이 고개를 들었다. 서영은 어색하게 웃었다. 그는 따라 웃더니 가방과 옷을 챙겨 일어났다. 퇴근할 모양인 것 같았다. 서영은 태욱을 기다릴 생각으로 미리 다른 업무를 처리해 둘까 싶어 문서 화면을 열었다.

"저녁은 먹고 기다리는 게 어때?"

반가운 목소리가 등 뒤에서 들렸다. 지선이 퇴근 준비를 마친 모습으로 나타났다. 서영도 배가 고프긴 했다. 그리고 요즘 태욱과 연애를 하느라 저녁 시간을 모조라 투자해 버려서 그녀가 섭섭해하고 있다는 걸 알고 있었다. 회계 문제로 법무 팀 일이 많아져 훈재가 야근하는 날이 많아졌다고 듣기도 했다. 이번까지 거절하면 하나 있는 직장 친구마저 잃을 것 같아 서영은 얼른 가방을 챙겨 일어났다.

"안 그래도 닭발 먹고 싶었어요."

"찌찌뽕. 역시. 영혼의 단짝이라니까."

지선과 서영은 팔짱을 낀 채 나란히 사무실을 벗어났다. 두 사람이 복도로 나왔을 때 먼저 사무실을 빠져나간 지훈도 아직까지 엘리베이터를 기다리고 있었다. 지선은 평소처럼 친근하게 인사를 건넸다.

"이제 퇴근하시나 봐요?"

"네. 배도 고프고 해서요."

곧 엘리베이터가 도착하고 세 사람은 안으로 들어섰다. 지훈은 지하층을 눌렀고, 지선이 1층을 누르려 하자 그가 대신 눌러 주었다. 지선은 감사하다며 눈인사를 건넸다.

"차장님 자취하신다 그랬나. 밥 챙겨 먹기 힘드시죠?"

"뭐, 다들 그렇죠. 오늘도 라면 한 그릇 먹고 들어가려고요."

지훈은 간단히 대답하고 짧은 미소를 보였다.

"라면 먹고 힘쓰겠어요? 안 그럼, 우리 닭발 먹으러 갈 건데 같이 가실래요?"

그저 한 공간에 있는 게 어색한 건넨 말이었다. 지선은 지훈이 당연히 거절할 줄 알고 물었는데 그는 서영을 돌아보고 잠시 머뭇거리다 대답했다.

"내가…… 눈치 없이 끼는 거 아닙니까?"

말속엔 망설임이 담겨 있었지만 표정은 아니었다. 지훈은 확연히 밝아진 얼굴로 자신이 눌러 놓은 지하층 버튼을 다시 눌러 취소시켰다. 지선은 뒤늦게 자신이 말을 잘못 꺼냈다는 걸 깨달았다.

"아하하……, 그럼 차장님이 계산하시면 됩니다."

뒤늦게 서영의 굳은 얼굴을 알아챘지만 상황을 바꿀 수는 없었다.

지선은 소리 나지 않게 입 모양으로 서영에게 미안하다는 말을 전달했다.

서영은 그저 웃을 수밖에 없었다. 이제 와 그녀만 빠진다는 것도 우스웠다. 뭐 그렇게 피할 자리인가 싶기도 했다. 지훈과 둘만 있는 것도 아니었으니 괜찮을 것 같았다.

곧 엘리베이터가 1층에 도착했고, 세 사람은 함께 회사 밖으로 걸어 나갔다.

닭발집은 왁자지껄, 문전성시를 이뤘다. 그만큼 고달픈 직장인들이 많다는 방증이며, 이 맵고 달고 짠 음식이라도 없었다면 진작에 대한민국의 경제가 무너졌을 것이라는, 아주 심한 비약으로 결론이 나버린 지선의 '닭발론'에 지훈도, 서영도 어느 정도 공감하는 바였다.

다 먹고 살자고 하는 짓이지. 더러워도 참고, 서러워도 눈물을 삼키며 꾸역꾸역 지옥철에 몸을 집어넣는 건 어쩌면 인간의 살고자 하는 본능일지도 몰랐다. 모두들 목표를 향해 나아가는 것 같지만 그저 살아 내는 것일 수도 있었다. 그 삶 가운데 그나마 모두에게 허락된 달콤한 마약이 있다면 이 끊을 수 없는 음식과 그 모든 힘듦을 위로받을 수 있는 사랑이 아닐까.

"서 차장님은 왜 연애 안 하세요?"

술이 조금 들어가자 지선은 거칠 것이 없었다. 지훈은 잠시 웃고는 건너편의 서영을 바라봤다. 서영은 이 닭발집으로 들어온 이후부터, 아니, 세 사람이 이곳으로 향하는 도중에도 지훈과 시선을 맞추는 일이 없었다.

자리를 잡고 앉아서는 조용히 닭발을 구웠고, 지선의 농담에 때때로 웃어 주었으며, 그 나머지는 오로지 테이블 아래로 손을 내린 채 쥐고 있는 핸드폰만 바라봤다. 문자를 주고받는지 한 번씩 입가에 미소가 번질 때면 지훈의 가슴 안쪽에선 뻐근하게 통증이 일었다.

연애를 하고 있구나. 윤서영이란 여자가 사랑을 하면 저런 모습이구나. 그 상대가 당연히 자신이 될 것이라 자만했던 지난날을 후회해도 소용없다는 걸 누구보다 잘 알았다. 그가 놓친 시간들이었고, 얼마나 소중한지 너무 뒤늦게 깨달았다. 제대로 마주 바라본 적도 없는 여자인데 지훈은 마치 이별이라도 한 것처럼 서영의 빈자리를 느꼈다. 그는 말없이 소주잔을 들어 올렸다.

"내가 좋은 사람 소개해 줘요?"

지훈의 감정을 눈치챈 지선은 일부러 그 말을 건넸다. 그가 서영을 마음에 품은 지 오래되었고, 태욱에게 그 자리를 뺏겼다고 생각한다는 게 모두 읽혔다. 그래서 얼른 다른 쪽으로 눈을 돌리게 만들어야 했다. 혹여나 태욱과 서영의 관계에 걸림돌이 되어선 안 되었다. 서영이 지금처럼만 행복했으면 하는 게 지선의 바람이었다. 태욱의 문자 하나에도 끝도 없이 올라가는 입꼬리를 감추지 못하는 서영은 누가 보더라도 아주 예뻤다. 사랑을 하면 모두가 그런 법. 그녀 또한 그랬고, 어느 누구도 다를 바가 없었다. 찾아보면 지훈에게도 맞는 여자가 분명 있을 것이다.

"제가 좋은 놈이 아니라서…… 정중히 거절하겠습니다."

그가 꾸벅 절을 하듯 지선에게 고개를 숙였다. 연거푸 소주를 마시더니 제법 술에 취한 것 같았다. 지훈의 볼이 점점 발갛게 달아오르며 닭발과 비슷한 색깔이 되어 가고 있었다. 그러는 와중에 서영은 화장실을 핑계로 자리에서 일어났다. 그녀의 손에서는 핸드폰이 세차게 울리고 있었다. 정말 제대로 된 연애를 하고 있는 것 같아 지선은 욕조차 할 수가 없었다.

서영은 태욱의 전화를 받기 위해 건물 밖으로 나왔다. 코너에 있는 화장실 쪽으로 향하자 넥타이를 맨 몇몇 남자들이 담배를 피우고 있는 게 보였다. 그녀는 그대로 발길을 돌렸다. 주위를 둘러보자 길 건너의 편의점이 보였다. 횡단보도를 건너며 더 늦지 않게 통화 버튼을 눌렀다.

"이제 끝났어요?"

— 다들 실신 직전이라 그냥 끝냈어.

그러는 본인은 멀쩡한 목소리라 서영은 웃음밖에 나지 않았다. 도대체 이 남자의 체력은 어디에서 나오는지. 하루 종일 공사 현장을 돌아본 뒤 저녁엔 지사의 부서장들과 미팅을 갖는다고 했다. 미팅이라고 해 봐야 본사에서 내려간 그가 일의 진행에 대해서 묻고 부서장들이 답하는 게 전부였다.

보통의 팀장들은 보고서 몇 개로 끝내 버리는 일을 태욱은 현장에 앉아 하나하나 들여다보는 스타일이었다. 그러다 보니 지사 직원 대부분이 가장 마주하기 싫어하는 인물이 신사업 팀 강태욱 팀장이었다. 그가 내려온다는 전언이 뜨면 야근은 필수였고, 그렇게까지 해서 업무 처리를 해 봤자 잘해야 본전이었다.

그가 새롭게 태어난 유신건설의 실세라는 말이 떠돌고, 사주인 손필성 회장의 숨겨 둔 손자이자 후계자란 소문까지 퍼지면서 그의 눈에 들기 위해 노력하는 부류들도 생겼지만 태욱은 타인에게 곁을 주는 타입이 아니었다.

어떤 이는 지금 그가 연애를 하고 있다는 사실을 믿을 수 없다고 했다. 대부분 파혼이란 흠을 덮기 위한 쇼일 것이라 추측했다. 어느 부분은 정확히 맞았고, 또 어디서부터는 전혀 다르게 바뀌었다. 지금 그가 한 여자의 식사 자리에 함께 있는 누군가를 의식하다 못해 질투를 감추지 못하고 있는 걸 보면 말이다.

— 또 자꾸 집중 못 하게 만드는 여자가 서울에 있어서.

그의 뒷말에 서영이 작게 웃음을 흘렸다. 그와 통화할 때면 가슴이 간지러워지는 건 어쩔 수 없는 병인 것 같았다. 서영은 모른 척 편의

점 냉장고에서 생수병 하나를 꺼냈다.

"오랜만에 닭발 먹으니까 그때 팀장님이랑 같이 먹었을 때 생각나
요."

— 아, 나 버리고 서지훈한테 가려고 했던 일 말하는 건가?

아차. 말을 잘못 돌렸다.

"결국 안 갔잖아요."

— 그래서 지금 내 인내심 테스트하는 건가?

하여튼 말로는 이길 수 없는 남자였다.

"……미안해요."

— 사과하라고 한 말 아닌데?

태욱은 웃음을 머금고 말했다.

"원하는 거 말하세요. 들어……드릴게요."

서영은 포기하듯 답했다. 그의 질투가 기분 나쁘지도 않았고, 피하
려면 충분히 피할 수 있는 자리였다. 태욱의 마음까지 헤아리지 못하
고 괜찮을 거라 생각한 자신의 행동을 뒤늦게 반성하게 되었다. 그가
만약 어쩔 수 없이 지유린과 함께 앉아 있다고 하면 기분이 어떨까.
서영은 생수병을 쥐고 있던 손에 저절로 힘이 들어갔다.

— 먹고 싶은 거 말해 봐. 사 갈게.

그의 소원은 예상 밖으로 소박하고 시시했다. 아니, 오히려 서영의
소원 같았다. 서영은 그가 당연히 욕구 불만을 해소하게 해 달라고 말

할 줄 알았기에 그런 생각을 한 자신이 조금 민망해졌다. 전화 통화이니 다행이지, 아니었다면 이런 마음을 태욱에게 모두 읽혀 놀림을 받았을 게 뻔했다. 서영은 얼른 먹고 싶은 음식을 떠올렸다.

"천안이니까…… 호두과자?"

하하하. 윤서영답다며 태욱이 웃었다. 그는 알겠다며 휴게소에 들러 사 가겠다고 했다. 서영은 조심히 올라오라는 마무리 인사를 건네고 전화를 끊으려 했다. 그때 태욱에게서 또 다른 질문이 날아왔다.

— 보고 싶은 건?

"……."

생수병을 카운터에 내려놓고 계산을 하던 서영의 얼굴이 화라락 붉어졌다. 남자 아르바이트생이 그런 그녀를 이상한 시선으로 바라보는 게 느껴졌다. 서영은 얼른 생수병을 들고 편의점을 빠져나왔다.

— 없어?

기다리지 못하고 태욱이 다시 물었다.

"……팀장님이요."

그녀는 포기하듯 그가 원하는 대답을 해 주었다.

— 안 들려. 세상에 팀장이 한둘인가.

그의 소원은 아무래도 이쪽인 것 같았다.

"강태욱 씨요. 천안에서 호두과자 사 오실 분."

서영도 지지 않고 맞장구를 쳤다. 저절로 웃음이 새어 나왔다. 서로의 웃음소리만 들어도 좋았다. 끊으려 해도 끊을 수 없는 전화였다. 길 건너편에 위치한 가게에서 지훈과 함께 걸어 나온 지선이 그녀를 발견하고 손을 흔드는데도 서영은 핸드폰을 내려놓지 못했다. 전화기 너머의 태욱이 보고 싶다는 말을 아무렇지 않게 여러 번 연거푸 쏟아 낸 때문이었다. 술은 입에 한 잔도 대지 않았는데 어쩐지 기분이 달나라로 올라가는 것만 같았다.

축 처진 몸을 비틀거리며 회사 쪽으로 향하는 지훈의 뒷모습을 지켜보던 지선과 서영은 같은 택시에 올랐다. 방향이 같아 돈도 아낄 겸 같이 탄 것인데, 어쩐지 지선의 눈에는 한잔 더 하고 싶은 아쉬움이 남아 있는 것 같았다.

그도 그럴 것이 지훈이 끼는 바람에 둘만이 나눌 수 있는 대화는 입에 올리지조차 못했다. 요즘 지선은 훈재의 야근과 서영의 연애로 의도치 않게 외로움을 많이 느끼는 중이었고, 그걸 서영도 모르지 않았다. 그녀도 그랬으니까. 지선이 훈재와 결혼하고 신혼 생활을 즐기느라 함께하는 시간이 줄었을 때 어쩔 수 없이 서운함을 느껴야만 했다. 그것은 누구의 잘못도 아니었지만 감정은 머리로 설명할 수 있는 게 아니었으니까.

"저희 집에서 맥주 딱 한 캔만 더 하실래요?"

서영이 집 앞에 도착할 즈음 먼저 제안했다. 지선은 긍정의 대답을 하고 싶었지만 이내 세차게 고개를 저었다. 벌써 어떤 남자의 무서운 얼굴이 그려지는 것만 같았다.

"누구한테 무슨 소리를 들으려고."

지선은 뒷감당이 힘들다며 깔끔하게 거절했다.

"지금 천안에서 오는 길이라 시간 좀 걸릴 거예요. 박 변호사님도 아직이시잖아요."

"그래서 야식 좀 사서 가 볼까 싶어. 요즘 자주 못 보니 또 보고 싶네."

서로 힘겨루기를 해도 사랑하는 마음은 덜어지지 않는 것 같았다. 지선이 조그만 목소리로 자신이 훈재를 더 많이 좋아한다고 아주 큰 비밀을 고백하듯 말했다. 서영은 자신도 마찬가지라며 맞장구를 쳐 주었다. 그렇게 지선을 태운 택시는 서영을 언덕 입구에 내려 준 뒤 다시 훈재가 있는 회사로 향했다.

터덜터덜 혼자서 언덕길을 오르자 서영은 언제 도착할지 모르는 태욱이 더욱 보고 싶어졌다. 매일 봐도 그리운 게 연애인가. 그를 짝사랑할 때는 이렇지 않았다. 너무 깊이 빠지면 안 된다는 생각을 하면서도 그녀는 자신의 마음을 제어할 수가 없었다.

작은 한숨을 내쉬고 고개를 든 순간, 눈앞에 그 남자가 서 있었다. 서영은 얼른 그의 앞으로 뛰어갔다. 그녀를 발견한 태욱이 차체에 기대 있던 몸을 일으켰다.

"티, 팀장님……."

"서프라이즈."

그는 등 뒤로 감추고 있던 호두과자를 내밀었다. 정말 사 올 줄이
야. 이것까지 사 오면서 어떻게 이 시간에 온 걸까. 서영은 그가 이곳
에 있는 게 실감이 되지 않았다. 일단 호두과자를 받으려고 하자 그가
자신의 머리 위로 봉투를 들어 올렸다.

"공짜로?"

그가 장난기 가득한 얼굴로 물었다. 그럼, 그렇지. 이렇게 놀리고
싶어서 일하는 동안 어떻게 참았을까. 서영과 함께 있는 태욱은 회사
에서와는 전혀 다른 사람 같았다. 그게 좋으면서, 또 이상하게 안타까
워 가슴이 먹먹해지기도 했다. 서영의 표정과 분위기가 달라지자 태
욱은 반성하는 것처럼 천천히 호두과자 봉투를 내렸다.

"알았어. 먹는 걸로는 장난 안 치겠습니다."

태욱이 다시 봉투를 내미는데 서영이 불쑥 입을 열었다.

"나, 소원 쓸게요."

"응?"

뜬금없이 소원 이야기 나오자 태욱은 감을 잡지 못했다.

"첫 번째 소원 취소."

"……."

"나…… 안아 줘요."

그녀가 고개를 들어 태욱과 시선을 똑바로 맞췄다. 하……. 그는 어딘가 불편한 미소를 지으며 깊은 한숨을 흘렸다. 그리고 서영에게 박듯이 시선을 꽂은 채 한참 동안 내려다봤다.

그 순간이었다. 태욱이 호두과자 봉투를 쥔 채 서영의 손도 꽉 붙잡아 빌라 쪽으로 이끌었다. 걸음이 빠른 그를 쫓아가느라 심장이 뛰었다. 왜 하필 5층이야. 그가 낮게 읊조리는데 서영은 웃음이 샜다. 오늘은 가쁘게 내쉬는 숨조차 달았다.

현관으로 들어선 뒤 신발을 벗기도 전에 태욱이 입맞춤을 퍼부었다. 서영을 거의 안다시피 붙잡고서 집어삼키듯 밀어붙이는 키스는 누군가 심장을 꽉 붙잡고 놓지 않는 것처럼 막막하고 버거웠다. 답답해. 조금만, 천천히. 서영이 그를 밀어 내면 태욱은 몸을 더 밀착시키며 그녀를 놓아주지 않았다.

"으윽."

결국이 서영은 태욱의 입술을 깨물고 말았다. 아픔보단 그녀의 행동이 어이없다는 듯 태욱이 잠시 숨을 몰아쉬었다. 뒷감당할 자신 있느냐고 묻는 듯한 그의 사나운 눈빛에 서영은 쪽, 하고 입을 맞췄다. 태욱은 돌겠다는 표정으로 그녀를 내려다봤다. 서영에게선 작은 웃음이 샜다.

"웃지 마. 경고야."

태욱이 무서운 얼굴을 그려도 서영은 과감히 그의 뺨을 쓰다듬었다.

"얼마나 마셨어?"

그가 묻자, 서영은 고개를 흔들었다.

"술도 안 먹고 이러면 어쩌자는 거야?"

그가 또다시 깊은 한숨을 내쉬자 그녀는 두 팔을 벌려 그를 끌어안았다.

"나…… 행복해요."

"안아 달라는 게 이런 뜻이었어?"

태욱이 심각하게 묻자 서영은 또 웃음이 터졌다. 그의 품 안으로 더 가까이 파고들었다. 쿵쿵쿵. 그녀의 귓가에 그의 심장 소리가 들렸다. 어릴 적 그녀의 버릇이었다. 아빠든 엄마든…… 동생이든. 그녀가 사랑하는 누군가를 끌어안고 그 사람의 심장이 뛰는 소리를 들었다. 살아 있다. 안도하고 안심했다.

"윤서영."

그가 낮은 목소리로 그녀의 이름을 불렀다. 서영은 그를 더 이상 기다리게 하면 안 될 것 같아 고개를 들었다. 태욱의 표정이 굳어지는 게 보였다. 그러곤 그녀를 혼내듯 입을 일자로 다물면서도 다정한 손길로 눈가를 훔쳐 주었다. 언제 울었던 걸까. 주책이었다. 서영은 민망해 웃었다.

"차라리 술 마신 걸로 해요."

"주사든, 습관이든. 이건 내가 감당을 못 할 것 같은데."

이번에 그가 그녀를 끌어안았다.

"마음이 어떻든, 우는 건 안 돼."

"네."

서영이 씩씩하게 대답했다. 눈물이 많은 편도 아니었다. 잘 울지 않아 부모님을 걱정하게 만들었던 적도 있었다. 하지만 연애는 사람을 감정적으로 만들었다. 서영은 그를 아프게 하고 싶지 않았다. 그래서 입꼬리를 올려 웃음을 만들어 냈다.

"내가 분위기 깼죠?"

그녀가 묻자 그가 서영을 풀어 주며 대답했다.

"시작도 안 했는데 무슨 분위기?"

태욱은 서영을 번쩍 안아 들었다. 신발을 벗고 집 안으로 들어가 서영을 침대 위에 내려놓았다. 그러고는 그녀가 신고 있던 신발을 한 짝씩 벗기고는 현관에 가져다 놓았다. 서두르지 않는 그의 동작에 심장이 두근거렸다. 그가 겉옷을 벗고 시계를 풀어 식탁 위에 내려놓는 모습을 보는 것만으로도 그녀는 아랫배가 조여들었다. 그의 바지 주머니에서 콘돔 박스가 나왔다. 태욱이 서영이 있는 쪽을 바라보자 저절로 숨이 멈췄다.

"담배 사다가. ……앞에 있던 어린놈이 사길래."

오해 말라는 변명 같아서 서영은 웃음이 새어 나왔다. 알았다며 고개를 끄덕여 주었다. 후하. 그가 큰 숨을 몰아쉬고 그녀가 있는 쪽으로 다가왔다. 어느새 웃음은 사라지고, 긴장감에 입이 바짝 말랐다. 침대에 자리를 잡고 앉은 그가 와이셔츠의 단추를 풀었다.

"겁나면 더 기다려 줄 수 있어."

그의 말에 서영이 고개를 흔들었다.

"그래. 거짓말이었어."

웃음이 터지고, 태욱과의 시선이 더 가까워졌다.

"아프면 말하고."

그가 손을 뻗어 그녀의 뺨을 쓰다듬었다.

"말해도 안 멈추면 때려."

네. 서영이 웃으며 대답하자 그가 몸을 내려 입술을 포갰다. 뜨거운 숨이 섞이다 그의 혀가 들어온 순간 농밀한 입맞춤이 시작되었다. 그녀의 혀를 잡고 놓아주지 않는 집요한 키스는 태욱의 성격과도 닮았다.

그가 그녀가 내쉬는 숨까지 모조리 삼켰다. 헐떡이는 몸을 부여잡는 손의 뜨거운 기운만으로도 전부가 녹아 버릴 것 같은 애무는 단숨에 온몸을 달궜다. 귓가를 비비던 손길이 자연스럽게 서영의 블라우스 안으로 들어와 급하게 살결을 훑었다. 이번엔 멈추지 않겠다는 확고한 의지를 보여 주듯 그가 가슴부터 꽉 움켜잡았다.

"아…… 읏, 파."

"미안."

허리가 들린 채 서영의 얼굴이 붉게 달아올랐다. 태욱은 사과했지만 손을 빼진 못했다. 곧 뜨겁고 큰 손이 몰캉한 가슴을 조심스럽게 감싸 쥐고 어루만졌다. 서영은 발끝이 곱아들고, 온몸에 아득하고 야릇한 기운이 퍼졌다. 저절로 벌어진 입 속에서 작은 신음이 터져 나왔다. 그의 손길이 더욱 거칠어져 시선을 들어 올리자 눈이 정면으로 맞부딪쳤다.

태욱은 욕망이 일렁이는 눈길로 그녀의 얼굴을 내려다보고 있었다. 언제부터인지 알 수 없었다. 서영은 그의 손길에 뒤흔들리는 몸이 부끄러워 시선을 피하려 했지만 태욱이 그러지 못하게 만들었다. 그가 그녀의 이름을 낮게 불렀다.

"윤서영."

"……."

"나 봐."

싫다고 고개를 흔들자 그가 입술을 찾았다. 깊게 빨리는 느낌이 더 버거웠다. 어느 쪽이든 감각이 전부 요동치는 건 똑같았다. 어느새 블라우스가 벗겨지고 속옷마저 날아가 버렸다. 얼굴을 아래로 내린 그가 가슴에 입술을 대자 서영은 신음을 삼키며 시트를 움켜잡았다. 그가 입을 놀릴수록 숨이 턱턱 막히고 온몸의 피가 머리끝까지 한꺼번에 몰리는 것만 같았다.

"하웃. ⋯⋯그만."

말려도 소용없다는 걸 알았다. 이 기분이 온전히 싫은 것도 아니었다. 태욱의 손이 살결을 스칠 때마다 그라서 다행이었고, 그랬기에 겁이 났다. 몸이 달뜬 서영이 반쯤 눈을 감은 채 버거운 신음을 흘리며 태욱을 보자 그는 더 이상 참지 못하겠다는 것처럼 반쯤 몸을 일으켰다. 그러곤 단추를 풀다 만 와이셔츠를 거칠게 벗어 침대 아래로 던졌다.

태욱의 나체가 드러나자 서영은 채널을 잘못 틀어 성인영화라도 본 사람처럼 눈을 질끈 감았다. 그의 웃음소리가 귓가에 닿았고 곧이어 작은 한숨 소리도 들려왔다.

"얼굴은 그렇게 쳐다봤으면서⋯⋯."

태욱이 서영을 끌어안은 채 속삭였다.

"이거 보여 주려고 뒷산을 그렇게 뛰었는데."

웃음이 터질 수밖에 없었다. 서영은 태욱의 이런 점이 좋았다. 심각해지다가도 금세 분위기를 가볍게 전환했다. 장난기 가득한 얼굴이 진지하게 변할 때면 멋대로 심장이 쿵쾅거렸다. 위험한 남자였지만 빠질 수밖에 없는 사람이었다. 서영이 용기 내 그의 상체를 천천히 손으로 훑었다. 그녀의 손이 닿는 순간 단단한 근육들이 뜨거워지는 기분이었다.

"하……. 사람을 미치게 하지."

태욱은 두 팔로 침대를 짚으며 자신의 밑에 누워 있는 서영을 내려다봤다.

"우아, 운동 엄청 하셨다아."

이 와중에 칭찬은. 눈도 제대로 뜨지 못한 여자가 그의 몸을 더듬거리며 만지고 있었다. 이리저리 움직이는 작은 손이 느껴지자, 또다시 그의 가슴 안쪽 어딘가가 간지럽기 시작했다. 그러자 이미 단단하게 크기를 키운 살덩이가 요동치듯 움찔거렸다. 살려 달라는 아우성 같기도 했다.

태욱은 바지 주머니에서 콘돔을 꺼내 준비를 마쳤다. 서영을 배려해 급하게 하고 싶지 않았지만 이미 그의 한계를 벗어난 상황이었다. 그것도 모르고 아래 속옷이 태욱의 손에 끌려 내려가자 서영은 무슨 큰일이라도 난 것처럼 눈을 번쩍 뜨고 그를 바라봤다.

"천천히 할게."

거짓말이었다. 좁은 아래에 머금어지는 순간 불쑥 치고 들어가려는 욕망을 막지 못했다. 당연한 듯 서영의 몸이 솟아오르고 얼굴은 새하얘졌다.

미칠 지경인 건 태욱도 마찬가지였다. 단단하게 조인 아래 때문에 허벅지 근육이 빠듯했다. 그가 움직이지도 못할 정도로 움켜쥐고선 거의 울 것 같은 얼굴로 살려 달라 애원하듯 바라보는 게 그를 더 자극한다는 걸 왜 모를까. 태욱은 피멍 들 각오로 서영을 더 깊게 끌어 안았다.

"하아……."

짧게 끊기는 신음을 내뱉은 서영이 몸을 떨었다. 그때부터였다. 태욱은 그녀의 좁은 안으로 살덩이를 더욱 밀어 넣었다. 쿵쿵쿵. 그의 거친 몸짓에 작은 침대가 소리를 내며 움직이고, 서영의 몸이 위쪽으로 떠밀려 올라갔다. 침대 헤드에 머리라도 박을까 봐 태욱은 그녀의 머리를 감싸 안으려 몸을 숙이며 입을 맞췄다. 서영은 아래로 꺼지고, 위로 날아오르는 것 같은 자신의 몸을 감당하기 어려운 듯 태욱의 어깨를 움켜잡았다.

"때려. 할퀴어도 괜찮아."

입술을 떨어뜨린 태욱이 서영을 내려다보며 지시했다. 자신을 때리라고 명령하는 그가 더 미운지 서영은 고개를 흔들었다. 그러곤 팔로 자신의 눈가를 가렸다. 아무래도 또 울음을 터뜨리려는 것 같았다. 괜히 우는 모습을 보이지 말라고 했나. 태욱은 그 말을 했던 게 후회 되었다. 서영이 우는 게 싫었지만 이렇게 숨기는 것도 마음에 들지 않 았다.

수시로 변하는 감정의 파고를 감당하기 어려운 건 그도 마찬가지 였다. 어찌해야 할지 몰랐다. 누군가에게 물어본다고 한들 정답을 알 수 있을까. 태욱은 서영의 팔을 잡아 내리고 그녀의 눈가에 흐르는 눈물을 자신의 입술로 훔쳤다.

"간지러⋯⋯워."

혀로 눈가를 핥는 것이 더 고문이었다. 서영은 울면서 또 웃어 버렸다.

"빨리⋯⋯. 빨리, 끝내 줘요⋯⋯."

자신의 몸 안에 꽉 들어찬 태욱이 낯설어 서영은 그에게 눈을 맞추고 매달리듯 말했다. 이렇게 막막하고 터질 것 같은 감각일 줄은 몰랐다. 누군가 함부로 그녀의 가슴 안에 불을 붙인 후 기름을 쏟아붓고 부채질까지 하는 것만 같았다. 그가 깊게 파고들 땐 감당할 수 없는 아찔한 현기증을 느껴야 했다. 모두 다 채우지 못하면 하나도 남지 않을 것만 같은 무서운 불안이, 결국엔 사랑이라고 말하는 것만 같은 행위였다.

"그러니까⋯⋯."

태욱은 그녀에게 허리를 붙이며 속도를 올렸다.

"함부로 안아 달라는 말⋯⋯ 하는 거 아니야."

입술이 짓이기듯 빨렸다. 그의 손에 서영의 허벅지가 벌어지며 아래의 감각이 더욱 사라져 갔다. 무아지경이라는 말만 떠올릴 뿐이었다. 푹푹, 몸이 꺼지는 게 두려워 서영은 태욱의 끌어안을 수밖에 없었다.

"윤서영."

그가 탁하게 젖은 목소리로 그녀를 불렀다.

"……흣."

신음을 참아 내느라 서영은 대답할 수 없었다.

"윤서영."

화가 난 듯 다시 한번 그녀의 이름을 부른 태욱이 시선을 맞춰 왔다. 울지 마. 그의 눈이 그렇게 말하는 것 같았다. 미안해. 사과하듯이 태욱이 서영의 뺨을 어루만졌다. 사랑해. 마지막엔 그렇게 말했을까. 아직은 아닐지도 모르겠다. 이 막막하고 끝없이 내려앉는 감정이 무엇인지 둘 다 제대로 알지 못했으니. 태욱도 서영도 서로를 바라보며 헐떡일 뿐, 그 어떤 것도 명확하게 설명할 수 없었다. 그저 살을 부비고 느껴야만 하는, 그들만의 여름밤이었다.

12.

이토록 행복과 아픔이

날짜가 다른 여러 장의 사진 속에서 태욱은 모두 같은 모습이었다. 한 여자를 끌어안은 채 행복하게 웃고 있는 낯선 모습. 필성이 일곱 살이었던 녀석을 손자로 받아들인 후, 단 한 번도 본 적 없는 얼굴이었다. 헛웃음이 새는 건 당연했다. 태욱의 모습을 한참 동안 들여다보던 필성은 앞에 선 창수에게로 시선을 옮겼다. 그에게선 곧 보고가 이어졌다.

"계속 그 집에서 출퇴근하고 계십니다."

"이 얼굴을 하고?"

필성이 사진 한 장을 집어 들었다. 농담으로 건넨 말이 아니라는 걸 알지만, 윤창수 변호사에겐 다른 뜻으로 들렸다. 이제라도 다른 평범한 할아버지들처럼 손자의 연애를 바라볼 마음이 든 건가. 아니면 어느 누구도 완벽히 믿지 못해, 다른 누군가를 시켜 그의 손에 쥔 보고들까지 미리 알고 계산한 행동일까. 여전히 필성에 대해선 그 어떤 것도 짐작할 수 없어 그의 표정이 긴장하듯 무겁게 가라앉았다.

필성의 옆에서만 30년이 넘었다 하더라도 그의 전부를 읽어 내진 못했다. 감정을 참거나 감추는 양반은 아니었지만 그렇다고 속살을 하얗게 드러내지도 않았다.

그런 인물이었다면 진작 자리를 뺏겼을 테고, 이 유신을 지금까지 붙들고 앉아 있을 수도 없었겠지. 필성은 종종 창수가 생각지 못한 부분에서 예상 밖의 답을 내놓을 때가 있었다. 그래서 함부로 아는 척을 하는 게 무의하다는 걸 어느 순간부터 깨달았다.

"그런 모습 원하신 거 아니셨습니까?"

창수는 평소와 달리 필성에게 되물었다. 그답지 않은 행동이었다. 늘 필성이 원하는 대답만 했을 뿐, 물음을 건넨 적은 단 한 번도 없었다. 자신의 그런 점 때문에 필성이 그를 옆에 붙여 두고 있다는 걸 잘 알고 있었다.

필성이 사진을 내려놓고 창수를 올려다봤다.

"나는 모르지만 윤 변은 잘 알고 있는 것들이 꽤 많지."

필성의 눈동자가 한순간 날카롭게 창수에게 꽂혔다. 조용히 찍어 누르는 기세가 여든이 넘는 나이를 무색하게 만들었다. 창수는 알아서 고개를 숙였다. 이런 식으로 상황이 흐를 것이란 건 예상했다. 그가 깍듯하게 몸을 숙이자 그제야 필성의 몸짓이 다시 전처럼 여유로워졌다.

재벌의 그림자가 되기로 결정한 순간부터 기생충 취급을 받는 건 당연한 수순이었다. 명예보다 돈을 선택한 자신에 대한 환멸도 없지는 않았다. 너무 오래 한 사람을 보필해 온 것도 그들 사이에 모순을 더하였다.

그런데 요즘 그의 고민은 다른 게 아니었다. 충성심을 시험하는 유혹들보다도 그를 더욱 흔들리게 만드는 건 우습게도 양심이었다.

"그 여자 집안은?"

곧 필성의 물음이 날아왔다. 창수는 알아낸 정보를 기계적으로 전달했다.

"부모 모두 교육 쪽 일에 몸담았고, 주변 평판도 좋습니다. 경제적으로 문제 될 일은 없습니다. 다만, 어릴 때 여동생이……."

똑똑. 창수의 다음 말을 막듯 누군가 별채의 문을 두드렸다. 그가 필성과 독대할 때는 아무도 방해할 수 없었기에 좀처럼 있지 않은 일이었다. 필성이 언짢은 표정으로 문 쪽을 바라봤다. 들어오라는 필성의 허락이 떨어지자 곧 문이 열리고 박 비서가 들어섰다.

"죄송합니다. 손 이사님이 오셔서……."

철민이 기별도 없이 본가에 방문한 적은 없었기에 일 처리가 매끄러운 박 비서도 상황을 제대로 컨트롤할 수 없었던 듯했다. 필성은 알겠다며 고개를 끄덕였고, 창수에게 눈짓으로 물러갈 것을 지시했다. 곧 그는 방 안을 빠져나왔다. 그리고 별채 앞까지 들어와 있던 철민과 마주했다.

"오랜만이네요, 윤 변호사님."

철민이 반듯한 미소로 먼저 인사를 건넸다.

"네. 안녕하셨습니까?"

창수는 짤막하게 목을 숙였다.

"요즘 잘 안 보이셔서 바쁘신 줄 알았더니, 여기 계셨군요."

철민은 창수가 무엇을 하고 다니는지 이미 다 알고 있으면서도 에둘러 그를 문책했다. 필성의 자리를 차지하기 위해선 필성이 가졌던 모든 것을 자신이 차지해야 한다고 생각하는 무지함이 안타깝기도 했다.

보고 배운 것이 있었으나 철민은 생각이 얕았다. 계산은 빨랐지만 칼을 제대로 휘두르지 못했고, 타고난 본성이 심약해 불안을 고질병처럼 안고 살았다. 아버지 인국이 제대로 된 어른이 되지 못해 필성의 눈 밖으로 밀려난 것이 그의 불안을 더 부추기는 이유기도 했다.

"회장님이 기다리십니다."

창수는 더 말을 붙이지 않고 돌아섰다. 그 순간 철민이 참지 못하고 덧붙였다.

"어느 쪽에 서시든, 저는 괜찮습니다. 하지만 한 가지 착각하지 않으셨으면 합니다. 강 팀장이라고 다를까요? 꼬리 감추고 여우 짓 하는 놈이 제 사람을 지킬 그릇이 되겠습니까? 할아버지가 보시는 건 저도 봅니다. 그러니…… 늦지 않게 기회를 잡으십시오."

철민이 창수의 어깨를 두드리고는 돌아서 별채 안으로 사라졌다. 늦지 않은 기회라. 창수는 어쩔 수 없이 쓴웃음을 지었다. 그리고 곧 차갑게 가라앉은 얼굴로 유신 일가의 높게 솟은 문을 벗어났다.

철민이 소파에 앉자 필성은 책상 위에 널브러져 있던 태욱의 사진을 정리해 서랍장 안에 넣었다. 그 모습을 철민이 멀찍이서 지켜보고 있다는 걸 알았다. 그가 가진 건 철민 또한 가지고 있을 게 분명하기에 감출 이유가 없었다.

그는 느릿하게 자리에서 일어나 철민이 앉은 소파 쪽으로 다가갔다. 마주 잡은 손이 미세하게 떨리는 걸 보니 무슨 이유 때문에 이리 급하게 찾아온 것인지 단번에 알아챌 수 있었다.

"이번엔 얼마나 해 먹은 거야?"

다짜고짜 날아온 물음에 철민은 우선 고개부터 숙였다.

"……죄송합니다."

"노름질한 사람은 네 아비인데, 네가 사과한다고 일이 해결되겠니?"

쯧쯧. 필성은 혀를 차며 철민을 내려다보았다. 무엇이 그리도 불안한 걸까. 아비가 죽은 놈도 그 자리로 올라가려고 악착같이 이를 악무는데. 그저 그 자리에서 지켜 내는 것만 해내면 이기는 게임이었다. 하지만 인국이 그랬듯, 다 가졌기에 완성하지 못하고 견뎌 내지 못하는 무게가 있었다.

"이번엔…… 회사 쪽도, 손대신 것 같습니다."

철민은 손 회장 앞에 서류 하나를 내려놓았다. 하. 필성은 표정을 지운 채 봉투를 집어 안에 든 내용물을 확인했다. 다 해도 절대 해서는 안 되는 일이 있었다. 일부러 숨통을 틔워 주려 떼어 준 돈이 제법 되었다. 그걸로도 감당이 안 될 만큼 일을 저질렀다는 소린가. 그는 차오르는 화를 참지 못하고 서류를 바닥으로 내던졌다.

철민은 침착하게 행동하기 위해 손을 맞잡았지만 뛰는 심장을 어쩌진 못했다.

"……죄, 죄송합니다."

철민의 사과에 필성의 눈빛이 손자에게로 꽂혔다. 어쩜 하나부터 열까지 이리도 똑같을까.

인국은 죽이지 못해 살려 둔 자식이었다. 뒤늦게 도박에 빠진 걸 알고 손버릇을 고치기 위해 무당처럼 칼까지 빼어 들고 전쟁을 치렀지만 아들의 병은 고쳐지지 않았다. 무엇이 문제냐 물으면 아무것도 문제가 되지 않아 저지른 일이라 했다. 살아도 사는 것 같지 않다며 울듯이 웃었다.

인국은 동생 인주가 아버지 필성과 어긋나던 무렵 스스로 정략결혼을 했다. 그것이 집안의 모든 분란을 잠재울 수 있는 길이라 생각했다. 마음을 나눈 연인이 있었지만 당연하게 헤어졌다. 결혼할 상대인 미연도 싫지 않았다. 하지만 아들 철민이 태어나고 얼마 후 아내의 외도 사실을 알게 되었다. 오래된 관계였다. 그는 이혼을 원했지만 필성이 허락하지 않았다.

당시 유신그룹은 미연의 친정과 얽힌 사업이 많았다. 그 덕분에 한창 발돋움 중인 회사를 부부간의 작은 소란으로 날려 버릴 순 없었다. 재벌가에서 태어나 자란 미연도 머리가 빨리 돌아갔다. 곧장 남자를 정리했고, 그 이후로는 문제 될 일을 만들지 않았다. 하지만 인국은 미연도, 심지어 그녀가 낳은 자신의 아들 철민도 믿지 못했다. 두 번이나 유전자 검사를 하며 친자임을 확인받았지만 그의 마음은 그 사실을 받아들이지 못한 것이다.

결국 인국은 아버지 필성의 그늘에서 벗어나지 못한 나약한 자신을 한탄하며 천천히 무너져 갔다. 꿈에서 죽은 동생 인주를 볼 때가 많았고, 깨어 있을 땐 술과 도박에 빠져야만 견딜 수 있었다. 필성은 그때부터 인국을 멀리했다. 그의 방황을 이해하지 못해 한탄했고, 유신의 미래만 생각하며 가능성이 있는 철민에게로 눈을 돌렸다.

부모와 자식으로서 마주 본 게 언제인지도 까마득했다. 철민을 통해서 그의 소식을 듣고 뒤처리만 해 주었다. 모두의 관심은 후대로 넘어간 이후였다. 이제 자리를 내주어야 할 후계자를 정하면 순조롭게 마무리될 인생이었다.

자식 셋에게서 빛을 보진 못했지만 그들의 핏줄들 중에서 제대로 된 주인을 찾으면 그만이었다. 철민이든, 태욱이든, 그가 저울질해 고르면 끝이 날 전쟁이었다. 미련 없는 생이었다. 더 이상의 바닥을 보지만 않으면 웃으며 눈을 감겠지. 하지만 마지막까지 자식은 그의 업이 되었다.

"더 이상은 없다. 알아서 처리하고, 들어가라고 해."

필성은 차갑게 일갈하고 자리에서 일어섰다. 놀란 철민이 소파에서 일어나 무릎을 꿇었다. 회사의 공금을 횡령해 도박으로 날린 아버지가 죗값을 받게 되면 그의 인생에도 걸림돌이 될 것이 분명했다. 만약 태욱의 귀에라도 들어간다면 약점이 되어 그를 찌르는 화살이 될 것이다. 그러니 그가 유신의 회장 자리에 앉기 전까지는 흠이 될 만한 것 무엇도 만들어선 안 된다.

끊으려 해도 끊을 수 없는 부자의 관계였다. 어릴 적부터 사랑 한 번 제대로 받지 못하고 자랐지만 아비는 아비였다. 허수아비일지라도 살려서 그 자리를 지키도록 해야만 했다. 그러니 철민이 믿을 곳은 할아버지 필성뿐이었다.

"늘 태욱이보다 저한테 하나 더 주시는 거 압니다. 그게 더 잘했다는 뜻이 아닌 것도 알고요. 그렇게 했는데도 이미 따라잡혔고, 할아버지 마음이 그 녀석에게 옮겨 갔단 걸 모르지 않습니다."

자존심을 내려놓은 고백이었다. 늘 모른 척하며 받아 가던 녀석이 방법을 달리했다. 필성은 흔들리는 모습을 보여 주는 게 더 이득일지, 머릿속에서 그림을 그려 보았다.

"태욱이 그 자리 앉히는 데 절 이용하셔도 괜찮습니다. 불만 갖지 않겠습니다. 뭐든 시키시는 대로 하겠습니다. 그러니…… 이번 한 번만, 더 살려 주십시오."

철민을 내려다보며 웃음 짓던 필성의 표정이 복잡하게 얽혀 들었다. 영리한 줄 알았는데 결국은 멍청한 놈이었나. 아니면 멍청한 것 같으면서도 영리한 것인가. 아직은 그도 짐작되지 않았다. 게임은 끝나지 않았으니까. 결승선에 들어가기 전까진 안심할 수 없는 법이었다.

● ◇ ●

미리 예약한 술집의 룸으로 들어서 자리에 앉자마자 훈재는 태욱 앞에 사진 여러 장을 내려놓았다. 이미 예상한 조합이었다. 너무 뻔해 웃음이 났지만 화가 사라지는 건 아니었다.

"지유린이 떠드는 건, 다 손 이사 쪽에서 흘러나왔겠지."

앞에선 고상한 척하면서 뒤에선 어찌나 호박씨를 까 대는지. 정말 지유린이 말한 대로 재벌 집에서 자란 놈들은 하나같이 이 모양인가. 씁쓸한 마음에 태욱의 손엔 독주가 쥐어졌다.

"여기가 잘 어울리는 한 쌍이네."

술잔을 내려놓은 태욱은 다음 장을 넘겨 보았다. 철민이 차의 조수석 문을 붙잡은 채 서 있고 유린이 그 안에서 내리는 장면이었다. 두 사람 모두 살짝 상기된 표정이었다. 작당 모의를 하려 만났으면 그 선을 지킬 것이지. 위험한 욕망에 이리도 쉽게 흔들리는 꼴이라니. 무엇이든 계산기를 두드려 보는 철민은 몰라도 유린은 마음이 없지 않아 보였다. 속일 수 없도록 표정에 모두 드러나 버렸다.

그녀가 사고뭉치로 큰 이유엔 분명 외로움이 있을 테고 남자가 끊이지 않는다는 건 그만큼 쉽게 마음이 열린다는 거였다. 독한 혀로 입을 놀려 봤자 돌아오는 건 숨길 수 없는 질투와 허무일 것이다. 누구든 가지고 싶고 무너뜨려야만 하는 여자에게 가장 큰 약점은 오히려 사랑일 수도 있었다.

"호텔 사진은 없어?"

시시하다며 태욱이 남은 사진들을 이리저리 뒤졌다. 훈재 역시 당연히 그 모습을 읽었다. 평소의 태욱이라면 크게 생각하지 않을 부분이었으나 요즘 열렬한 사랑 중이니 표정만 보아도 감정을 눈치챈 것 같았다.

"손 이사도 바보는 아니니까."

하. 태욱은 멋쩍게 웃으며 호박색 위스키가 담긴 술잔을 빙글 돌렸다. 그렇다면 지금 그는 모든 패를 내놓은 바보일까. 매일 서영의 원룸을 들락거리는 그의 모습을 찍어 대는 파파라치가 몇 명인지 숫자를 세어 봐야 할 판이었다. 손 회장, 손 이사, 거기다 지유린까지 더해진 건가. 요즘 태욱은 자신이 유명 연예인이라도 된 것 같았다.

"그래. 손철민도 득이 될 게 있으니까 지유린을 만났겠지. 이렇게 사진이 찍혀 돌아다닐 걸 알면서도. 목적은 지유린이 아니라 건양일 수도 있어. 건양 자료 털어 낸 것 좀 꺼내 봐."

이유는 그것뿐이다. 태욱을 경계하고, 그가 가지려는 것을 뺏어 없애 버리려 하는 버릇은 어릴 적부터 탁월했다. 분명 자신이 손에 쥔 게 더 좋은 것임을 알면서도 뺏어야만 하는 마음. 하지만 그 불안한 심리 덕분에 태욱이 지금의 자리에 올라섰을지도 모른다. 앞만 보는 그와 앞도 뒤도 제대로 보지 못한 채 달리는 철민이 같은 결과를 낼 순 없었다.

"그게…… 이상한 점이 한두 가지가 아니야."

훈재가 빼내 온 건양의 공식적인 재무제표는 누가 봐도 가짜였으며, 그 외에 가져온 비리 문서들도 수두룩했다. 한마디로 빛 좋은 개살구. 언제 무너져도 이상하지 않을 상태였다. 기업이 자존적으로 회생할 수 없을 때 쓰는 방법이 합병이었고, 가장 보기 좋은 구실은 정략결혼이었다. 지유린은 거기에 올려진 제물이었고, 당연히 건양에선 어떻게든 유신 일가와 인연을 맺어야 했을 것이다. 그렇다면 이야기는 또 달라져 버렸다.

"하……."

자료들을 훑어 낸 태욱은 웃음밖에 나오지 않았다. 이걸 손 회장이 모를 리 없었다. 철저히 이용하는 말로만 쓸 작정이었나. 태욱의 표정이 더욱 씁쓸하게 가라앉았다. 언제부턴가 영감의 의중 같은 건 생각하지 않기로 했다. 계산할수록 더 상대의 수에 빠지기 십상이었기에 그가 할 수 있는 방법을 믿고 밀어붙이는 게 최선이라는 걸 알게 되었다.

지금 그의 자리가 그것을 증명했다. 손 회장이 그에게 결혼을 재촉하고, 그가 만나는 사람을 주시하는 것도 한편으론 철민에게 던지는 메시지가 될 수 있었다. 두 말을 싸움터에 던져 놓고 시험해 보려는 오만함은 구역질이 났지만 경쟁의 기회조차 주어지지 않았다면 더 패배감에 휩싸였으리라.

"아무래도 회장님은 네 결혼으로 모험을 해 볼 생각이셨겠지. 건양을 먹느냐, 버리느냐. 손 이사도 처음부터 눈치챘을 거고. 리스크가 커도 네가 결국엔 성공시킬 능력이 된다는 걸 자기도 아는 거야. 그래서 어떻게든 네 입지가 커지는 걸 막고 싶은 상태겠지. 지유린을 이용해서 네 연애를 자극시켜도 이득이고, 그 지유린이 네가 아니라 손 이

사 쪽으로 마음을 돌려도 나쁠 건 없을 거야."

정말 구역질 나는 계산이었다. 하지만 손철민이라면 당연히 그러고도 남을 인물이었다. 원래는 자신의 것이었는데, 그가 등장한 순간부터 가지려면 능력을 증명해야 했다. 태욱의 모든 게 눈에 거슬렸을 것이고, 그가 끝없이 추락하길 원하는 첫 번째 사람이 되었다.

"지유린에 대해서 건진 건?"

태욱은 그게 가장 원하는 것이라며 훈재에게 시선을 맞췄다. 휴. 한숨을 내쉰 훈재는 가방에서 사건 파일 하나를 꺼내 테이블 위에 놓았다. 태욱이 눈을 반짝이며 자료를 유심히 내려다봤다. 눈치 빠른 그가 모를 리 없으니 훈재는 설명을 덧붙이지도 않았다.

"강남역 유모차 음주 운전 교통사고. 운전한 남자는 실형 받아서 들어가 있는 상황이고, 지 회장이 언론을 잘 막아서 기사화 자체가 안 됐어. 그때 조수석에 타고 있던 사람이 지유린이었는데, 남자가 대리를 부른다고 해서 자기는 차에 탔고 사고 당시엔 잠들어 있었다고 진술했어. 당연히 직접 운전할 줄 몰랐다고. 남자 쪽 진술도 지유린과 같았고. 다 마무리된 사건인데……."

뭐가 더 있는 것이냐며 태욱이 훈재를 바라보았다. 훈재는 잠시 숨을 골랐다. 표정에서 곧바로 뜻이 읽혔다. 위험하다는 소리였다. 사건에 대해 알아보긴 했지만 태욱에게는 전달하고 싶지 않다는 의견이기도 했다.

"그 뒤는?"

"태욱아."

두 사람의 눈빛이 맞부딪쳤다.

"감정적으로 행동할 일은 아니야."

"감정?"

태욱은 훈재에게 되물으며 서늘하게 눈썹을 올렸다.

"내가 손 영감한테 딱 하나 잘 배웠다고 생각한 게 뭔 줄 알아? 건드리면 대갚음해 주라는 거야. 그건 감정적인 행동이 아니라 이제껏 내가 살아온 방식이야. 더러운 물에서 깨끗한 척해 봐야 알아주는 사람은 아무도 없어. 양심은 평범한 사람들이나 지키는 신념이고."

태욱의 눈빛에 더욱 퍼렇게 독이 올랐다.

"내가, 내 자리에서 가진 걸 지킬 수 있는 최선의 방법은 더 큰 걸 손에 넣는 거야. 감히, 함부로 건드리지 못하게. 그 결과만 중요할 뿐이야."

"그래서, 네가 손 이사를 이겨서 얻는 건?"

훈재는 단 한 번도 묻지 않았던 질문을 던졌다. 늘 가슴에 담고 있던 물음표였다. 듣고 싶으면서도 들어선 안 될 것만 같기도 했다. 태욱이 그저 저와 같은 평범한 남자로, 친구로, 사람으로, 남아 주길 바라는 마음 때문인 걸까.

"뭘 물어? 영감 자리겠지."

태욱의 대답은 간단했다.

"네가 그걸 원해?"

어떻게 말해야 할까. 태욱은 친구의 불안한 눈빛을 읽었지만 자신 안의 감정들을 모두 설명할 순 없었다. 어쩌면 그 누구도 그를 이해하지 못할지도 몰랐다. 그를 낳고 키운 어머니도, 지금 그가 빠져 있는 윤서영이라는 여자조차도. 태욱이 짧게 웃었다.

"일곱 살에 그 집안에 들어가서, 식탁도 아닌 바닥에 어머니랑 둘만 앉아서, 먹다 남은 개밥이라도 감사하며 먹으라는 소리에 딱 하나만 생각했어. 내가 못 가질 이유에 대해서. 아무리 생각해도 이유가 없어. 내가 '손'이 아니라 '강'이라서? 강태욱으로 여기까지 올라왔어. '손'이든 '강'이든 무슨 상관이야."

이런 답일 줄 몰랐나. 훈재의 입이 썼다. 그리고 아직 태욱에게 전하지 못한 또 하나의 서류가 그의 마음을 더욱 무겁게 만들었다. 태욱이 진흙탕 싸움 속으로 들어가겠다면 그에겐 말릴 자격이 없었다. 하지만 그로 인해 가장 소중한 사람이 다치는 일이 생긴다면 어째야 하는가.

훈재는 지선과의 결혼 발표 이후 지선의 책상에 조그마한 것이라도 낯선 물건이 놓이면 하루 종일 정신을 차릴 수가 없었다. 어릴 적 탐정놀이 하듯 범인을 색출해 낸 것은 지선이었지만 매일 아침저녁으로 보디가드를 자청한 건 그였다. 혹시라도 지선이 다칠까 겁이 났다.

그가 공격받는 것과는 달랐다. 소중한 사람이 생긴다는 것은 그만큼 두려운 게 많아진다는 뜻이기도 했다.

"그럼 하나만 더 묻자."

태욱이 시선을 맞췄다.

"네 그 자리싸움에 윤 대리가 이용된다면?"

무슨 소리냐며 태욱이 날카롭게 눈빛을 세웠다.

"윤 대리가 갑자기 퇴사하겠다고 했던 이유, 어쩌면 이것 때문일지도 모르겠다."

태욱으로선 뜬금없고 알 수 없는 말뿐이었다. 서영의 퇴사 문제라면 그 이유는 명확했다. 그에게 던진 무례한 고백. 그것 때문이 아니란 말인가. 어떤 것이든 속내를 감추고 그를 속일 수 있는 여자가 아니었다. 그가 아는 윤서영이라면.

"무슨 말인지 알아듣게 설명해!"

태욱의 다그침에 훈재는 가방에서 마지막 서류를 꺼냈다. 이곳에 도착하기 전, 필성의 전담 변호사인 창수에게서 전달받은 봉투였다. 창수가 왜 이것을 태욱에게 전하는지 그 뜻을 추측할 수도 없었고, 그러고 싶지도 않았다. 그는 그저 조용하고 평범한 인생을 살고 싶었다. 그래서 태욱에게도 이미 재벌가의 정치 싸움엔 끼어들 생각 따위 없다고 못을 박았다. 하지만 서영이 이 전쟁에서 도구로 쓰인다면 그도 가만히 지켜볼 수만은 없었다.

태욱은 훈재가 꺼낸 서류 봉투를 거칠게 뜯었다. 어린 여자아이의 사진 한 장과 빛바랜 신문 기사가 손에 잡혔다. 눈으론 바쁘게 내용을 읽어 내리고 있었지만, 숨은 천천히 가라앉아 멈추었다. 심장은 뛰는 것을 잊은 것처럼 그 자리에서 굳어 버렸다.

"윤 대리도 자기가 다니던 회사가 유신이랑 합병할 줄은 몰랐겠지. 그리고 네가 그 유신그룹에서 태어난 손자라는 것도. 휴……. 서영 씨가 지금 무슨 생각인지는 모르겠지만 어쨌든 이 여동생 사건이 누구 손에 들어가든, 너를 흔드는 용도로 이용될 거야. 윤 변호사가 이걸 너한테 줬다는 건, 그게 실현될 거라는 경고일 테고. 네가 지유린 약점을 쥐고 흔드는 것하고는 달라. 결국 상처받게 될 사람은……."

귓가에서 울리는 훈재의 목소리가 이명처럼 멀어져 갔다. 태욱은 굳은 채 사진만 내려다봤다. 여자아이는 어리지만 분명 서영과 어딘가 닮아 있었다.

……터널 폭발 사고. 사망 32명. 어린이집 차량 전소. 전체 사망. 동물원 현장 학습차……. 아이들의 가족은 터널 앞에서 울부짖으며……. 최초 건설사인 유신그룹은 부실시공을 전면 부인했으…….

태욱은 더 이상 내려다보지 못하고 뻑뻑한 눈을 감았다. 어린 서영이 그 터널 앞에서 소리 죽여 울고 있는 모습이 보였다. 가슴을 치고 살갗을 뜯어내며 절규하는 자신의 부모를 지켜보며 본인은 울음조차 삼켜야 했을 것이다. 그는 늘 서영을 보며 생각했다. 어딘가 닮아 있을 것이라 확신한 적도 있었다. 이 여자가 그를 동정의 눈빛으로 바라보는 건 분명 그 뜻일 것이라고.

아버지가 죽던 날, 태욱은 어머니의 등 뒤에서 소리 죽여 울었다. 가슴이 그날로 돌아간 듯 세차게 조여 왔다. 그는 다시 술잔을 쥐었다. 다른 생각은 하지 못했다. 그저 벚꽃을 보는 것처럼, 마침내 그를 보며 활짝 웃는, 윤서영이 보고 싶었다.

"……보고 싶다."

기어이 생각이 말로 튀어나오고야 말았다. 주말이었고, 오랜만에 대청소를 마친 후 서영은 베란다에 앉아 햇볕을 쬐는 중이었다. 초여름이었지만 이상기온 탓인지 아침저녁으로는 제법 쌀쌀해 긴 파자마를 입어도 한기가 들었다.

따뜻한 빛 때문에 몸이 나른해져 크게 기지개를 켰지만 일어난 이후부터 처진 기분은 나아지지 않았다. 우울할 땐 햇빛을 보라고 했는데. 다 소용이 없었다. 그 이유는 명확했다. 주말이라 출근을 하지 않는데, 태욱이 밀린 일이 많아 쉬지 못하는 탓이었다.

그가 서영과의 연애로 잠을 더 줄이고 시간을 초 단위로 쪼개 쓴다는 걸 알면서도 태욱이 출장이라도 가는 날이면 온 세상이 끝난 것처럼 마음이 가라앉았다. 그와 몸을 섞고 나선 그 감정의 기복이 더 심해졌다. 이렇게 될 줄 알면서도 마음을 줄 수밖에 없는 것이 사랑이라고 했나.

어제도 지선이 그녀의 기분을 귀신같이 알아채고 공감의 위로를 건네주었다. 머리로는 이해하지. 하지만 가슴이 제멋대로야. 결론은 한결같았다. 사랑이 그렇다는데 뭘 어쩌겠어. 내가 사랑을 이길 수도 없고. 하하하. 웃음으로 마무리되었던 닭발집의 술자리도 모두 오래전 일인 것만 같았다.

서영은 더 이상 참을 수 없어 자리에서 일어나 핸드폰을 찾았다. 태욱에게 전화라도 걸어 볼 생각이었다. 밥은 먹었는지, 일이 얼마나 많은지, 그걸 다 하면 뭘 할 건지, 나는 보고 싶지 않은지. 결국엔 투정으로 변할 전화였다.

요즘 그와의 통화 패턴이 그랬다. 그러니 절대 그녀가 먼저 전화를 걸지 않았다. 그가 짬이 나면 연락을 줄 테니. 그 전화를 기다리는 일 또한 서영에겐 설렘의 시간이었다. 미팅이 취소되었다며 그녀의 집으로 가는 중이라는 말을 듣기라도 하면 세상 모든 걸 가진 것 같은 기분이 들기도 했다.

옷장을 전부 털어 내 가장 마음에 드는 옷으로 갈아입고 먼지 하나 없이 방을 청소한 뒤 그의 차가 빌라 아래에 도착하는 소리가 들리면 5층 계단을 쉬지 않고 뛰어 내려간다. 그러곤 두 팔을 벌리고 서 있는 그에게 뛰어가 안긴다. 고생했어요. 그녀의 말과 동시에 태욱은 더욱 꽉 서영을 끌어안는다. 더 지체할 시간이 없다는 것처럼 손을 붙잡고 계단을 올라 집 안으로 들어가면 오랜 고민 끝에 고른 옷들은 금방 그의 손에 벗겨져 버린다. 현관에서부터 불도 켜지 않은 채 몸이 하나로 이어진 것처럼 서로를 끌어안고 끊임없이 입을 맞춘다. 순식간에 벗긴 옷들이 바닥을 채우면 그는 그녀를 번쩍 안아 들고 침대로 직행한다.

이젠 부끄러움도 잊은 채 그의 벗은 몸을 바라보고 짙은 애무에 여러 번 허리를 들썩이며 까무러친다. 그가 무턱대고 안으로 밀고 들어오면 이번엔 그녀가 그를 꽉 끌어안는다. 그가 달래듯 그녀의 등을 쓸어내리면 곧 아래가 뜨거워지며 깊고 아득한 나락으로 빨려 들어간다.

숨 쉬어. 그가 그녀를 깊은 눈으로 내려다보며 걱정스럽게 속삭인다. 그제야 숨이 터지고 곧 입술이 먹힌다. 얄미운 그는 입술을 맞붙인 채 웃고 아래엔 속도가 붙어 버린다. 하악. 신음이 끝없이 차오르는 순간에 그가 그녀의 이름을 부른다. 더 깊은 안으로 들어가지 못해 아쉬운 몸이 떨어질 줄 모르고 그녀의 몸 위에 포개진다. 둘의 숨소리가 잦아들 즈음, 다시 새로운 밤이 시작된다. 그는 그녀를 끝도 없이 절정으로 몰아넣은 뒤 몇 번의 욕망을 쏟아 내고 나서야 안심하듯 웃는다. 녹초가 된 그녀도 따라 웃고 만다.

서영은 태욱에게 전화를 거는 대신 어머니가 보낸 문자를 확인했다. 요즘은 왜 반찬을 가지러 오지도 않느냐고. 딸이 보고 싶다는 말을 둘러 하는 경고의 메시지였다. 입가에 미안한 미소가 걸린 서영이 곧장 통화 버튼을 눌렀다.

— 그래, 딸. 오랜만이다.

서영의 어머니인 이영희 여사는 주변인의 말에 의하면 여장부 스타일이었다. 딸인 그녀가 볼 때도 그런 면이 많았다. 반대로 초등학교 교사였던 아버지는 작은 일에도 세심하고 진중한 편이었다.

그래서 가족들에게 큰소리를 치거나 앞장서서 일을 진행하는 건 주로 어머니였다. 그게 가정의 평화를 위해서 가장 좋은 결론이라며, 어느 날 못 먹는 술을 한잔 마신 아버지가 서영에게 아주 큰 비밀이라도 되는 것처럼 말했다. 나이가 들수록 그런 아버지가 귀엽다고 생각할 때가 많았다. 두 사람이 투덕거린 후 화해할 땐 부부로 사는 인연 안에 사랑만 존재하는 것이 아닐지도 모른다는 그녀 나름의 깨달음을 얻기도 했다.

"미안. 요즘 좀 바빴어요."

서영이 통화를 스피커폰으로 바꾸고 말을 이었다. 전화하는 동안 잠옷을 벗고 나갈 준비를 마칠 생각이었다. 그녀의 행동을 단번에 읽었는지 어머니의 목소리가 한 톤 올라섰다.

— 오늘은 올 수 있는 거지?

"안 그래도 딱 오늘 가려고 했는데, 엄마 문자가 먼저 온 거야."

서영은 나름의 핑계를 댔다. 모른 척 넘어가 주겠다는 듯 영희가 웃었다. 그러곤 먹고 싶은 게 있느냐는 물음을 건넸다. 그건 오히려 서영이 묻고 싶은 말이었다.

"오늘은 내가 사 가게 해 줘. 드시고 싶으신 거 있어요?"

— 나야 아무거나……. 그래, 잠깐만. 네 아빠한테 물어야 한다. 안 그럼 또 삐져.

서영은 웃으며 알겠다고 대답했다. 그녀가 옷을 다 갈아입고 나갈 채비를 마치는 동안, 핸드폰 안에선 두 사람이 무엇을 먹을지에 대해서 투덕거리고 있었다.

뭘 그런 걸로 싸우는지. 서영은 둘 다 사 간다며, 통쾌하게 결론을 내리고 전화를 끊었다. 인천까지 가려면 시간이 제법 걸릴 테니 책장에 꽂혀 있던 책도 한 권 꺼내 가방 안에 챙겨 넣었다. 현관 앞에 섰다가 뒤돌아 다시 방 안을 돌아보는데, 또다시 마음이 가라앉았다. 아마도 사랑은 불쑥불쑥 찾아오는 이유를 모르는 쓸쓸함 같았다.

인천 집은 서영이 대학 기숙사로 들어가겠다 결정한 이후 부모님이 노년까지 보낼 계획으로 이사한 공간이었다. 그래서 아파트가 아닌 주택을 선택해 개조했고, 마당에는 서영이 좋아하는 석류나무를 크게 심어 놓았다.

가을 문턱인 9월부터 열매는 탐스럽게 익기 시작했다. 알맞게 붉은색이 오른 석류를 하나씩 따 먹는 재미가 쏠쏠했다. 열매가 모두 떨어졌다고 아쉬워하는 것도 잠시였다. 그저 나무가 뿌리를 내리고 버티고 있는 모습을 지켜보기만 해도 마음이 편안해지고 좋았다. 어쩔 땐 서영이 인천 집에 가는 이유가 석류나무를 보기 위해서인 적도 있었다.

"올해는 잎이 진짜 푸르다, 그치?"

세 사람은 든든하게 저녁을 먹고 거실에 앉아 창밖을 바라보는 중이었다. 아버지의 고등학교 동창 중 건축 일을 하는 사람이 있어 당연하게 이 집의 리모델링을 맡겼다. 오래된 집이었지만 구조가 탄탄해 부수고 새로 지을 필요가 없다고 했다. 필요에 맞게 고치는 것이 낫다는 말에 가족회의를 거쳐 동창분의 의견에 따르기로 결정했다.

그리고 세 사람은 각자 자신이 이 집에서 가장 원하는 부분을 하나씩만 말하기로 했다. 그런데 놀랍게도 셋의 요구사항이 같았다. 마당이 크게 보이는 통유리 창이 있으면 좋겠다는 것이었다. 이유는 석류나무를 어느 곳에서나 고개만 돌리면 쉽게 바라볼 수 있도록 하기 위해서였다.

"네 엄마가 얼마나 정성을 쏟는지. 어제도 잎 하나가 상해 가지고……."

"여보!"

소파에 기대앉아 느긋하게 티브이 채널을 돌리던 아버지 석완이 기어이 한마디를 보태다 부엌 쪽에 앉은 이영희 여사의 따가운 눈초리를 받아야 했다. 곧 석완은 헛기침을 하며 다시 티브이 쪽으로 시선을 돌렸다. 어머니의 앞에 앉은 서영의 입가엔 흐린 웃음이 번졌다.

어머니가 왜 이 나무에 정성을 쏟는지 누구보다 잘 알기 때문이기도 했다. 그녀도 똑같은 마음이니까. 세 사람 모두 석류나무를 그저 나무로만 보지 않았다. 그게 너무 자연스러워 가슴이 아플 뿐이었다.

서영은 그날 이후, 말하지 않아도 알게 되는 것들이 많았다. 그렇게 일찍 철든 딸이 부모는 또 안쓰러워 말없이 등을 쓸어 내며 안고 또 안아 주었다. 그러지 않고서는 아프다는 소리조차 낼 수 없는 고통의 시간을 벗어날 수 없었다. 어쩌면 절대 잊지 못할 상처이겠지. 서영은 석류나무를 올려다보며 생각했다.

"회사는…… 어쩌기로 했어?"

영희가 석완의 눈치를 보다 서영에게 조용히 물었다.

"아…… 사직서는 냈어요."

그렇구나. 영희는 그저 고개를 끄덕였다. 꼭 그러지 않아도 된다는 말은 할 수가 없었다. 유신그룹이 그 사건과 확실한 연관이 있다고 증명되지는 않았으니 굳이 퇴사까지 할 필요는 없을지도 몰랐다. 하지만 세 가족은 '유신'이란 단어만 들어도 머리카락이 서는 것 같은 세월을 살았다. 대표가 직접 기자회견을 열어 아니라고 대대적인 발표를 했지만 그의 말을 믿을 수가 없었다. 그렇지만 덮었다. 그게 최선이었다.

"근데 우리 영이, 요새 연애해?"

"응?"

영희는 분위기를 바꾸기 위해 서영에게 물음을 던졌다. 서영이 놀라서 들고 있던 찻잔을 급하게 내려놓았다. 거짓말 같은 건 그녀에게 해당 사항이 없는 것처럼 곧장 얼굴이 붉어지고 말았다.

영희는 서영이 이 집에 도착한 후 핸드폰을 곁에 놓고 수시로 확인하는 걸 보고 단박에 알아차렸다. 그런 딸의 모습이 너무 다행스러웠고, 또 너무 예뻐 주책맞게 자신이 들떠 버렸다.

"뭔 소리야? 영이는 아빠뿐인데."

석완이 또 모녀 사이에 끼어 말을 끊었다. 서영은 석완의 한결같은 주장에 그저 웃었고, 영희는 눈치 없는 남편이 답답해 혀를 찼다. 한창 연애를 해야 할 딸이 일만 하면서 청춘을 허비하는 게 좋은가. 딸 사랑이 유별난 건 알지만 이럴 땐 정말 적군인지 아군인지 헷갈렸다.

"서영아. 내가 미리 충고하는데, 윤석완 씨는 네 결혼식에 초대하지 마라. 아마 거기 눈물바다로 만들 테니까. 쪽팔려서 우리 예비 사위 얼굴을 어떻게 볼 거야."

어머니 영희의 요상한 화법에 또 서영이 웃어 버리고 말았다. 이번엔 석완이 아내를 노려보았지만 아니라고 반박하진 못했다. 그는 분명 그러고도 남을 테니까. 서영은 부쩍 주름이 많아진 아버지를 바라다보다 문득 자신의 결혼식 장면을 상상했다.

서영은 쓸쓸하게 웃다 고개를 돌려 석류나무를 올려다봤다.

"서영이, 너 전화 온다."

"어?"

어머니의 말에 놀란 서영은 핸드폰을 집어 화면을 확인했다. 태욱이었다. 심장이 가만있지 못했다. 얼른 자리에서 일어난 서영은 자신의 방으로 들어가 문을 닫았다. 숨을 고르고 통화 버튼을 누르자 태욱의 목소리가 흘러나왔다.

— 여기, 인천 앞바다가 보여.

"네?"

서영은 그의 말을 곧장 이해하지 못했다. 뒤늦게 그와 주고받은 문자가 떠올랐다. 부모님 댁에 가요. 집이 어딘데? 인천. 주소 보내 봐. 그리고 연락이 없었다. 당연히 바쁜 일정 때문에 만나지 못할 것이라 생각했다. 그런데 태욱이 여기까지 내려와 주었다.

어머니 영희가 자신을 부르는 소리도 듣지 못하고 서영은 신발을 구겨 신은 채 집 밖으로 뛰어나갔다. 골목 끝에 어두운 밤바다가 보였다. 그리고 가로등 불빛 아래 한 남자가 서 있는 게 눈에 들어왔다. 달려가 앞에 서자 태욱이 웃으며 두 팔을 벌렸다. 서영이 매달리듯 안겼다. 그에게선 희미한 알코올 향이 났다. 그마저도 좋았다. 이렇게 좋아지면 어찌해야 할까.

"……보고 싶었어."

태욱이 그녀의 머리 위에서 조용히 고백했다.

밤바다가 이렇게 낭만적이었나. 서영은 감상에 젖고 말았다. 자꾸만 입가에 웃음이 샜고, 행복이란 단어를 떠올리게 되었다. 끝이 보이지 않고, 모든 걸 집어삼킬 것 같았던 검은 너울이 이제 전혀 두렵지 않았다. 모두 그녀의 등 뒤에 서서 따뜻한 가슴으로 자신을 지켜 주는 남자 때문이었다.

"……추워?"

태욱이 묻자 서영이 조그맣게 고개를 끄덕였다. 그는 곧장 입고 있던 재킷을 벗어 서영의 어깨에 걸쳐 주었다. 은은하게 묻어 있던 그의 향기가 서영의 몸을 감싸고 코끝에 닿았다. 곧 태욱의 너른 가슴이 다시 그녀의 작은 등을 끌어안았다. 그리고 태욱의 손이 당연한 것처럼 그녀의 티셔츠 안으로 자연스럽게 들어왔다. 놀란 서영이 뒤돌아 그를 노려봤다.

"여, 여기, 밖이에요."

"그래서?"

태욱이 뻔뻔하게 웃었다. 훈재와 조금 과하게 술을 마셨다고 했다. 차는 버려두고 택시를 잡아탄 후 서영이 있는 인천으로 가자는 말만 했단다. 서울과 인천이 바로 옆 동네인 것처럼. 택시비가 얼만데. 말을 꺼내려던 서영은 순간, 입을 닫았다. 그가 돈 많은 집안의 손자라는 걸 깜박했다. 그 이유가 아니라도 세계 어디든 날아갈 비행깃값 정도는 아무렇지 않게 쓸 수 있는 능력 있는 남자라는 것도 잊고 있었다.

"팀장님, 주사가 아주 위험하군요."

서영의 경고에 태욱이 더 입꼬리를 올렸다.

"진짜 위험한 게 뭔지도 모르면서……."

어느새 그의 커다란 손이 서영의 뺨을 어루만졌다. 술을 마셔서 그런가. 무슨 사연이라도 감춘 것처럼, 어두운 우물에 잠긴 회색빛 짙은 눈이 더 사람을 꼼짝하지 못하게 만들었다. 강렬한 기운을 타고 깊어지는 눈동자가 가슴을 태우고 아랫배까지 울리게 했다.

"모르고 싶어요."

간단히 대답한 서영이 다시 돌아서려 하는데 그의 두 손에 얼굴을 붙잡혔다. 바짝 끌어당기는 힘에 시선을 맞출 수밖에 없었다. 가만히 들여다보는 눈동자가 어쩐지 슬퍼 보였다.

"그래서, 내가 만지는 게 싫어?"

"그런 게 아니라……."

피식, 웃음을 터뜨린 태욱이 장난이었다며 그녀를 끌어안았다. 윤서영. 이름을 부르고, 미안, 또 사과하고, 그러면서 또 이름을 불렀다.

주사를 부리는 게 확실했다.

강 팀장은 술버릇도 없다더라. 진짜 인간계가 아닌 것 같다고. 심장 뛰는 소리를 들어 봐야 하는 거 아니냐고, 꼭 확인해 보라며 심각하게 당부하던 지선이 떠올라 서영은 웃음이 났다. 쿵쿵쿵. 그의 심장이 얼마나 세차게 뛰는지 아무도 모를 것이다. 몰랐으면 했다. 그를 안을 수 있는 사람이 그녀뿐이었으면 좋겠다.

"들어가야지."

"……응."

서영은 현실로 돌아온 것처럼 대답해야만 했다. 그녀의 주머니에서 핸드폰이 계속해서 울렸다 꺼지기를 반복했다. 분명 아버지 석완일 것이다. 태욱도 그걸 느꼈는지 서영을 보내 주려 했지만 안고 있는 그녀의 몸을 쉽게 놓아주지 못했다. 이렇게 안고만 있어도 좋은 사람은 당신이 처음이란 말을 할까, 고민하는 사이 태욱이 정신을 차린 것처럼 그녀의 몸을 떼어 놓았다.

"걱정하신다. 들어가."

이성적으로 차분하게 가라앉은 그의 눈빛을 보자 이상하게도 섭섭했다. 뭘 어쩔 셈인가. 부모님과 시간을 보내기 위해 집에 와 놓고 그와 몇 시간째 바다만 보고 있었다. 태욱은 내일도 만날 수 있는 사람이었다. 꼭 헤어지는 사이처럼 굴지 말자. 서영은 알겠다고 답하곤 웃으며 고개를 끄덕였다.

"서울 도착하면 전화해요. 안 자고 기다릴게."

서영의 당부에 태욱이 말없이 고개를 끄덕였다. 서영은 돌아서 걷다 깜박 잊었다는 듯 다시 몸을 돌렸다. 태욱의 재킷이 아직도 그녀의 어깨에 걸쳐져 있었다. 넥타이는 어디다 버렸는지 목의 단추 몇 개를 풀고 와이셔츠만 입은 채 서 있는 남자가 어딘가 허술해 보여 또 마음이 먹먹해졌다. 그러나 사람 냄새가 나는 것 같기도 해서 한편으론 다행스러웠다.

"이거, 가져가야죠."

서영이 재킷을 내밀자 태욱이 그 손을 붙잡아 다시 그녀를 안았다.

"팀장님."

"이러면서 한 번 더 안으려고 걸쳐 준 거야."

몰랐지, 하며 그가 더 꽉 그녀를 안았다. 정말 머리 좋은 남자를 당해 낼 재간이 없었다. 서영은 소리 없는 웃음을 터뜨렸고, 벌어진 입술은 곧장 그의 입술에 잡아먹혔다. 어쩌려고. 그는 침대에서나 하던 수위 높은 입맞춤을 이어 갔다.

야옹.

앙칼진 길고양이의 방해가 아니었다면 큰일을 치를 뻔했다. 번들거리는 입술을 가까스로 떼어 낸 태욱이 서영을 떠밀고선 이번엔 자신이 먼저 돌아섰다.

차라리 이편이 나았다. 서영은 한 손엔 재킷을 쥐고, 다른 손은 늘

어뜨린 채 검은 밤의 골목을 걸어 나가는 그의 뒷모습을 한참이나 지켜봤다. 고양이가 그런 서영을 안타깝게 바라보고 있다는 것도 모른 채.

"지금 간다고?"

"응. 죄송해요."

"아니, 그게 죄송할 건 아닌…… 일단 있어 봐."

영희는 전화도 받지 않고 불쑥 나타난 서영이 갑자기 밤중에 서울로 돌아간다는 말에 들려 줄 반찬부터 챙겼다. 아버지 석완은 그저 거실에 앉아 티브이를 보고 있었지만 서운한 기색이 표정 안에 가득했다.

무슨 일이라도 생긴 줄 알고 걱정했던 마음을 모르지 않을 딸인데. 그만큼 빠져 있는 사람이 있다는 생각에 속이 헛헛했다. 이런 날을 전혀 상상해 보지 않았던 건 아니었으나 막상 닥치니 기쁘게 웃어넘기는 게 쉽지 않았다. 딸 가진 부모가 한둘도 아닐 텐데 유별나다면 할 말은 없었다.

보내 줘야 할 때 누구보다 다정하게, 서로가 아프지 않게, 그런 마음으로 살았다. 너무 품고 사는 것도 독이었다. 부모인 자신들이 누구보다 의연해야 한다는 걸 알았기에 버텨 낼 수 있었던 시간이었다.

서영이 독립한 후 멍하니 보내는 시간이 많아지긴 했었지만 결국다 지나갔다. 지금도 마찬가지일 것이다. 석완은 자리에서 일어나 안방으로 들어섰다. 곧 지갑을 들고나온 그는 서영의 주머니에 지폐 여러 장을 넣어 주었다.

"택시 타."

영희는 그런 석완의 모습에 잠시 놀라 서 있었다. 저 양반이 어쩐 일인가 싶었다. 그래도 아버지는 아버진가 싶어 가슴이 짠했다. 오늘밤 분명 서운한 마음을 소주와 멸치 몇 마리로 다스릴 게 눈에 훤히 보였기에 더 그랬다.

"도착하면 연락은 꼭 해라. 엄마의 명령이다."

반찬을 한 보따리나 싼 영희가 서영의 손에 보자기를 들려 주며 경고하듯 말했다. 서영은 미안함에 그저 고개만 끄덕였다. 나오지 마시라 말한 뒤, 뒤돌아서서 현관문을 빠져나갔다. 급하게 마당을 벗어나다 석류나무를 지나쳤다.

서영은 고개를 들고 인사를 건네지 못했다. 미안해. 그 말만 속으로 되뇌며 얼른 문을 열고 밖으로 나섰다. 지금 택시를 잡아타고 서울에 도착해도 태욱보다는 늦을 것이다. 그 시간조차 아까워 견디지 못하는 것처럼 서영은 골목을 벗어나자마자 발걸음을 재촉했다.

"어디 가."

탁. 손이 붙잡혔다. 놀란 서영이 고개를 돌렸다. 앞만 보고 걷느라 옆을 보지 못했다. 가로등 아래에 거짓말처럼 태욱이 서 있었다. 서영을 붙잡지 않은 다른 손에 거의 다 타 버린 담배가 꽂혀 있는 걸 보니 그녀와 헤어진 후 계속 이곳에 있었던 것 같았다.

"왜 여기……."

뭐라고 해야 하나. 마음에선 찌르르, 통증이 일었다. 눈두덩이가 뜨거워지는 것 같아 서영은 일부러 웃어 버렸다. 우리는 무슨 연애를 이리도 유난스럽게 하는가. 그에게서도 반성의 웃음이 흘렀다.

"진짜."

담배를 얼른 끈 태욱이 서영의 짐을 가져갔다.

"도둑놈…… 마음을 알겠다."

그녀를 잡고 있던 다른 손엔 꾹 힘을 주며 앞으로 이끌었다. 여기를 벗어나야 윤서영을 온전히 차지할 수 있다는 것처럼. 그에게 이끌려 동네를 완전히 벗어난 서영도 조그맣게 읊조렸다.

"나도…… 공범이에요."

순간 누군가의 얼굴이 아른거렸다. 그래도 서영은 지금 자신의 손을 붙잡고 있는 남자를 놓을 수가 없었다. 이젠 그렇게 돼 버렸다. 더 많이, 끝없는 사랑을 주고 싶은 사람이었다.

태욱이 큰길로 나서자마자 택시를 잡았다. 서영을 먼저 뒷자리에 태우고 그가 그 옆에 앉았다. 당연히 서울을 목적지로 말할 줄 알았는데, 예상은 빗나갔다.

"여기서 가장 가까운 호텔로 가 주십시오."

서영이 놀라 태욱을 바라보았지만 그는 정면만 바라볼 뿐이었다. 그녀를 꼭 잡고 있는 그의 손에 힘이 들어갔다. 그가 절박해 보이는 건 그녀의 착각일까. 서영은 태욱이 평소와 다르다는 것을 조금씩 눈치채고 있었다. 무슨 일이 있어요? 당신, 괜찮은 건가요? 묻지 못한 채 호텔 앞에 도착해 버렸다.

안내 데스크 앞에 서 있는 태욱을 멀찍이 서서 바라보던 서영은 문득 자신의 모습을 내려다보았다. 한 손에는 그에게서 다시 가져온 반찬 꾸러미가 들려 있었고, 옷은 집에서나 입는 캐릭터가 그려진 트레이닝복 세트 차림이었다. 로비를 지나치던 남녀가 그녀에게 시선을 주다 황급히 눈길을 돌리는 게 느껴졌다. 서영은 어쩔 수 없이 어깨가 움츠러들었다.

남자와 이런 복장으로 호텔에 오게 될 줄은 몰랐다. 그러나 거절하는 것도 우스웠다. 장소와 복장이 무슨 상관이냐며 당당히 그녀 앞으로 걸어오는 남자 때문이었다. 태욱은 다시 반찬 꾸러미를 뺏어 가듯 들고는 서영의 손을 붙잡았다.

"가자."

"……팀장님."

서영이 잠시 멈칫하자 태욱이 돌아봤다. 이제라도 그녀가 돌아가자 말하면 그는 알겠다며 이유도 묻지 않고 호텔을 빠져나갈 사람이었다. 단 한 번도 그녀를 배려하지 않은 적이 없는 남자였으니까. 그렇게 넉넉한 여유로 가득 차 있던 눈동자가 지금은 서영이 곁에 있지 않으면 이 밤을 보내지 못할 것처럼 초조함으로 물들어 있었다.

"싫은 거면……."

"아니. 아니에요. 가요."

서영이 먼저 앞장서 걸었다. 엘리베이터에 버튼을 누르고 예약한 룸의 호수를 확인한 후 층수까지 눌렀다. 긴장은 되었지만 태욱이 옆에 있으니 괜찮았다.

"반찬통 들고 호텔방 가는 사람은 우리밖에 없을 거예요."

분위기를 바꾸려 꺼낸 말에 태욱이 웃었다. 다행이었다. 서영은 그것으로 만족했다.

"무슨 상관이야."

태욱이 그녀를 가두듯 가까이 다가왔다. 둘만 실은 엘리베이터였지만 밖이 훤히 내려다보여 조금은 부끄러웠다. 서영이 시선을 맞추지 못하고 고개를 내리는데 태욱이 작게 속삭였다.

"느려."

"……."

"엘리베이터가 너무 느려."

그가 답답한 얼굴로 말했다.

몸을 움직일 때마다 찰랑찰랑 물소리가 퍼졌다. 솜사탕처럼 올라선 거품이 욕조 안을 한가득 채우고 있어 몸을 겹친 채 창밖을 바라보는 두 사람의 나신은 다행히 보이지 않았다.

누가 이런 방을 결제할 줄 알았나. 철컥 카드 키를 꽂은 태욱이 문을 열자 조금 전까지 짠 내음을 맡으며 바라보던 밤바다가 탁 트인 오션 뷰로 눈 안에 들어왔다.

그러나 당연히 그걸 감상할 시간은 길지 않았다. 탁, 반찬 꾸러미를 급하게 내려놓고, 스르륵, 그녀를 끌고 와서는 츄릅, 입술부터 먹어 삼키는 남자 때문에 호텔방을 구경하는 건 사치가 되어 버렸다.

나를 봐야지, 어딜 봐. 태욱은 서영의 시선이 자신에게서 벗어나는 걸 용납하지 않았다. 티셔츠 안으로 들어온 손이 뱀처럼 그녀의 몸을 타고 올라와 브래지어를 벗길 때도 또렷이 그녀만 내려다보는 눈빛이 때로는 벅차기도 했다.

오늘따라 더 숨이 막혔다. 그의 행동도 어쩐지 평소와는 달랐다. 옴짝달싹하지 못하게 몸을 가두고 가슴을 터트릴 듯 꽉 움켜쥐며, 나머지 손으론 바지를 벗겨 내고선 급하게 자신의 아랫도리를 헤쳤다. 서영의 허벅지를 붙잡아 중심을 맞춰 넣는 동시에 그녀를 안아 들었다.

악. 소리조차 내지 못하고 서영은 걸쳐지듯 그에게 안긴 채 침대로 가 무너지는 것처럼 눕혀졌다. 태욱은 아직 와이셔츠조차 벗지 않은 상태였다. 무엇이 이토록 그를 절박하게 만드는지 이유를 물어야 했지만 그럴 수가 없었다. 끝없이 안으로 파고드는 그를 받아 내는 것만으로도 정신이 어지러웠다. 몸을 태우는 강력한 압박이 아래를 뒤흔들며 허리가 여러 번 꺾였다.

윤서영. 윤서영. 이름 속에 녹아드는 그의 애절한 부름이 때론 아프기도, 무턱대고 완벽한 행복을 떠오르게 만들기도 했다. 사랑을 계산한 적은 없었지만 의심할 수 없는 마음이 몸을 통해 증명되는 기분이었다.

서영은 감당하지 못할 거면서 태욱의 허리를 휘감았다. 그가 조그마한 자극에도 미친 듯이 날뛰는 짐승처럼 그녀의 안을 괴롭혀도 괜찮았다. 아파도 좋았다. 이게 사랑이라면, 이 사랑을 받아들이겠다고 어느 누군가에 고백하는 정사였다.

그때 태욱이 흐르는 줄도 몰랐던 그녀의 눈물을 핥으며 허리를 세웠다. 찍어 내리듯 마지막을 향해 달려가는 그의 사나운 몸짓이 밤바다 사이로 멀어지며 서영은 가까스로 버티고 있던 힘마저 놓아 버렸다. 그 이후 기억은 없었다.

"배 안 고파?"

큰 손이 서영의 홀쭉해진 배를 쓰다듬었다. 서영은 미지근한 물에 담긴 몸을 축 늘어뜨린 채 그의 가슴에 등을 기대고 있었다. 그녀는 대답 대신 느리게 고개를 흔들었다. 그가 잠든 그녀를 언제 욕실로 데려온 건지 묻는 것조차 버거울 정도로 체력이 모두 소진되어 버렸다.

멍하니 그의 몸에 기댄 채 창밖의 바다를 바라보는 게 꿈같기도 했다. 서영이 반응이 없자 태욱은 심심했는지 이런저런 손장난을 치며 그녀가 입가에 미소를 그리게 만들었다. 쪽쪽, 귓가에 키스를 할 때면 미안하다는 말을 빼놓지 않았다.

뭐가 그리도 미안할까. 몰아붙인 정사 때문이라면 그녀가 더 고개를 들 수가 없는데. 늘 한 번이면 나가떨어져 버렸다. 남들보다 음식도 더 많이 먹는데 왜 잠자리에선 효력을 발휘하지 못할까. 몸보신을 위한 요리들을 따로 챙겨 먹어야만 하는 건가. 심각한 고민에 빠지기도 했다. 늘 먹는 음식이 살로 붙지 않아 안타까워하던 어머니의 얼굴이 떠오르자 서영은 놀라 반쯤 몸을 일으켰다.

"지금, 몇 시예요?"

서영이 급하게 두리번거리자 태욱은 예상했던 것처럼 뒤쪽에 놓아두었던 그녀의 핸드폰을 내밀었다. 미끈거리는 손부터 닦으라고 수건까지 내밀자 오히려 민망해질 정도였다. 서영은 다시 욕조에 앉아 손을 닦고 핸드폰을 만졌다. 다행히 시간은 그렇게 많이 흐르진 않았다.

택시가 잘 잡히지 않아 지하철을 탔고, 도착해서 반찬 정리를 하다 보니 늦어졌다는 내용의 문자를 어머니에게 보냈다. 미안함에 심장이 두근거리기도 했다.

조금 뒤 답장이 들어왔다. 알았다고, 건강 챙기라는 평소와 같은 내용을 확인하고 나서야 서영은 안도의 한숨을 내쉴 수가 있었다. 그리고 뒤늦게 이 모든 걸 뒤에서 지켜보고 있는 남자가 의식되어 자신의 행동을 설명했다.

"엄마가, 도착하면 꼭 연락하라고 그러셨거든요. 걱정하니까……."

"그래. 잘했어."

태욱이 그녀의 머리를 쓰다듬고는 핸드폰을 다시 가져가 뒤에 놓았다. 몸을 기대라는 그의 눈짓에 서영은 잠시 욕조 바에 팔만 걸친 후 조심스럽게 말했다.

"나…… 배고파요."

그럴 줄 알았다며 태욱은 짧게 웃고는 망설임 없이 그녀를 안아 들었다.

"앗. 내, 내가…… 할게요."

"걸을 힘도 없을걸."

그는 다시 평소의 강태욱으로 돌아와 얄미운 말을 꺼냈다. 서영은 그것에 감사해하며 태욱의 목에 팔을 둘렀다. 그가 샤워기를 틀어 그녀의 몸에 묻은 거품을 씻어 낼 땐 자꾸만 웃음이 났다. 웃지 마. 태욱이 무섭게 눈을 치켜떴지만 서영은 대담하게 그의 입술에 입을 맞췄다.

"아무도 모를 거야."

서영이 속삭였다.

"강태욱이…… 이런 남잔 걸."

"몰라도 돼."

그가 화가 난 것처럼 입을 일자로 그렸다.

"……."

"너만 알면 돼."

정말, 이러긴가. 서영은 가슴이 또 찡하며 코끝이 시큰거렸다. 사랑이 그저 기쁜 감정만 주지 않는다는 걸 주변에서 보고 배웠지만 이토록 행복과 아픔이 같은 깊이로 오갈 줄은 몰랐다. 아프면서도 행복했고, 행복하면서도 아파질 때가 있었다. 지금처럼 그의 고백이 심장이 꽂힐 때면.

"……팀장님."

서영이 가만히 그를 불렀다.

"무슨 일 있어요?"

이젠 물을 수밖에 없었다.

"……."

태욱은 말없이 서영을 바라보다 흐리게 웃었다.

"……귀신이네. 눈치가 빨라졌어."

"안 좋은 일이에요?"

서영이 걱정하는 얼굴로 그의 대답을 기다렸다.

"어떤 여자랑 하루 종일 같이 있고 싶은데 그럴 수가 없잖아. 일은 많고, 내 몸은 하나고. 윤서영은 내 맘대로 할 수 있는 사람이 아니고."

결국은 시시한 투정이었다. 서영은 잠시나마 긴장했던 마음이 풀리며 안도의 웃음이 흘렀다. 그 막막함은 그녀도 잘 알고 있었다. 태욱과 같은 마음이었으니까.

"너무 붙어 있는 것도 안 좋대요. 한 번씩, 애틋한 게 좋다고."

서영은 아닌 척, 다른 말도 해 보았다.

"이 대리가 그래?"

이상한 걸 가르쳐 놨군. 그렇게 중얼거린 태욱이 못마땅한 얼굴로 서영의 몸을 닦아 냈다. 어린아이가 된 것처럼 서영은 모든 걸 그에게 맡겼다. 부끄럽다는 생각도 들지 않았다. 그래서, 다행이라는 생각뿐이었다.

"뭐 시킬까?"

서영을 침대 위에 데려다 놓고 태욱이 가운을 걸쳐 입었다. 그러곤 널찍한 공간 안을 가로지르며 전화가 있는 곳으로 다가갔다. 서영은 룸서비스라는 걸 시켜 본 적이 없어서 모르겠다며 고개를 저었다.

"그럼 여기 있는 거 다 시키지, 뭐."

"아니."

태욱이 전화를 드는 순간, 서영이 뒤늦게 고백했다.

"나…… 사실은 집에서 저녁 엄청 먹고 왔어요."

그 많았던 음식이 어느새 소화가 되어 그녀는 또다시 배고픔을 느끼는 자신이 부끄럽기도 했다. 태욱은 알겠다며 간단한 요리 몇 가지를 시켰다.

그의 뒷모습을 지켜보고 있자 꼭 여행을 온 것 같기도 했다. 태욱과 제대로 여행을 가 본 적은 없었다. 세 번째 소원으로 말해 볼까, 즉흥적인 마음이 생겼지만 어쩐지 소원을 아끼고 싶었다.

욕심부리지 않겠다고 다짐하며 딱 세 가지만 원하겠다고 했는데 벌써 두 가지나 써 버렸다. 그것도 무언가를 거절했다가, 다시 그 거절을 취소하는 것으로 말이다. 바보 같다고 하는 게 이런 상황을 두고 쓰는 말인가 싶어 반성의 웃음이 흘렀다.

"힘들면 좀 자 둬. 룸서비스 오면 깨워 줄 테니까."

침대로 다가온 태욱이 서영의 곁에 앉으며 말했다.

"팀장님은요?"

"나는…… 그런 윤서영 보고 있는 거지."

정말 싱겁다고 놀려야 하는데 또 울컥 눈물이 차오르고 말았다. 서영은 톡톡, 자신이 누워 있는 옆자리를 두드렸다. 같이 눕자고 눈짓하자 태욱이 난색을 표했다. 감당도 못 할 거면서. 태욱은 가운을 벗고 그녀의 옆에 누웠다. 그냥 누워 있기만 하자는 거였는데.

서영의 뜻이 전달되기도 전에 몸이 끌려가고 진한 키스가 시작되었다. 일방적으로 혀가 얽히자 아랫배가 좀 전의 고통을 기억하듯 아릿한 둔통을 일으켰다. 그제야 그가 들이닥쳤던 깊은 곳이 아직도 얼얼하다는 것을 알아챘다. 하지만 밀어 낼 수도 없었다.

태욱이 서영의 가슴을 어루만지며 자극점을 깊게 빨았다. 신음이 즙처럼 터지고 몸이 자글자글 끓는 것처럼 흐느적댔다. 그의 단단한 손이 피부를 스치고, 살덩이를 강하게 압박하고, 예민한 곳을 매만질 때면 온몸이 저릿하게 아팠다. 그만해 달라고 그를 끌어안으면 태욱은 그것이 신호인 것처럼 중심을 밀어 넣었다.

하체가 빠듯하게 맞물리며 아득한 세계가 열리면 또 다른 감각들이 정신없이 솟구쳐 올랐다. 그의 허리 짓이 조금씩 더 거세질 때마다 점점 깊은 수렁으로 빠지는 기분이었다.

아무도 건져 주지 못할 것 같은 아래로 떨어져 내리면 그가 다시 끌어 올리는 순간이 반복되었다. 그녀가 붙잡고 매달릴 사람은 오직 강태욱 한 사람뿐이라는 것처럼 섹스는 노골적인 소유욕의 다른 말 같았다.

삐……. 삐…….

룸서비스를 알리는 벨이 울렸지만 태욱의 몸짓은 멈출 생각 없이 더 사납게 속도를 더했다. 서영은 고통을 참지 못해 입술을 깨물었다. 태욱은 혼을 내듯 자신의 입술을 겹쳤다. 고집스럽고 단호한 그의 몸짓을 끝낼 생각이 없는 것 같았다.

서영은 그에게 끝없이 빨려 들어가면서도 손을 들었다. 몸이 흔들리는 와중에도 태욱을 올려다보며 그의 반듯한 이마와 깊은 눈두덩이를 찬찬히 쓸었다. 곧 입술로 내려온 손이 그의 입 속에 머금어졌다. 쪽쪽, 손 키스를 건넨 태욱은 서영을 보며 웃었다.

분명 웃음이었는데. 그게 울음 같아서 가슴이 아팠다. 서영은 겁이 나 몸을 일으켜 태욱을 끌어안았다. 그가 허리를 붙잡고 깊게 욕망을 쏟아 낼 때야 안심했다. 이유를 알 수 없는 불안은 그 밤 내내 서영을 따라붙었다.

〈2권에서 계속〉